Karen-Susan Fessel

Abenteuer und Frauengeschichten

Zu diesem Buch

Was der Alltag an kleinen, aber höchst aufregenden Geheimnissen bereit hält, verrät Karen-Susan Fessel in ihrem Erzählband »Abenteuer und Frauengeschichten«: Da trifft die Universitätsdozentin Sabrina auf die hemdsärmelige Handwerkerin Jasmina, wird erforscht, warum die sächsische Hauptstadt doch erotischer ist als gedacht, da wird von einer ganz speziellen Form der Kundinnenbetreuung im Sanitätshandel erzählt oder von Postarbeiterinnen, die nicht nur Post sortieren ... Ob beim Vorlesen oder selber Genießen, »Abenteuer und Frauengeschichten« verursachen ein warmes Gefühl, ein wohliges Kribbeln im Bauch, sie sind meisterhaft erzählt – erotisch, unterhaltsam und mit einer Prise Ironie.

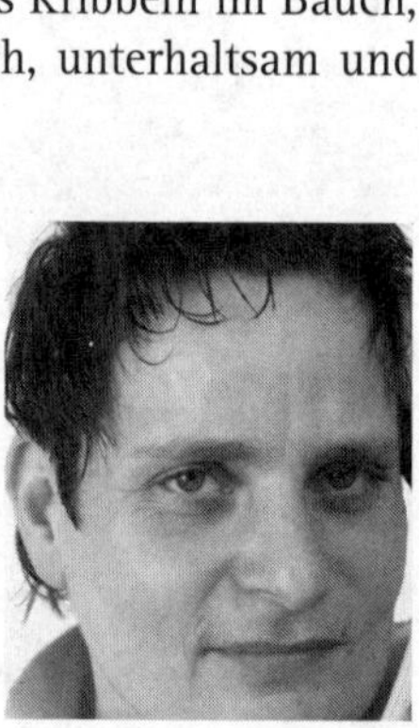

Karen-Susan Fessel, geboren 1964 in Lübeck, Studium der Theaterwissenschaften, Germanistik und Romanistik in Berlin, seit 1994 Schriftstellerin und freie Journalistin. Sie veröffentlichte Romane, darunter »Bilder von ihr«, und Jugendbücher und lebt in Berlin.

Karen-Susan Fessel

Abenteuer und Frauengeschichten

Piper München Zürich

Mehr über unsere Autoren und Bücher:
www.piper.de

Von Karen-Susan Fessel liegen bei Piper im Taschenbuch vor:
Bilder von ihr
Bis ich sie finde
Was ich Moira nicht sage
Abenteuer und Frauengeschichten

FSC
Mix
Produktgruppe aus vorbildlich bewirtschafteten Wäldern und anderen kontrollierten Herkünften
www.fsc.org Zert.-Nr. GFA-COC-1223

Ungekürzte Taschenbuchausgabe
Piper Verlag GmbH, München
Juni 2008

Umschlag: Büro Hamburg. Anja Grimm, Stefanie Levers
Bildredaktion: Büro Hamburg. Alke Bücking, Charlotte Wippermann
Umschlagfoto: Jack Slomovits / Getty Images
Autorenfoto: Christiane Pausch
Layout: Sergio Vitale
Papier: Munken Print von Arctic Paper Munkedals AB, Schweden
Druck und Bindung: CPI – Clausen & Bosse, Leck
Printed in Germany ISBN 978-3-492-25028-3

Inhalt

Ich weiß, was ich kann

Ja, ich bin sportlich. Sehr sogar. Und das sieht man mir auch an. Ich habe breite Schultern, einen ziemlich durchtrainierten Oberkörper, kräftige Oberarme, straffe Brüste und unglaublich stramme Waden, und das trotz meiner 43 Jahre.

Das ist aber auch kein Wunder: Seit frühester Jugend treibe ich Sport, und nachdem ich in meinen Dreißigern aus Faulheit ein paar Jahre ausgesetzt habe, bin ich seit einigen Jahren wieder aktiv. Einmal die Woche spiele ich Fußball – übrigens in einer, das möchte ich hier mal anmerken, ausgesprochen jugendlichen Mannschaft, die meisten Frauen sind Anfang zwanzig, und ich bin bei weitem die Älteste, aber zugleich eine der Besten –, ich jogge regelmäßig, ich gehe, sofern es mir die Zeit erlaubt, leidenschaftlich gern schwimmen, Badminton und Tennis spielen, und vor ein paar Monaten hab ich mir ein Ergometer angeschafft, auf dem ich fast jeden zweiten Tag trainiere.

Meine Freundinnen fordern mich schon seit Jahren immer wieder auf, mich doch einmal bei den Eurogames anzumelden, ich würde dort mit Sicherheit gute Ergebnisse erzielen und vielleicht sogar mit einer Medaille heimkommen. „Mensch, Manu", sagen sie, „jetzt komm, mach uns doch mal die Ehre!" Ich finde den Gedanken ja auch gar nicht schlecht. Aber irgendwie hat es nie geklappt, ich hab einfach nie die Zeit dafür gefunden. Ich bin immer so beschäftigt. Obwohl ich das jetzt natürlich ein wenig bereue, nach der Geschichte in München. Hätte ich bloß nicht an der Tagung teilgenommen, statt bei den Eurogames mitzumischen! Ich hätte Spaß gehabt, sportlich geglänzt, reihenweise flotte Frauen kennen gelernt und, ach, überhaupt ... Aber so war's eben nicht. Nein, leider nicht. Leider nicht ganz.

Aber eigentlich hätte ich ja auch gar nicht so richtig gewusst, für welche Disziplin ich mich hätte anmelden sollen. Das klingt vielleicht eingebildet, aber so ist es nun mal: Ich kann einfach so viel. Fußball, Badminton, Tennis. Und Schwimmen, das auch.

Und dann gibt es übrigens noch etwas, worin ich auch ziemlich gut bin: im Bett.

Ja ja, ich weiß, viele Frauen verdrehen jetzt die Augen und sagen: „Gut im Bett? Was heißt denn das schon? Das kann man doch gar nicht messen!"

Kann man aber sehr wohl. Vielleicht nicht in Zahlen, aber dafür an der Erregung, die man verspürt. Der Leidenschaft. Und der Lust, jawohl!

Aber das will ja niemand zugeben. Wir Lesben sollen alle so tun, als wären wir entweder alle gut im Bett oder aber, die noch beliebtere Variante, als würde das überhaupt gar keine Rolle spielen.

Tut es aber doch. Jetzt mal ehrlich: Wer von uns sehnt sich denn nicht nach richtig gutem Sex? Wer, bitte schön, möchte denn nicht eine Partnerin haben, die einem ungeahnte Wonnen verschafft, nie da gewesene Höhepunkte, im übertragenen wie auch wörtlichen Sinn? Na?

Und so jemand bin ich. Unzählige begeisterte Frauen sind der Beweis.

Ich weiß, was ich kann. Und das lass ich mir auch nicht nehmen. Patricia hin oder her.

Es war natürlich Zufall, dass die diesjährige Stummfilm-Tagung ausgerechnet in München stattfand, genau wie die Eurogames, die in ebendieser Woche dort ihren Auftakt nahmen. Es war allerdings kein Zufall, dass von unserem Archiv ich diejenige war, die hinfuhr. Mein Kollege Mike hatte wie üblich keine Lust und Bretschneider, unser Chef, keine Zeit. Also fuhr ich, nicht nur, um die neuesten Ergebnisse in der Erforschung deutscher Stummfilme mit nach Hause zu bringen, sondern auch, um höchstselbst noch mit einem Vortrag über die „Inszenierung der Liebe im Werk Fritz Langs" zu glänzen.

Das ist übrigens mein Spezialgebiet – die Liebe im deutschen Stummfilm. Ich bin nämlich, das muss man vielleicht dazu sagen, nicht nur sportlich und gut im Bett. Ich bin auch noch Stummfilmspezialistin.

Vor meiner Reise hatte ich damit geliebäugelt, zumindest abends am begleitenden Kulturprogramm der Eurogames teilzunehmen, sofern ich mich loseisen konnte, aber daraus würde nichts werden, das war mir gleich klar, als ich das Tagungshotel erreichte. Es befand sich zwar dicht am Flughafen, aber dafür weit außerhalb der Innenstadt, in einem abgelegenen Industriegebiet.

Gleich im Foyer traf ich auf einige alte Bekannte. Tom Berends, der in seinem Lüdenscheider Filmarchiv ein ähnlich ruhiges Dasein fristete wie ich in Lübeck, winkte mir fröhlich von der Bar aus zu. Neben ihm stand Berit Niesel, eine Filmhistorikerin unbestimmbaren Alters aus der Schweiz, die durch ihre exaltierte Art stets für Aufsehen sorgte, und am Empfang lehnten Marc und Nico Schmieder, ein Zwillingspärchen aus Baden-Baden, beide hochbegabte Forscher und miserable Redner, was ihrer Vortragslust allerdings leider keinen Abbruch tat. Auch jetzt redeten sie ohne Unterlass auf die leicht verwirrt aussehende Empfangsdame ein.

„Hallöchen, hallöchen, Frau Schweinberger!“, rief Berit vergnügt, als ich näher trat. „Ich höre, Sie wollen uns mit einem Vortrag beglücken? Das ist aber fein, Frau Schweinberger!“

Mein Nachname ist eine Katastrophe, ich weiß. Aber ich versuche, ihn mit Würde zu tragen.

„Schön, dich zu sehen“, sagte Tom und schüttelte meine Hand. „Trinkst du einen Begrüßungssekt mit uns?“

„Später vielleicht, wenn ich eingecheckt habe.“

„Na gut“, sagte Tom. „Aber Sie, Berit, schon, oder nicht?“

„Selbstverständlich!“, schrie Berit. „Aber ja! Zu einem Gläschen Sekt sag ich nicht nein!“

Tom zuckte zusammen, dann drehte er sich zum Barkeeper um und bestellte zwei Sekt, während ich zum Empfang hinüberging, wo die Schmiederzwillinge immer noch auf die Rezeptionistin einredeten. Ich hatte ihn noch nicht ganz erreicht, als jemand mir von hinten den Zeigefinger in den Rücken bohrte.

„Ach, sieh mal einer an!“, sagte eine Stimme, die ich sofort erkannte. „Ms. Schweinberger!“

Ein Schauder, eine Mischung aus Grusel und Freude, lief mir den Rücken hinunter. Langsam drehte ich mich um.

Die Frau, die vor mir stand und mich mit einem ebenso strahlenden wie falschen Lächeln bedachte, war etwas kleiner als ich, schlank und unglaublich schön, mit ihren blitzenden, goldbraunen Augen, dem bronzefarbenen, samt schimmernden Teint, den ebenmäßigen Gesichtszügen und dem formvollendeten Körper. Patricia Folaji war filmwissenschaftliche Assistentin am Berliner Institut für Medienhistorik, eine der ganz großen Koryphäen auf diesem Gebiet und mit Sicherheit die attraktivste Frau in der deutschsprachigen Filmforschung. Und leider meine ganz persönliche Heimsuchung.

„Hi, Patricia“, sagte ich vorsichtig.

„Na?“ Sie lächelte mich scheinheilig an, wobei sie eine schnurgerade Reihe perlweißer Zähne entblößte. „Immer noch mit von der Partie? Noch nichts Besseres gefunden?“

„Wieso Besseres? Ich liebe meinen Job“, antwortete ich, ein bisschen unüberlegt, denn Patricia fing breit an zu grinsen. Leider stand ihr auch das ausnehmend gut.

„Und deine Frau?“, fragte sie und legte den Kopf schief. „Liebst du die auch?“ Und damit schwang sie herum und ließ mich stehen.

Sie wusste genau, dass ich keine Frau hatte. Ich war Single aus Überzeugung, aber das kümmerte eine Patricia Folaji ja nicht. Hauptsache, sie konnte mich ärgern.

Seit einigen Jahren kreuzte sie auf jeder Fachtagung, jedem Festival, jedem Kongress auf, verdrehte den anwesenden Männern wie auch den Frauen den Kopf und unterließ nebenbei keine Gelegenheit, mich aufzuziehen. Beste Voraussetzungen, um sie nicht leiden zu können. Nur leider gelang mir das nicht. Nicht mal ein winziges bisschen.

Ich sah Patricia nach, wie sie lässig auf Tom und Berit an der Bar zuschlenderte, wobei sie mehr als notwendig mit ihrem knackigen Hintern wackelte. Tom starrte ihr wie hypnotisiert entgegen und fiel fast vom Hocker bei dem Versuch, ihr die Hand zu geben und gleichzeitig einen Diener zu machen. Seufzend drehte ich mich um.

Die Empfangsdame sah erschöpft zu mir auf. „Ja, bitte?“

„Ich möchte gern auf mein Zimmer“, sagte ich, „und zwar am liebsten sofort.“

Nachdem ich mich eingerichtet hatte, studierte ich eine ganze Weile den Münchner Stadtplan. Das Begleitprogramm der Eurogames bot heute eine Literaturnacht und einen bunten Abend in einem Szenecafé. Handball und Volleyball waren jetzt schon entschieden, der Schwimmwettkampf in vollem Gange.

Ich faltete den Plan wieder zusammen und ging nach vorne zur Bar. Patricia und Berit Niesel waren verschwunden, aber Tom saß immer noch da, mit mittlerweile leicht glasigem Blick.

„Alles klar?“, fragte er.

„Ja, alles klar. Und bei dir?“ Ich winkte dem Keeper.

Er zuckte mit den Schultern. „Hast du Patricia gesehen?“, fragte er dann. „Die wird auch immer hübscher, nicht wahr?“ Er seufzte, und ich seufzte auch.

„Zwei Sekt“, sagte ich zum Keeper, der eben herankam. „Und dann noch bitte zwei Schnaps, aber zwei große!“

Die Tagung am nächsten Morgen begann recht interessant. Der Vorsitzende der deutschen Stummfilmstiftung hielt seine übliche Einführungsrede, in der er besonders auf den diesjährigen Schwerpunkt „Utopie und Wahrheit“, was immer das auch heißen mochte, hinwies. Dann trat Berit Niesel auf die Bühne, um einen gestenreichen Vortrag über die „Zukunftsgestaltung im Werk Carl Mayers“ zum Besten zu geben, gefolgt von einem jungen Mann mit Ziegenbärtchen und in modischem Bunthemd, der mit blasierter Stimme über moderne Stummfilmvertonung sprach.

Ungefähr in der Mitte seines Vortrages schweiften meine Gedanken langsam ab, und ich lehnte mich zurück und sah mich vorsichtig um. Mein Blick fiel auf Patricia, die mir genau gegenübersaß und in diesem Moment zu mir hersah, ihr typisches, leicht verschlagenes Lächeln im Gesicht. Dann hob sie plötzlich die Hand und winkte mir fröhlich zu.

Verschämt blickte ich weg und spürte zu meinem Ärger, dass ich rot anlief.

Irgendwie erwischte sie mich immer.

Nach der Mittagspause schlossen die Tagungsteilnehmer sich zu Arbeitsgruppen zusammen, um die neuesten Forschungsergebnisse zu diskutieren. Ich gesellte mich zu der

Gruppe um Tom Berends und Marc Schmieder und sah unauffällig zu, wie Patricia auf der anderen Seite des Saales eine Horde junger Männer um sich scharte und lachend mit ihnen davonging.

„Eine sehr attraktive junge Dame, nicht wahr?", sagte Marc Schmieder unter beifälligem Murmeln der anderen Männer. Ich rümpfte die Nase und straffte die Schultern.

„Los", sagte ich. „Lassen Sie uns gehen. Seminarraum Nummer 3 liegt da hinten."

Abends beschloss ich zu joggen. Die Luft draußen war angenehm mild, und ich lief gute zwölf Kilometer in lockerem Trab.

Bei den Eurogames waren heute auch die Leichtathleten dran, überlegte ich, während ich wie eine Feder dahinschwebte. Mit meiner Kondition hätte ich gute Chancen auf einen der vorderen Plätze in meiner Altersklasse gehabt, das war mal sicher. Aber na gut. Die Arbeit ging eben vor.

Die letzten paar hundert Meter fielen mir dann doch deutlich schwerer, und abgekämpft traf ich im Hotelfoyer ein. Gleich hinter der Glastür stand Patricia. Sie trug einen hautengen Minirock und ein bustierähnliches Oberteil, unter dem sich ihre Brustwarzen mehr als deutlich abzeichneten. Hinter ihr drückten sich zwei jüngere Tagungsteilnehmer herum, beide mit modischen Frisuren und in peppiger Kleidung.

Patricia sah an mir runter. „Sportlich, sportlich! Eine echte Sportskanone, unsere Manu, was?" Sie drehte sich zu ihren Verehrern um. „Da solltet ihr euch mal eine Scheibe von abschneiden!"

Die beiden Typen lächelten säuerlich.

„Genau", sagte ich. „Ich bin eine echte Sportskanone, in jeder Hinsicht, da hast du Recht."

„Ach ja?" Patricia zog die Brauen hoch. „A propos, da fällt mir ein – wie ist denn das, habt ihr nicht irgendso ein Sportfest hier in München im Moment?"

Ich holte tief Luft. „Wer bitte schön ist ‚ihr'?"

„Na, deine Leute. Du weißt schon." Patricia lächelte verschlagen. Die beiden Modeknaben hinter ihr sahen verständnislos drein.

„Ja, allerdings haben wir hier ein Sportfest. Die Eurogames, wenn du es genau wissen willst." Ich lächelte die beiden Herren zähnefletschend an. „Das sind die Europäischen Homosexuellen-Spiele, falls ihr es nicht wissen solltet."

„Ah", sagte der eine. „Öh."

„Aha", sagte der andere.

„Und warum machst du da nicht mit?", erkundigte Patricia sich scheinheilig. „Wo du doch sooo sportlich bist?"

„Weil ich hier mitmache."

Sie lächelte leicht. „Na dann. Vielleicht findest du hier ja auch noch Gelegenheit zum Sport. Man weiß ja nie." Und damit winkte sie mir zu und setzte sich in Bewegung. Ihre Leibgardisten folgten ihr eilig.

Nach dem Duschen blätterte ich eine Weile mürrisch im Programm der Eurogames. Heute Abend war Filmnacht. Wenn ich mich beeilte, könnte ich den letzten Film eventuell schaffen, *Desert Hearts*, die olle Kamelle. Hatte ich zwei Mal gesehen und beide Male bescheuert gefunden.

Ich seufzte tief auf und klappte das Programmheft zu. Dann ging ich nach vorne zur Bar. Berit Niesel, Herr Nizowicz aus Frankfurt/Oder und drei Schweizer Tagungsteilnehmer unterhielten sich eifrig, daneben starrte Tom trübsinnig in sein Bierglas.

„Patricia ist tanzen gegangen", sagte er leidend.

Berit Niesel horchte auf. „Tanzen? Wohin denn?"

„Zum Griechen gleich um die Ecke."

„Da kann man tanzen?", fragte Herr Nizowicz und kicherte albern, wie meistens.

Tom zuckte mit den Schultern. „Keine Ahnung. Aber Patricia kann bestimmt überall tanzen. So, wie die aussieht." Er stöhnte gequält. Ich beugte mich über den Tresen zum Kellner.

„Zwei große Bier“, sagte ich. „Und dann noch zwei Schnaps.“

Ich ging früh auf mein Zimmer, aber dann, als ich im Bett lag, fand ich keine Ruhe. Ich musste an Patricia denken, die jetzt bestimmt immer noch tanzte, wild, ungebändigt, unglaublich sexy. Oder vielleicht hatte sie ja auch Sex mit einem der Jungmänner. Ich seufzte tief auf und knipste das Licht aus.

Aber auch das nützte nicht viel. In der Dunkelheit tauchte Patricia vor mir auf, ausgelassen tanzend und lachend. Ihre Brüste wippten in ihrem knappen Dekolleté. Sie kam näher heran, beugte sich vor, legte die Arme auf meine Schultern und verschränkte die Hände in meinem Nacken. „Eigentlich will ich nur dich ...“, flüsterte sie mit halb geschlossenen Augen. „Manu, du bist doch so sportlich ... komm, zeig's mir, oh, bitte ...“

Verschwitzt schreckte ich auf. Die Uhrzeiger standen auf zwei. Von draußen kam Murmeln und Kichern, dann das gurrende Lachen einer Frau. Die Stimme erkannte ich gleich. Ich presste die Augen zusammen und zog mir das Kissen über den Kopf.

Am nächsten Morgen betrat zunächst Herr Nizowicz die Bühne, um, von albernem Kichern durchsetzt, einen Vortrag über interdisziplinäre Stummfilmforschung zum Besten zu geben, gefolgt von Marc Schmieder, der sich mit schleppender Stimme über „Die Zweideutigkeit der Gesten“ bei männlichen Stummfilmschauspielern ausließ. Anschließend verlas sein Bruder eine monotone Abhandlung der Darstellung der Natur im Werk F.W. Murnaus.

Es fiel mir zusehends schwerer, mich zu konzentrieren, aber da war ich nicht die Einzige. Tom neben mir gähnte verstohlen, ein paar jüngere Tagungsteilnehmer in den hinteren Reihen tuschelten hörbar, und Patricia schräg gegenüber schminkte sich heimlich im Spiegel die Lippen nach. Verstohlen starrte ich sie an. Plötzlich hob sie den

Kopf, sah zu mir herüber und warf mir einen Kussmund zu.

Ich ächzte auf.

„Ist dir nicht gut?", fragte Tom.

Mittags gingen wir zum Griechen. Das Lokal war wild mit griechischen Fahnen und Fußballemblemen geschmückt, und hinten in der Ecke war eine provisorische Tanzfläche eingerichtet, über der ein riesiges Plakat verkündete, dass Griechenland mit „Unser deutscher Freund Otto" Europameister geworden war.

„Wir feiern jeden Abend!", sagte der Wirt mit einem breiten Lächeln, als er uns nach der Mahlzeit eine Runde Ouzo brachte. „Gestern war hier eine junge hübsche Frau aus Berlin, die hat bis in die Nacht getanzt und alle Männer die Kopf verdreht! Ist bei der Tagung, hat sie gesagt. Kluges Mädchen, nicht nur schön! Kennen Sie die?"

„Natürlich!" Berit nickte eifrig. „Und sie ist nicht nur schön, sondern auch frech, die Gute, nicht wahr?" Sie schüttelte schmunzelnd den Kopf und sah uns der Reihe nach an.

Herr Nizowicz kicherte albern.

„Ja", sagte ich. „Ausnehmend frech."

„Aber süß", seufzte Tom.

Die nachmittägliche Arbeitsgruppe schenkte ich mir. Stattdessen machte ich fünfzig Liegestützen auf meinem Zimmer und ging dann joggen. Nach eineinhalb Stunden verbissenen Rennens hatte ich mir den Gedanken an Patricias aufreizendes Lächeln endlich ausgetrieben und neuen Mut gefasst. Ich würde noch vor dem Abendessen in die Stadt fahren und einen der Sportwettkämpfe der Eurogames ansehen, und hinterher würde ich noch auf eine Party gehen oder was das Kulturprogramm sonst noch hergab. Basta! Wäre doch gelacht, wenn ich mich nicht noch richtig amüsierte!

Gut gelaunt rannte ich zum Hotel zurück. Das Foyer war leer, aber im Gang traf ich auf Patricia. Sie trug ihr welliges, schwarzes Haar mit Gel zurückgekämmt und ein hautenges Kleid, das ihre perfekte Figur äußerst vorteilhaft zur Geltung brachte.

„Hoho, Manu“, lachte sie fröhlich. „Schon wieder so sportlich?“

Ich brummelte etwas Undefinierbares und versuchte, mich an ihr vorbeizudrängeln, aber Patricia legte mir eine ihrer gepflegten Hände auf meinen verschwitzten Unterarm. „Wow, bist du verschwitzt!“, gurrte sie. „Hast du nicht Angst, dich zu verausgaben, Manu?“

Plötzlich platzte mir der Kragen. „Kannst du mich nicht einfach mal in Frieden lassen?“

Patricia nahm langsam die Hand von meinem Arm und legte den Kopf schief. „Nein“, sagte sie. „Nein, ich glaube nicht.“

Einen Moment lang starrten wir uns an, dann rief jemand Patricias Namen. Es war der blasierte Redner vom ersten Tag, der mit dem Spitzbart. Unruhig kam er heran und blieb in respektvoller Entfernung stehen. „Kommst du, Pat?“

„Ja, gleich.“ Patricia sah mich immer noch an. „Und was machst du?“, fragte sie. „Fährst du noch zu deinen Leuten?“

„Genau das hatte ich vor“, sagte ich, und dann schob ich mich endlich an ihr vorbei.

Nach dem Duschen sah ich erst auf die Uhr – gleich halb sieben – und dann in den Eurogames-Prospekt. Das begleitende Kulturprogramm bot heute eine Safer-Sex-Party für Männer und ein Frauencafé, das um 14 Uhr geöffnet hatte und um 19 Uhr schloss. Die einzige Disziplin, die heute Abend noch anstand, war Bankdrücken, und zwar in den Gewichtsklassen Frauen bis 90 kg und von 90 kg an aufwärts. Ich atmete tief durch und machte mich auf den Weg.

Mit Bus und Straßenbahn brauchte ich knapp siebzig Minuten, aber schließlich saß ich dann doch auf einer harten Holzbank ganz oben in der Halle und starrte auf die kräftigen Damen hinunter, die in ihren einteiligen Trikots aussahen wie überdimensionierte Kleinkinder in Spielanzügen. Den Wettbewerb in der bis 90-kg-Klasse hatte ich verpasst, aber unten rangen noch zwei Frauen von 90 kg an aufwärts um die Medaille. Die Halle roch durchdringend nach Schweiß, alle anderen Zuschauerinnen sahen ebenso aus wie die Teilnehmerinnen, und von meinem Platz auf dem obersten Rang konnte ich so gut wie überhaupt nichts erkennen. Trotzdem hielt ich tapfer durch, und als eine der beiden Kämpferinnen mit einem martialischen Schrei unter ihren Gewichten zusammenbrach und lautes Gegröle um mich herum einsetzte, klatschte ich müde in die Hände. Eine Weile lungerte ich noch vor der Halle herum, in der vergeblichen Hoffnung, Anschluss zu finden, aber kein Mensch scherte sich um mich. Die Bankdrückerinnen drängten sich rücksichtslos an mir vorbei und liefen munter schwatzend davon. Frustriert fuhr ich zurück ins Tagungshotel.

Im Foyer traf ich Berit und Herrn Nizowicz in ausgelassener Stimmung. „Kommst du mit? Wir gehen zum Griechen am Ende der Straße, da muss der Bär los sein!“, rief Berit munter, und Herr Nizowicz kicherte dazu.

Ich schüttelte den Kopf. „Ich muss meinen Vortrag noch vorbereiten, ich bin morgen früh gleich als Erste dran.“

„Ach Gottchen, dein Vortrag!“, rief Berit. „Da müssen wir aber zusehen, dass es nicht allzu spät wird!“ Kichernd zogen sie ab, die Verräter. Ich trabte zum Tresen hinüber.

Dort saß Tom ganz allein. Ich ließ mich auf den Hocker neben ihm gleiten. „Du hier und nicht beim Griechen?“

Tom schüttelte den Kopf. „Ach“, sagte er leise. „Ich weiß nicht, das ist nichts für mich. Ich meine, ich kann nicht tanzen, und im Smalltalk bin ich auch nicht so besonders. Was soll ich dann da?“

Wir starrten uns an. Dann sahen wir gleichzeitig zum Kellner hinüber. „Zwei Bier und zwei Schnaps!", sagte Tom.

Als ich am nächsten Morgen ans Rednerpult trat, gähnten mir leere Stuhlreihen entgegen. Nur die Hälfte der Teilnehmer war gekommen, und die sahen eindeutig übermüdet aus. Anscheinend hatten alle außer mir gefeiert. Außer mir und Tom, aber der war auch nicht erschienen. Kein Wunder, er hatte gestern Abend noch weitere fünf Schnäpse gekippt.

Die Stellwand klemmte, als ich sie aufzog, um Platz für das Flipchart zu schaffen, meine Unterlagen rutschten aus der Mappe, und ich sah Patricias Grinsen, als mir zu guter Letzt auch noch der Marker herunterfiel. Ich hob ihn auf, räusperte mich und fing an zu sprechen, so laut und deutlich, wie es eben nur ging.

Während meines Vortrags herrschte fast andächtige Stille. Als ich das Licht dimmte und den kleinen vorbereiteten Videofilm anlaufen ließ, seufzte ein junger Mann in der ersten Reihe auf, lehnte sich zufrieden zurück und schloss behaglich die Augen.

„Ich wünsche eine angenehme Nachtruhe!", sagte ich und nahm meine Unterlagen vom Pult. Patricia lachte, sonst keiner.

Beim Abschlussplenum am Nachmittag saß ich beleidigt dabei, während der Tagungsleiter zufrieden die Ergebnisse der Arbeitsgruppen referierte. Die meisten Teilnehmer schienen sich jetzt, nach der langen Mittagspause, wieder von ihren nächtlichen Strapazen erholt zu haben, denn die Stuhlreihen waren fast vollständig besetzt. Nur neben mir war noch ein Platz frei, und auf den setzte sich Patricia, die ein wenig zu spät kam. Ich rückte ein Stück von ihr ab, aber sie rutschte mit ihrem Stuhl nach.

„Da bist du ja, Manu", flüsterte sie. „Ich dachte schon, du bist entnervt zum Sportfest gefahren."

„Ha ha. Sehr komisch."

„Dein Vortrag war übrigens toll", sagte sie.

„Noch lustiger."

„Nein wirklich", sagte sie. „Das meine ich ernst."

„Pfft", zischelte ich, und Patricia hob die Hand vor den Mund und lachte. „Beleidigte Leberwurst!", flüsterte sie. Ich sah stur geradeaus und bemühte mich, ihren köstlichen Duft einfach zu ignorieren. Der Tagungsleiter vorne legte seine Blätter nieder und klopfte aufs Pult.

„Und nun", sagte er und lächelte glücklich in die Runde, „und nun beschließen wir diese wunderbare Tagung mit einem gemeinsamen bunten Abend. Aber nicht hier, sondern beim Griechen nebenan!"

Augenblicklich kam Stimmung auf. Die Teilnehmer jubelten und klatschten, und die ersten Eiligen sprangen schon auf und strebten hinaus.

„Super", sagte Patricia und grinste mich an. „Dann kannst du ja mal mit mir tanzen!"

„Pöö. Ich werde mich hüten", sagte ich bissig und stand hastig auf.

Es brauchte eine ganze Weile guten Zuredens von Tom und Berit Niesel, um mich schließlich tatsächlich dazu zu bewegen, mit nach drüben zu kommen. Mürrisch trabte ich den anderen hinterher. Das griechische Lokal hatte vorgesorgt, ein paar Tische waren zu einem großen Buffet zusammengeschoben, und lustige Sirtakimusik dröhnte aus den Lautsprechern. Schnurstracks steuerte ich auf das Buffet zu, deckte mich mit ein paar gefüllten Weinbättern ein und gesellte mich dann wieder zu Berit und Tom, die bereits Sektgläser in den Händen hielten. Tom reichte mir auch eins. „Los, Manu, jetzt komm. Sei nicht so miesepetrig! Jetzt wird gefeiert!"

Krampfhaft hielt ich mein Sektglas fest und sah zu, wie sich die Menge vergnügte. Das Buffet war in Windeseile leergefegt, und es dauerte keine zwei Stunden, da tanzten

Berit und Herr Nizowicz eng umschlungen zu griechischen Klängen. Die Schweizer versuchten unter Anleitung des griechischen Wirtes einen Gruppensirtaki, den der Tagungsleiter mit einem Papierhütchen auf dem Kopf wild gestikulierend zu dirigieren versuchte. Und mittendrin tanzte natürlich Patricia, ausgelassen lachend, von ihren schwitzenden Verehrern umringt.

Hungrig sah ich an ihrem schlanken Körper hinunter, betrachtete ihre langen, sehnigen Beine, die sanft schimmernde Haut, die anmutige Form ihrer Brüste unter dem engen Kleid.

Tom neben mir seufzte. „Mein Gott, was für eine Frau!"

Patricia winkte mir zu. „Manu, komm, tanzen!"

Einen winzigen Moment lang war ich unschlüssig. Aber dann sah ich all die grinsenden, fröhlichen Gesichter ringsum und schüttelte den Kopf. Patricia würde mich doch nur zum Tanzen verführen, um sich hinterher über mich lustig zu machen. Sie winkte noch einmal, aber ich stellte mein Bier ab, nickte Tom zu und marschierte aus dem Lokal, schnurstracks auf mein Zimmer.

Auf einem Münchner Privatsender lief eine Kurzzusammenfassung der Eurogames. Meine Freundinnen, die Bankdrückerinnen, waren zu sehen, wie sie ihre Medaillen entgegennahmen, dann kamen die Läuferinnen dran. Griesgrämig schaltete ich aus, putzte mir die Zähne und zog meinen Schlafanzug an. Auf Socken lief ich zum Bett, warf mich hinein und vergrub das Gesicht in meinem Kissen. Sollte Patricia doch tanzen und lachen und allen die Köpfe verdrehen! Ich jedenfalls würde jetzt schlafen. Nur meine Socken musste ich noch ausziehen. Gleich. In ein, zwei Minuten.

Ich wachte auf, weil es an meiner Tür klopfte. Müde schleppte ich mich hinüber und öffnete einen Spalt breit.

„Lass mich rein", sagte Patricia und drückte sich an mir vorbei.

Verblüfft wich ich zurück.

„Du Langweilerin", sagte sie und knuffte mich in die Seite. „Los, schließ mal ab."

„Was?"

„Schließ ab", sagte Patricia lässig und warf ihre Jacke über meinen Stuhl.

Verwirrt folgte ich ihrem Befehl. Dann lehnte ich mich mit dem Rücken gegen die Tür und versuchte, mein verstrubbeltes Haar zu glätten.

Patricia stand einen Moment da und musterte mich, dann kam sie zu mir herüber und legte ihre langen, schlanken Arme um meinen Hals. Mein Herz blieb fast stehen.

„Ich hab dich ausgesucht", flüsterte sie. Ihr Duft stieg mir in die Nase, ein betörender Duft nach einem leichten Parfum und frisch gewaschener Wäsche, die im Sonnenschein auf einer Bergwiese flattert. Oder so ähnlich.

„Wozu hast du mich ausgesucht?", fragte ich.

Patricia lachte und trat einen Schritt zurück. „Du sollst es mir zeigen", sagte sie und stupste mir ihren Zeigefinger in den Bizeps. Automatisch spannte ich meine Armmuskeln an.

„Was? Was soll ich dir zeigen?"

„Na, wie ihr Lesben Sex macht. Zeig mir das mal."

„Aber ... ich ... warum?"

Patricia griff nach dem Saum ihres enganliegenden Kleides, ohne mich aus den Augen zu lassen, dann zog sie es mit Schwung über den Kopf und warf es hinter sich.

Zum zweiten Mal innerhalb einer Minute blieb mein Herz fast stehen. Sie trug weder BH noch einen Slip. Nur noch ihre Schuhe, schwarze Trittchen aus Leder mit einem Riemen.

„Ich hab dich ausgesucht", sagte Patricia und ließ sich rücklings aufs Bett fallen, wobei sie ihre langen Beine mit einer schwungvollen Bewegung nach oben warf, „weil ich mir vorstellen könnte, dass du gut im Bett bist."

Panik stieg in mir hoch, aber zugleich fühlte ich mich äußerst geschmeichelt. „Ach ja?", fragte ich. „Sieht man mir das so sehr an?"

„Ich sehe dir in erster Linie an, dass du lesbisch, und in zweiter Linie, dass du sportlich bist", sagte Patricia und schleuderte ihre Trittchen von sich, und jetzt war sie wirklich vollkommen nackt. „Das sind doch beste Voraussetzungen, oder? Und jetzt komm endlich her. Aber zieh deine Socken aus, ja?" Sie winkte mir zu, und ich löste mich von der Tür und ging langsam zu ihr herüber, mit heftig klopfendem Herzen.

Ich weiß, was ich kann, das ist klar. Und ich bin gut im Bett. Aber es gibt Phasen im Leben, da gerät diese Gewissheit doch ein wenig ins Wanken. Und die nächsten drei Stunden gehörten eindeutig dazu.

Was ich auch tat, es fühlte sich falsch an. Beim ersten Kuss traf ich knapp neben Patricias Lippen. Der zweite war besser, aber während ich gleichzeitig versuchte, meine Socken abzustreifen, rutschte ich fast aus dem Bett, und Patricia fing an zu lachen.

„Komm", rief sie. „Jetzt mach schon!"

Ich gab mein Bestes, aber nichts davon gelang. Im Nu geriet ich ins Schwitzen. Patricia auch, aber wohl eher, weil sie sich so heftig bewegte. Wie ein Gummiball sprang sie in meinem schmalen Hotelbett hin und her, wechselte die Positionen, drehte sich auf den Rücken, den Bauch, hockte sich hin, lehnte sich an die Wand und grätschte die Beine. Ich bekam sie einfach nicht zu fassen, und meine schweißnassen Hände machten das ganze Unterfangen nicht gerade einfacher. Jedes Mal, wenn ich Patricia endlich im Griff zu haben meinte, meine Arme um sie schlang und ihr Bein zwischen meine klemmte, wand sie sich blitzschnell wieder hinaus. Aber Spaß schien es ihr trotzdem zu machen. „Ja!", rief sie. „Weiter! Mach weiter!"

Es war mehr Zufall als sonst was, dass es mir schließlich gelang, in sie einzudringen. Aber den Rhythmus fand ich irgendwie auch nicht. „Schneller!", rief Patricia fordernd.

„Tiefer! Und jetzt ein bisschen höher!“ Ich kam jedem Wunsch nach, aber stets ein Tickchen zu spät.

„Nun mach doch!“, rief sie. „Ja! Uh! Gleich komme ich, gleich!“

Der Schweiß brach mir erneut aus. Mittlerweile waren wir auf dem Boden gelandet. Patricia hockte auf mir, den Kopf in den Nacken gelegt, eins ihrer Knie in meine Rippen gerammt. Ihre Brüste wippten hoch über mir vor und zurück, ihre samtige Haut glänzte. Das war ja alles sehr schön, aber mein rechter Arm klemmte unter ihr fest. Ihr ganzes Gewicht lastete auf meiner Hand, und meine beiden Finger steckten in ihr fest.

„Weiter!“, rief sie laut. „Weiter! Ja, mach! So ist es gut!“ Sie hob ihren Hintern und presste ihn dann wieder auf meine Hand, und ich stöhnte vor Schmerz.

Das aber feuerte Patricia nur noch mehr an. „Ja, gut, endlich, mach, gut so, weiter, nun mach schon, ja, gut!“

Von irgendwoher klang ein Klopfgeräusch an meine Ohren, aber das war jetzt egal. Ich biss die Zähne zusammen und versuchte, meine Finger zu bewegen. Patricia jaulte auf, zitterte, ächzte und sank schwer wie ein Sack grunzend auf mir zusammen. Ihre schweißnasse Stirn lehnte an meiner, mit geschlossenen Augen seufzte sie wohlig.

Ich zählte bis drei, dann versuchte ich sie sanft von mir zu schieben. Sie öffnete die Augen.

„Komm“, flüsterte sie rau, „komm, lieb mich noch mal.“

Drei Stunden später lag ich platt wie eine Flunder auf meinem Bett. Noch nie, ich schwöre es, noch nie im Leben war ich so erschöpft gewesen wie in diesem Moment. Jeder einzelne Muskel im Leib tat mir weh. Meine Knie waren von der Auslegeware fast blutig gescheuert, meine linke Hüfte tat weh, weil ich mich am Nachttisch gestoßen hatte, als ich versucht hatte, Patricia im Stehen zu beglücken, und meine rechte Hand fühlte sich an wie gebrochen.

Patricia neben mir gluckste zufrieden. Kein Wunder, nach sechs oder sieben Orgasmen.

„Und du hast wirklich das erste Mal Sex mit einer Frau gehabt?“, fragte ich vorsichtig.

Patricia setzte sich auf und fing an zu lächeln, dieses typische, leicht verschlagene Lächeln, das ich nur allzu gut kannte. Mein Magen zog sich zusammen. „Quatsch“, sagte sie. „Ich hab dich verarscht. Hast du das denn nicht gemerkt?“ Sie stupste mir in den zitternden Bizeps. „Aber das war ja ganz ordentlich, würde ich sagen. Nicht gerade spektakulär, aber okay.“ Und damit ging sie ins Bad.

Ich blieb liegen und sah schockiert an die Decke. Ordentlich war das gewesen? Ich hatte alle Register gezogen und mich abgemüht wie noch nie, und Patricia fand es ordentlich?

„Wie meinst du denn das, ordentlich?“, fragte ich, als sie aus dem Bad kam.

„Na ja“, sagte Patricia. „So, wie ich es gesagt habe. Ordentlich eben.“ Sie pflückte ihr Kleid vom Boden auf und zog es sich über. Dann schlüpfte sie in ihre Trittchen. Ihre Augen glitzerten, als sie mich ansah. „Aber sportlich bist du auf jeden Fall.“ Sie beugte sich zu mir herunter und küsste mich schallend auf den Mund. „Also, bis dann!“ Sie winkte mir zu, und dann ging sie hinaus.

Und das war's dann fürs Erste. Mehr hat sie mir zu diesem Thema nicht mehr verraten. Am nächsten Morgen war sie schon fort, als ich zum Frühstück ging. Nur Tom, Berit Niesel und Herr Nizowicz saßen noch da. Tom sah sehr verkatert aus, Herr Nizowicz sehr amüsiert, und Berit beugte sich verschwörerisch zu mir hinüber.

„Na!“, sagte sie fröhlich und zwinkerte mir zu. „Noch sportlich gewesen heut Nacht?“

Ich starrte sie an. Herr Nizowicz kicherte albern. Tom biss in einen Rollmops, und Berit stieß mir den Ellbogen in die Seite. „Ich hab mal geklopft“, flüsterte sie. „Aber ihr wart wohl einfach zu gut dabei, was? Na, macht ja nichts. Hauptsache, ihr hattet es schön!“

Aber das ist es ja eben: Hatten wir es denn schön? Und fand Patricia mich nun eigentlich gut im Bett oder nicht? Oder wollte sie mich nur ärgern, wie üblich?

Hätte ich doch nur bei den Eurogames mitgemacht und nicht bei der Tagung! Im Sport bekommt man Medaillen, da werden Zeiten gemessen, Zentimeter gezählt, Gewichte gewogen.

Im Bett leider nicht. Da zählt nur die Erregung, die man verspürt. Die Leidenschaft. Und die Lust.

Wie gesagt, immer noch rätsele ich daran herum.

Aber manchmal sag ich mir dann einfach: Schwamm drüber. Denn ich weiß, was ich kann: Ich bin sportlich. Stummfilmspezialistin. Und gut im Bett, das bin ich auch. Unzählige glückliche Frauen sind der Beweis.

Patricia Folaji hin oder her.

Stimmt doch. Oder nicht?

Cora kennt sich aus

Die Erste hatte Cora an einem heißen Sommerabend im August gesehen. Es war der heißeste Tag des Jahres gewesen, und Cora und Milli waren nach einem Ausflug an den Badesee spätabends in Coras Wohnung gekommen. Milli war im Badezimmer verschwunden, um sich frisch zu machen, und Cora hatte sich erschöpft an den Küchentisch gesetzt. Sie hatte eine Zigarette aus der Schachtel geklopft, sie angezündet, den Aschenbecher zu sich heranzogen, während sie genüsslich den Rauch einsog, und dann, als sie ihn mit einem wohligen Seufzen wieder ausstieß, hatte sie den Blick gehoben und zur Anrichte an der gegenüberliegenden Wand hinübergesehen, und da hatte sie gesessen.

Sie hatte vollkommen teilnahmslos dagesessen, mitten auf Coras Brotdose. Ihre langen, dunklen Flügel waren leicht gespreizt, und ihre Fühler zitterten in der immer noch heißen Abendluft, die durch die weit geöffneten Fenster hereinstrich. Und noch während Cora mit offenem Mund und weit aufgerissenen Augen zu ihr hinüberstarrte, setzte sie sich in Bewegung. Träge kroch sie ein paar Zentimeter vorwärts, streckte die Fühler noch höher in die Luft und verharrte wieder.

Aus Coras Kehle kam ein leises Krächzen. „Milli", flüsterte sie und legte ihre brennende Zigarette in den Aschenbecher. Dann holte sie tief Luft.

„MILLIIIII!"

Milli kam aus dem Badezimmer geschossen, ein Handtuch über der Schulter, die Reinigungsmilch in der einen Hand und einen Wattebausch in der anderen.

„Was ist? Was ist los?"

„Ist das", fragte Cora und zeigte mit einem zitternden Finger auf die Brotdose, „ist das etwa eine Kakerlake?"

Milli hob die Brauen und sah aufmerksam zu der Kakerlake hinüber, die sie jetzt ihrerseits zu beobachten schien. „Glaube ich nicht." Sie machte einen Schritt auf sie zu, aber Cora griff nach Millis Hose und hielt sie fest.

„Nicht hingehen!"

„Wieso denn nicht?", fragte Milli. „Wieso soll ich denn da nicht hingehen? Die beißt doch nicht, oder?"

Die Kakerlake saß immer noch bewegungslos da, die Fühler steil in die Luft gestreckt. Dann, unvermittelt, drehte sie sich um und trippelte los, an der Brotdose herunter und quer über die Arbeitsfläche in Richtung Kaffeemaschine.

„Tu doch was, Milli!", schrie Cora, und Milli sah sie verdutzt an, bevor sie einen zögernden Schritt auf die Kakerlake zumachte, die jetzt die Kaffeemaschine erreicht hatte.

„Ich glaube, du hast Recht. Das sieht wirklich aus wie eine Kakerlake."

„Tu was!", brüllte Cora. Milli machte noch einen Schritt auf die Kakerlake zu, die gerade die Heizplatte überquerte, hob den Wattebausch und drückte ihn fest auf die Kakerlake.

Cora schlug die Hände vors Gesicht. „Ogottogottogott!"

„Wo soll ich denn jetzt damit hin?", fragte Milli, und Cora ließ die Hände wieder sinken.

„Weg! Mach sie weg!"

„Ja, aber wohin denn? In den Müll oder lieber ins Klo?" Milli hob die Hand mit dem Wattebausch, und Cora schrie hysterisch auf.

„Aus dem Fenster, tu sie aus dem Fenster! Weg, mach sie weg!"

Milli betrachtete den Wattebausch einen Moment lang, dann drehte sie sich um und warf ihn einfach aus dem Fenster. „So", sagte sie ruhig.

Cora sprang auf, lief zum Fenster und beugte sich hinaus. Milli lehnte sich neben sie. Gemeinsam sahen sie auf den Gehsteig hinunter. Dort, dicht neben der Hauswand, lag der kleine weiße Wattebausch. Sogar von hier oben aus konnte Cora den kleinen dunklen Fleck in der Mitte erkennen.

„Du hast sie umgebracht", flüsterte sie. Milli sah sie schräg von der Seite an.

„Na klar", sagte sie und schwenkte die Reinigungsmilch. „Ich hab sie umgebracht. Eiskalt und ohne Gefühl."

Cora betrachtete immer noch mit zusammengekniffenen Augen den Wattebausch. „Die Eier!", sagte sie plötzlich. „Wir müssen die Eier vernichten!"

„Welche Eier?", fragte Milli verständnislos.

„Na, die Eier von der Kakerlake! Die verspritzen doch ihre Eier überall, deshalb vermehren sie sich ja auch so rasend. Wir müssen sofort alles desinfizieren, Milli, jede Stelle, wo sie langgegangen ist!"

„Ich weiß zwar nicht so genau, woher wir wissen wollen, ob es überhaupt eine Kakerlakendame war, und wenn ja, wo sie überall langgegangen ist, aber wenn du meinst, mein Schatz, dann machen wir das", sagte Milli und stellte endlich die Reinigungsmilch ab.

Außer der Kaffeemaschine und der Brotdose putzten Milli und Cora die komplette Arbeitsfläche, den Herd, das Fensterbrett, den Fensterrahmen und alle erreichbaren Oberflächen der Küchenschränke. Dann, als Milli wieder mit der Reinigungsmilch im Badezimmer verschwunden war, putzte Cora auch noch die Spüle und den Fußboden zwischen Fenster und Anrichte. Hinterher warf sie alle Lappen in den Müll, sogar die beiden Microfasertücher, die sie erst vor zwei Wochen gekauft hatte. Dann setzte sie sich an den Tisch, griff nach ihrer erloschenen Zigarette und steckte sie sich in den Mundwinkel.

„Wo in aller Welt ist die bloß hergekommen?“, fragte sie Milli, die frisch geduscht und in ein großes Handtuch gewickelt aus dem Bad kam.

„Vielleicht durch deinen Briefschlitz“, sagte Milli und setzte sich auf Coras Schoß. Normalerweise schlang Cora bei diesen Gelegenheiten sofort ihre Arme um Milli und vergrub die Nase in ihrem weichen, duftenden Hals, aber jetzt umklammerte sie bloß ihre Stuhllehne. „Oder sie ist hergeflogen. Bist du denn sicher, dass das überhaupt eine Kakerlake war?“, fragte Milli und rieb ihre Wange an Coras Haaren.

„Na klar war das eine“, sagte Cora entrüstet und versuchte, an Millis Kinn vorbei ihre Zigarette anzuzünden. „Die erkenne ich sofort. Bei uns im Osten hatten wir oft Kakerlaken. In jedem Restaurant, in dem ich war, hatten wir welche. Die kriegt man nicht so einfach wieder weg. Wo eine ist, sind auch hundert. Aber warum bei mir, Milli?“, fragte sie frustriert. „Ich bin doch wirklich ein reinlicher Mensch. Oder findest du, dass mein Haushalt verwahrlost ist?“

„Quatsch“, sagte Milli tröstend. „Das war sowieso bestimmt nur eine Einzelgängerin, die sich hierher verirrt hat. Du hast keine Kakerlaken, das hätten wir doch sonst schon längst gemerkt.“ Milli schmiegte sich an Coras Schulter und küsste sie auf den Hals.

„Na, hoffentlich“, sagte Cora unglücklich. „Aber morgen mache ich richtig sauber. Alles! Hier bei mir werden diese Biester es nicht lange gemütlich haben. Morgen ist Kampftag!“

Normalerweise hatten Milli und Cora fast immer Sex, wenn Milli bei Cora übernachtete, aber an diesem Abend nicht. Noch lange, nachdem Milli schon längst eingeschlafen war, dicht an Coras Rücken gekuschelt, lag Cora still da und starrte in die Dunkelheit. Zweimal stand sie auf, schlich in die Küche und knipste das Licht an. Aber wenn irgendwelche Kakerlaken da waren, dann hielten sie sich versteckt.

Am Morgen, als Milli mit zerzaustem Haar und verschlafenem Gesicht in die Küche kam, saß Cora schon am Tisch und las in ihrem Tierlexikon. Das Tierlexikon, ein kiloschwerer Brocken, war Millis erstes Geschenk an Cora gewesen – ihrer Tierliebe wegen, wie Milli gesagt hatte.

„Ha! Das ist der Beweis!", sagte Cora und sah triumphierend zu Milli auf. „Kakerlaken können gar nicht fliegen! Die muss durch den Briefschlitz gekommen sein! Ich kann ausziehen, Milli!"

„Lass doch mal sehen." Milli nahm Cora das Lexikon aus der Hand und setzte sich ihr gegenüber. „Aha", sagte sie nach einer Weile, „das bezieht sich ja nur auf die Küchenschabe. Aber die Deutsche Schabe kann fliegen. Hier steht es doch: *An heißen Tagen kann sie auch sehr gut fliegen und neue Kolonien gründen.*" Sie klappte das Tierlexikon zu und sah auf Coras angeekeltes Gesicht. „Siehst du! Schließlich war gestern der heißeste Tag des Jahres! Da hat sich die Kakerlake gedacht, flieg ich mal flott zur ollen Cora rein und gründe eine neue Kolonie. Aber ich hab ihr einen Strich durch die Rechnung gemacht und sie brutal und hinterlistig ermordet." Milli lachte vergnügt.

„Milli!", sagte Cora vorwurfsvoll und sog hastig an ihrer Zigarette. „Wie redest du denn! Das arme Ding war doch auch nur ein Tier!"

Milli betrachtete sie nachdenklich. „Du siehst müde aus", stellte sie fest. „Hast du nicht gut geschlafen?"

Als Milli zur Arbeit gegangen war, lief Cora schnell zum Drogeriemarkt und kehrte mit zwei großen Plastiktüten voller Reinigungs- und Desinfektionsmittel zurück. Der Wattebausch mit den Überresten der Kakerlake lag, wie sie auf dem Heimweg erleichtert feststellte, nicht mehr auf dem Bürgersteig. Oben in der Wohnung krempelte sie die Ärmel hoch und legte los. Als Erstes warf sie sämtliche Nahrungsmittel in den Abfall, räumte die Schränke und Schubladen aus und wusch alles aus. Dann rückte sie mit zusammengebissenen Zähnen die Schränke nacheinander von der Wand, wischte sie ab und sprühte hinterher alle Flächen mit Sagrotan ein. Cora fand Unmengen von Krümeln, 53 Pfennige in verschiedenen Münzen, den verschollenen Kellerschlüssel und eine alte Postkarte von Milli. Und als sie den vierten und letzten Schrank vorrückte, fand sie das Nest.

Es klebte auf dem Fußboden, ein kleiner grauer Haufen aus Papierresten. Cora schien genau rechtzeitig zur Geburtsstunde gekommen zu sein, denn ein paar winzige, fast durchsichtige Kakerlaken kletterten, noch unsicher auf den Beinen, schwankend auf dem Fußboden um das Nest herum, und noch während Cora fassungslos hinsah, kroch eine andere aus der Öffnung in der Spitze des Nestes, gefolgt von ein paar weiteren.

Coras Nackenhaare stellten sich auf. Langsam hob sie die Hand mit dem Lappen, aber dann hielt sie inne. Die armen Tiere, sie waren so klein! Babys waren es, hilflose, unschuldige Kakerlaken-Babys. Mit gerunzelter Stirn beobachtete sie, wie die kleinen Kakerlaken auf dem Boden herumtorkelten. Eine von ihnen hatte jetzt den Schrank erreicht und begann, daran hinaufzuklettern. Cora musste unwillkürlich an eine Textpassage aus dem Tierlexikon denken: *Die lichtscheuen Tiere können sehr schnell laufen und an senkrechten Flächen hochklettern. Ein Weibchen legt im Laufe ihres mehrmonatigen Lebens bis zu 400 Eier.* Cora hob wieder den Lappen.

„Es war genau so, wie es im Lexikon steht", sagte sie abends zu Milli. Selbst im Schlafzimmer war noch der durchdringende Geruch nach Putzmitteln zu riechen. „*Das Weibchen lässt den Kokon mit bis zu 16 Eiern einfach fallen, befestigt ihn mit rasch erhärtendem Speichel und tarnt ihn mit zerkautem Papier*“, zitierte sie und seufzte. „Es waren vierzehn. Vierzehn Stück.“

„Und du hast sie alle umgebracht“, sagte Milli und drängte sich dichter an Cora heran. „Du hast sie besiegt! Ich bin stolz auf dich.“

„Die armen Babys“, sagte Cora und schluckte. „Sie haben versucht, sich vor mir zu verstecken, ich habe es genau gesehen. Sie sind sogar auf die Farbspritzer am Fußboden geflüchtet, aber da konnte ich sie ja noch besser sehen.“ Sie seufzte erneut. „Ich war doch immer so tierlieb. Aber jetzt kann man nicht mehr sagen, dass ich keiner Fliege was zuleide tue.“

„Nein“, raunte Milli. „Du hast immerhin eine ganze Kakerlaken-Kolonie ermordet.“

„Aber Milli, das ist gemein“, sagte Cora und musste trotzdem ein kleines bisschen lachen. Milli nahm das zum Anlass, noch näher zu rücken und Cora langsam über den Bauch zu streicheln und dann weiter, bis hoch zu den Brüsten.

Cora konnte Millis Berührungen nie widerstehen. Auch heute bekam sie sofort eine Gänsehaut am ganzen Körper, und zwischen ihren Schenkeln verspürte sie ein Ziehen. Aber als sie die Augen schloss, sah sie wieder die Kakerlakenbabys vor sich, wie sie auf der Flucht vor Coras tödlichem Lappen hastig über den Boden getorkelt waren. Jedes Mal, wenn Cora eins von ihnen erwischt hatte, hatte sie laut gebrüllt. Der Hals tat ihr davon immer noch weh.

„Du bist gar nicht bei der Sache“, sagte Milli schließlich und rückte ein Stück von Cora ab. „Schatz, du solltest dich freuen. Stell dir mal vor, die wären alle groß geworden und hätten sich vermehrt!“

„Hm, ja“, sagte Cora. Aber sie war nicht überzeugt. Und schlafen konnte sie auch nicht. Bis in die Morgenstunden hinein lag sie wach, lauschte auf verdächtige Geräusche in der Küche und grübelte. Warum bloß hatte die Kakerlake sich gerade Coras Wohnung ausgesucht? Warum hatte sie ausgerechnet Cora gezwungen, ihren ganzen Nachwuchs zu töten?

Der Gedanke daran erfüllte sie mit Ekel und Abscheu, die feinen Härchen auf ihren Armen richteten sich auf, und wieder bekam Cora eine Gänsehaut. Womöglich hatte die Kakerlake wochen-, ja monatelang schon bei ihr gewohnt, vielleicht waren noch mehr da, schon seit langem, wahrscheinlich wohnte Cora schon monatelang mit Kakerlaken zusammen!

„Und wo", fragte Milli, als Cora ihr am nächsten Morgen das Ergebnis ihrer nächtlichen Überlegungen mitteilte, „wo haben sie dann ihr Wohnzimmer, deine Kakerlaken?"

„Du nimmst mich nicht ernst", brummte Cora beleidigt.

„Doch. Natürlich nehme ich dich ernst." Milli sah Cora forschend an, dann zog sie auf einmal ganz langsam die Schultern hoch und ließ sie wieder fallen, so dass es aussah, als hätte sie Flügel. Erst nach einem Moment begriff Cora. Kakerlakenflügel! Milli machte ihr Kakerlakenflügel vor!

„Iiiiiiih!", rief sie angeekelt. „Milli, du bist gemein."

„Jawohl", sagte Milli, „fies und gemein. Und du siehst total übermüdet aus. Heute schlafen wir besser bei mir."

Cora sah keine Kakerlake mehr, aber der Gedanke daran ließ sie nicht los. Jedes Mal, wenn sie nach der Spätschicht nach Hause kam, schlich sie sich lautlos in die Küche, knipste das Licht an und sah sich so schnell um, dass ihr die Augen wehtaten. Und jedes Mal war sie sicher, im Augenwinkel ein Huschen wahrgenommen zu haben. Sie waren immer noch da, davon war Cora überzeugt. Kakerlaken, das wusste sie, waren unheimlich schlau.

Statt zu schlafen, lag Cora wach und sann darüber nach, wie sie den unsichtbaren Feind überlisten konnte. Mit dem Hygienespray bewaffnet saß sie stundenlang bewegungslos in der dunklen Küche, rauchte lautlos eine Zigarette nach der anderen und starrte wie gebannt auf die Schränke, bis sie im Licht, das von der Straße hereinfiel, überall huschende Schatten sah.

Nach einer Weile ging sie dazu über, sämtliche Küchenmöbel abrupt zu verrücken, um die Kakerlaken auf frischer Tat zu ertappen. Eines Nachts kam Milli dazu, als sie gerade den Kühlschrank nach vorne schob.

„Was machst du denn da?", fragte Milli erstaunt und rieb sich die Augen.

„Ich rücke."

„So, du rückst."

„Ganz genau. Ich rücke die Schränke." Cora kippte den Kühlschrank leicht an und sah an seiner Rückseite hinunter. Sie glänzte, Cora hatte sie erst vor zwei Tagen wieder geschrubbt.

„Mitten in der Nacht?"

„Jawohl", sagte Cora und kippte den Kühlschrank wieder zurück.

„Was bist du denn so biestig?"

„Aber was ist denn nur, wenn mir nun eine entkommen ist, eine einzige!", jammerte Cora und sah Milli verzagt an.

„Dann stirbt sie irgendwann. Denn Kakerlaken befruchten sich ja wohl kaum selbst, oder?"

„Aber wenn mir gleich zwei entkommen sind?"

Milli verdrehte die Augen. „Komm wieder ins Bett", sagte sie mit sanfter Stimme, als spräche sie zu einem Kind. „Komm schon!"

„Ich kann nicht", sagte Cora verzweifelt. „Ich muss sie finden. Ich weiß, dass sie hier sind. Irgendwo hier ist noch ein Nest, und da sitzen sie jetzt und lachen sich ins Fäustchen. Sie verstecken sich einfach vor mir, Milli."

„Komm ins Bett, Cora."

Cora kam mit, aber sie kam nicht zur Ruhe. Nächtelang lag sie schlaflos da, überlegte, ob sie ausziehen sollte, und lauschte auf Millis Atem. Und in Richtung Küche.

Milli war Coras große Liebe. Jahrelang hatte Cora sie beim Ausgehen und auf der Straße beobachtet, von ihr geträumt, und selbst jetzt, nach vier Jahren, konnte sie oft kaum glauben, dass es tatsächlich Milli war, die da neben ihr lag und schlief, mit rosigen Wangen und leicht feuchtem Haar, in das Cora oft ihre Nase vergrub, vorsichtig, damit sie Milli nicht weckte.

Allerdings musste sie jetzt immer öfter an Kakerlaken denken, wenn Milli neben ihr lag. Ihre Sinne waren unwillkürlich stets mehr oder minder auf die Küche gerichtet. Einmal schreckte sie sogar beim Sex auf.

„Da! Hast du das Geräusch gehört?", flüsterte sie und drehte den Kopf in Richtung Küche.

„Welches Geräusch?", fragte Milli alarmiert und richtete sich ebenfalls auf. Ihre nackten Brüste schimmerten weich im Licht der Kerze.

„Na, dieses Rascheln! Hast du es nicht gehört?"

Milli schüttelte langsam den Kopf, wobei sie Cora unverwandt musterte.

„Da, wieder! Es raschelt!"

„Ich höre nichts."

„Aber ich", sagte Cora und war schon aus dem Bett und auf dem Weg in die Küche. Als sie die Deckenlampe anknipste und kampfbereit in die Mitte des Raumes sprang, war nichts zu sehen oder zu hören.

„Langsam leidest du unter Verfolgungswahn", sagte Milli und schüttelte den Kopf, als Cora schließlich zurück ins Bett kam. „Pass auf, wenn wir wirklich noch eine sehen, rufen wir einfach den Kammerjäger, okay?" Sie umarmte Cora von hinten und küsste sie sanft in den Nacken.

„Das gefällt mir nicht", sagte Cora schwach und drehte den Kopf, damit Milli sie auch auf den Hals küssen konnte. „Das gefällt mir überhaupt nicht."

„Wie schrecklich", sagte Milli und küsste sie weiter.

Cora sah weiterhin keine Kakerlake mehr, aber der Zwang, nach ihnen zu suchen, geriet ihr allmählich zur

Obsession. Sie war jetzt immer müde, weil sie zu wenig schlief, und unter den Augen hatte sie dunkle Ränder, aber immer noch rückte sie Schränke und sprang nachts wie ein Derwisch in die Küche. Selbst auf der Arbeit riss sie unvermittelt Schranktüren auf und sah misstrauisch ins Innere hinein.

„Im Osten hatten wir oft Kakerlaken, ich kenne mich aus", erklärte sie Michel, ihrem Kellnerkollegen.

„Na dann", sagte Michel und schäumte die Milch für einen Cappuccino auf.

„Es gibt weltweit 4000 Arten, wusstest du das?", fragte Cora und stellte zwei Mineralwasser auf ihr Tablett. „130 sind in Europa heimisch und ein gutes Dutzend in Mitteleuropa."

„So so", sagte Michel und sah sie nachdenklich an. Cora bekam es nicht mit, beschwingt trug sie ihr Tablett davon. In Punkto Kakerlaken, soviel war klar, konnte ihr keiner mehr etwas vormachen. Cora kannte sich aus.

„Du könntest langsam bei einem Kakerlaken-Quiz mitmachen", lachte Milli eines Abends, als sie aus der Dusche kam und Cora dabei entdeckte, wie sie im Türrahmen stand und lauernd in die Küche hineinsah.

„Pscht!", flüsterte Cora und legte einen Finger an die Lippen. „Nachher hören sie uns! Ich will sie doch erschrecken!"

„Haben die denn Ohren?", fragte Milli und trocknete sich weiter ab.

Cora starrte sie an. „Ich weiß nicht", sagte sie. „Ich weiß gar nicht, ob die Ohren haben. Haben Kakerlaken Ohren?"

Sie drückte auf den Lichtschalter, drehte sich einmal um die eigene Achse, wobei sie sich hektisch umsah, und setzte sich dann an den Küchentisch. Vorsichtig zog sie das Lexikon zu sich heran, das jetzt dort immer bereitlag, und klappte es auf. Milli beobachtete sie einen Moment lang schweigend, bevor sie sich umdrehte und wieder ins Bad ging.

„Die Küchenschabe entwickelt im Laufe ihres mehrmonatigen Lebens 5-10 Eibehälter, aus denen nach zwei bis drei Monaten die Junglarven schlüpfen. Ein Eibehälter umfasst bis zu 16 Eier“, las Cora zum hundertsten Mal, schüttelte sich unwillkürlich und blätterte schnell zur Deutschen Schabe weiter. *„Die Deutsche Schabe trägt in ihrer Geschlechtskammer über mehrere Monate hinweg einen Kokon mit je 30 bis 45 Eiern mit sich herum, den sie erst kurz vor dem Schlüpfen fallenlässt.*“

„Mein Gott, Cora, nun mach doch endlich mal das bescheuerte Buch zu“, sagte Milli, die jetzt wieder im Türrahmen stand, nur mit einem Slip bekleidet.

Cora legte das Lexikon gehorsam zur Seite, aber nachts, als Milli längst schlief, schlich sie sich zurück in die Küche, prüfte witternd die Lage und klappte das Lexikon auf. Wieder und wieder las sie die Texte durch, so lange, bis die Buchstaben ihr vor den Augen verschwammen. Sie las den Text über die Schabe im Allgemeinen, den über die Deutsche Schabe, die Küchenschabe, ja sogar über die Totenkopfschabe, obwohl die ja nicht in Frage kam, denn sie war viel größer als jene, welche Milli auf der Heizplatte der Kaffeemaschine getötet hatte. Und außerdem hielt sie sich vorwiegend im Wald auf.

Cora konnte die Texte längst auswendig, aber es verschaffte ihr eine gewisse Befriedigung, sie wieder und wieder zu lesen.

„Ich frage mich“, sagte sie eines Abends beim Essen zu Milli, „ich frage mich, ob es nicht doch die Deutsche Schabe war.“

Milli legte ihre Gabel hin und sah sie merkwürdig an.

„Wegen der Farbe, weißt du“, erklärte Cora. „Die Küchenschabe ist dunkelbraun, aber die Deutsche hat eine gelbbraune Grundfärbung, allerdings einen roten Strich auf der Stirn. Aber das mit den Eiern kommt nicht so ganz hin. Ich habe 14 Babys gefunden. Die Küchenschabe legt bis zu 16 Eier, die Deutsche Schabe aber legt ...“

„30 bis 45", seufzte Milli.

„Genau", sagte Cora. „Genau. Wie ist das, hattest du eigentlich einen roten Strich bei der Kakerlake damals gesehen?"

„Nein", sagte Milli mit fester Stimme. „Ich habe keinen roten Strich auf der Stirn der Kakerlake gesehen. Dazu hatte ich auch keine Zeit. Schließlich musste ich sie so schnell wie möglich abmurksen." Sie verdrehte die Augen zum Himmel, fuhr sich mit einem Finger waagerecht über die Kehle und machte ein knirschendes Geräusch.

„Aber Milli!", sagte Cora schockiert.

Überhaupt versuchte Milli, Coras Besessenheit von der heiteren Seite zu nehmen. Oft, wenn Cora sie ansah, hob sie die Schultern mehrfach hintereinander bis zu den Ohren, ließ sie wieder fallen und machte dabei ein ernstes Gesicht. Cora musste dann meistens grinsen, aber insgeheim krümmte sie sich vor Ekel.

Einmal legte Milli kleine Papierhaufen auf den Küchenfußboden und schüttelte sich vor Lachen, als Cora verdutzt darauf hinuntersah. Aber als die Wochen vergingen, der Herbst ins Land zog und dem Winter Platz machte und Cora immer noch nachts in die Küche schlich, um Möbel zu rücken, da begann Milli, sich ernsthafte Sorgen zu machen.

„So geht das nicht weiter", sagte sie zu Cora. „Du schläfst viel zu wenig, und schon gar nicht mit mir. Ständig liest du in diesem bescheuerten Lexikon, rückst deine Schränke hin und her und sitzt nachts in der dunklen Küche wie ein verrückter Wachtposten."

„Ja, aber ..." Cora wollte sich verteidigen, aber Milli schnitt ihr einfach das Wort ab.

„Du hattest nur eine einzige Kakerlake, und die ist hier reingeflogen, als es so heiß war, und dann ist sie herumgelaufen, hat ihr Nest fallen lassen, mit rasch erhärtendem Speichel verklebt und zerkautem Papier getarnt, und dann hab ich sie umgebracht. Basta, das war's. Und ihre Kleinen hast du ein paar Tage später alle ermordet, grausam ermordet.“ Milli klapperte wieder mit ihren unsichtbaren Kakerlakenflügeln, aber diesmal lachte Cora nicht.

„Aber ich *weiß* einfach, dass sie noch da sind. Mindestens eine. Ich habe einfach ein ganz ungutes Gefühl!“, klagte Cora.

„Unsinn“, sagte Milli. „Du kannst gar keine Kakerlaken mehr haben! Du hättest sonst schon längst eine Leiche gefunden.“

Cora starrte sie an. „Eine Leiche?“, flüsterte sie.

„Genau. Eine Kakerlakenleiche. Hast du je eine gefunden?“

Cora schüttelte wortlos den Kopf.

„Na, siehst du“, sagte Milli zufrieden.

„Aber vielleicht essen sie gegenseitig ihre Leichen auf“, überlegte Cora. Als Milli sie schweigend ansah, zuckte sie mit den Schultern. „Gib mir Zeit bis Weihnachten, ja? Wenn ich bis dahin keine Kakerlakenleiche gefunden habe, dann gebe ich Ruhe, okay? Außerdem mögen sie keine Kälte. Bei Kälte ziehen sie aus.“

Jetzt war es Milli, die Cora anstarrte, aber Cora merkte es nicht. Sie war zum Kühlschrank getreten und spähte vorsichtig dahinter. Dann hob sie ihn ruckartig an und kippte ihn vor. „Huh!“, rief sie. „Kommt raus! Ich weiß genau, dass ihr da seid!“

Am Tag vor Heiligabend fuhr Cora wie jedes Jahr für ein paar Tage zu ihrer Mutter. Diesmal kam Milli nicht mit.

„Ich hab so viel liegengebliebene Arbeit zu erledigen“, sagte sie. „Fahr du ruhig allein und entspann ein bisschen. Dazu hast du ja jetzt auch allen Grund! Stimmt doch, oder?“

Cora nickte halbherzig. Sie hatte zwar keine einzige Kakerlake mehr gefunden, weder tot noch lebendig, aber trotzdem traute sie dem Frieden nicht. Irgendwo unter ihren Schränken, da war sie fast sicher, saß gemütlich eine hochschwangere Kakerlakendame und zerkaute Papier, um ihr nächstes Nest damit zu tarnen.

Für gewöhnlich hielt Cora es bei ihrer Mutter und deren Lebensgefährten Hans nicht lange aus, aber diesmal musste sie feststellen, dass sie sich in der blitzblanken Wohnung überaus wohl fühlte. Bei der unablässigen Putzwut ihrer Mutter hatte keine Kakerlake auch nur den Hauch einer Chance.

Drei Tage lang räkelte sich Cora zufrieden auf dem Sofa und strich entzückt über die Sofaritzen, in denen nicht einmal ein Kekskrümel zu finden war. Nur der Gedanke an ihre Wohnung daheim trübte ihre behagliche Stimmung. Hatte die Kakerlake ihren Kokon bereits fallen gelassen? Waren die Kleinen etwa schon geschlüpft?

„Bei euch in der LPG-Küche damals", sagte sie zu Hans, während sie beide im Wohnzimmer saßen und eine Quizsendung verfolgten. „Gab es da eigentlich auch Kakerlaken? Und hatten die einen roten Strich auf der Stirn?"

Aus der Küche kam der Duft nach frisch gebackenem Kuchen.

„Hä?", sagte Hans.

Milli klang ein bisschen atemlos, als Cora sie übers Handy anrief, um ihr zu sagen, dass sie noch einen Tag länger blieb. „Gut", sagte sie. „Das ist doch gut! Dann hab ich noch genug Zeit."

„Wofür denn?", fragte Cora beleidigt, weil Milli sie so gar nicht zu vermissen schien, aber Milli lachte nur.

„Überraschung!", rief sie fröhlich. „Ich warte bei dir auf dich und mach schon mal die Heizung an, ja?"

Zwei Tage später stieg Cora voll düsterer Ahnungen die Treppe zu ihrer Wohnung hoch. Die Temperaturen draußen waren unter null gefallen, und Cora war völlig durchgefroren. Milli hatte auf ihr Klingeln nicht geöffnet, und auch übers Handy war sie nicht zu erreichen gewesen. Vermutlich hatte sie beim Anblick der frischgeschlüpften Kakerlakenbabys schreiend die Flucht ergriffen. Wahrscheinlich würde sie sich ohnehin bald von Cora trennen. Wer wollte schon mit einer Frau zusammensein, die Kakerlaken hatte?

Cora steckte den Schlüssel ins Schloss, atmete tief durch und öffnete die Tür.

„Milli?“, rief sie, aber in der Wohnung blieb alles still. Das Wohnzimmer war mollig warm, im Bad brannte Licht, und die Tür zur Küche war geschlossen. Cora stellte ihre Tasche ab, rieb sich die klammen Finger und machte die Küchentür auf.

Eisige Kälte schlug ihr entgegen. Der Raum war frisch gestrichen, in strahlendem Weiß, und die Schränke waren von den Wänden gerückt und blitzten vor Sauberkeit. In die Mitte des Zimmers war Coras Wäschekorb geschoben, bis zum Rand mit Eiswürfeln gefüllt, und dahinter, vor den geöffneten Fenstern, durch die raue Winterluft hereinblies, stand Milli in einem selbst gebastelten Kostüm aus braunem Packpapier. Cora erkannte sofort, was es darstellen sollte.

„Hu!“, sagte Milli, hob die Schultern und ließ sie wieder fallen, und ihre Kakerlakenflügel bewegten sich raschelnd. „Was bin ich?“

„Eine Deutsche Schabe“, sagte Cora und fing an zu grinsen. „Schließlich kenn ich mich aus.“

„Sieh mich gut an“, sagte Milli und zog sich die Papiermaske vom Kopf, auf die ein dicker roter Strich gemalt war, „ich bin die letzte Kakerlake, die du auf lange Zeit sehen wirst. Der Kammerjäger war da, ich hab frisch renoviert und alles desinfiziert und seit Tagen herrschen hier minus zehn Grad. Jetzt hat es endlich ein Ende, oder?“

„O ja“, sagte Cora überwältigt und sah sich dankbar um. „O ja, jetzt hat es ein Ende.“ Bei der Kälte konnte keine Kakerlake mehr hier sein. Sie waren ausgezogen, allesamt, ganz bestimmt. Milli sei Dank.

„Na gut. Dann pack doch mal dein Weihnachtsgeschenk aus“, sagte Milli, breitete ihre Arme aus und kam auf sie zu.

„Geschenk?“, fragte Cora.

„Na, dieses hier“, sagte Milli und schmiegte sich an sie, und ihre Kakerlakenflügel knisterten, als Cora sie an sich zog und so fest umarmte, wie sie nur konnte.

Lesen in Leipzig

Zu Anfang konnte ich sie nicht leiden. Das änderte sich erst, als ich in Leipzig heimlich in ihre Reisetasche sah, aber bis dahin konnte ich sie nicht ausstehen. Ich hatte sie ein-, zweimal auf der Buchmesse getroffen, wo wir uns am Verlagsstand die Hände schüttelten und dann nicht weiter beachteten. Und einmal hatte ich sie zufällig im Fernsehen gesehen, in einer dieser unsäglichen Nachmittags-Talkshows, die ich normalerweise nie einschalte, weil ich mich dabei schon beim Zusehen allein vor Scham und Peinlichkeit nur so winden könnte. Aber an diesem Tag zappte ich ein bisschen durchs Nachmittagsprogramm, während ich darauf wartete, dass meine Pizza im Ofen endlich gar wurde, und da war sie auf einmal – das gewohnt arrogante Grinsen im Gesicht, lümmelte sie sich im Sessel herum, trank schlürfend aus ihrem Wasserglas und störte den Moderator mit unpassenden Kommentaren und gelegentlichen schrillen Lachern. Ich krümmte mich fast zusammen, als die Kamera dicht an sie heranfuhr und sie affektiert den

Kopf in den Nacken warf, wobei ihre roten Locken wippend nach hinten fielen.

Ihr Bild verfolgte mich bis in den Schlaf. „Eingebildete Ziege“, flüsterte ich zwischen zusammengebissenen Zähnen hindurch in mein Kissen. „Aufgeblasene Pute.“ Aber im Grunde war ich bloß neidisch, und das Schlimme war, dass ich das eigentlich auch wusste.

Olivia, nicht ich, war nämlich diejenige, die reihenweise Literaturpreise und Stipendien einsackte. Olivia, nicht ich, wurde zu Talkshows und zahlreichen Lesungen eingeladen. Und vor allem: Die Leute kauften ihre Bücher. Zwar nicht gerade in Scharen, aber immerhin so oft, dass die Presse aufmerksam wurde.

Ich persönlich war ja der Meinung, dass Olivias Ruhm viel mehr ihrer perfekten Selbstinszenierung zuzuschreiben war als ihrem Talent, aber das spielte nun mal keine Rolle. Tatsache war, dass Olivia mit ihren Szene-Romanen erfolgreicher war als ich mit meinen, und Tatsache war auch, dass ich sie nicht leiden konnte.

Und deshalb war ich nicht gerade erfreut, als mir unsere gemeinsame Verlegerin Ende Oktober mitteilte, dass ich zusammen mit Olivia zu einer Lesung eingeladen worden war. Zu einer Nikolauslesung, genauer gesagt. Mit erotischen Texten. In Leipzig.

„Du wirst sehen, Olivia ist wirklich nett“, sagte unsere Verlegerin am Telefon zu mir, und auf mein beharrliches Schweigen fügte sie hinzu: „Sie ist ganz anders, wenn man mit ihr allein ist.“

„Ich werde aber nicht mit ihr allein sein. Vor uns werden einige Dutzend Zuhörer sitzen.“

„Na ja, das schon. Aber danach seid ihr allein“, sagte meine Verlegerin vorsichtig und wechselte gleich darauf in einen bemüht heiteren Tonfall. „Der Veranstalter hat euch beide zusammen untergebracht. Mitten im Zentrum. In einer Wohnung gleich neben der Galerie, wo ihr lest.“

Am Leipziger Bahnhof erwartete mich ein überlebensgroßer Nikolaus in der Vorhalle, der Bonbons an die Kinder verteilte. Sonst allerdings niemand. Nachdem ich eine Weile herumgestanden hatte, stiefelte ich los, mitten durchs vorweihnachtliche Leipzig, und mit jedem Schritt sank meine Laune noch tiefer.

Entgegen ihrer Gewohnheit hatte meine Verlegerin mir diesmal eine Wegskizze geschickt, vermutlich, um mich zu besänftigen und ihr schlechtes Gewissen zu beruhigen. Meine Vermutung festigte sich, als ich endlich vor dem Haus stand, in dem sich die Galerie befand. An der verwitterten Tür hing ein unscheinbarer Zettel mit der Ankündigung der Lesung. Unter Olivias fettgedrucktem Namen befand sich der Name eines weiteren Autors, der durchgestrichen und mit krakeligen Buchstaben durch meinen ersetzt worden war. In grimmigster Laune betrat ich das Haus.

Ein atemberaubender Geruch nach Plastik, Moder und altem Teppich schlug mir entgegen, als ich die schwere Eisentür im vierten Stock aufstemmte. Schon im heruntergekommenen Treppenhaus hatten mich düstere Ahnungen beschlichen, und als ich durch den dunklen Flur ging, verstärkte sich mein ungutes Gefühl. Niemand würde diese Bruchbude freiwillig betreten, zumindest nicht, um meinen literarischen Ergüssen zu lauschen. Und dann hörte ich zu allem Überfluss auch noch Olivias gellendes Lachen.

Sie stand mitten im Raum und unterhielt sich mit einem Typen in Anzug und Schlips, und als ich hereinkam, warf sie den Kopf in den Nacken und lachte erneut. „Das ist doch nicht Ihr Ernst!“, rief sie belustigt, und der Typ zuckte zusammen und wandte sich mir zu. Er hatte schütteres, aschgraues Haar und riesige, gelbe Zähne, und er sah mich unfreundlich an.

„Die Lesung ist erst um acht“, schnarrte er laut.

Ehe ich antworten konnte, drehte Olivia sich um. Ihr grünes Kostüm hatte die gleiche Farbe wie ihre Augen, und widerwillig stellte ich fest, dass es ihre drallen Rundungen äußerst vorteilhaft zur Geltung brachte.

„Aber Hallöchen!“, rief sie bei meinem Anblick. „Da bist du ja endlich! Stell dir vor, wir sollen Nikolausmützen tragen. Wie findest du das?“

Zuerst glaubte ich an einen Scherz, aber es stellte sich heraus, dass der Vorschlag durchaus ernst gemeint war.

„Diese Veranstaltung ist ausdrücklich als Nikolauslesung gedacht. Da muss man den Leuten dann auch was bieten. Erotische Geschichten und alles in Weihnachtsstimmung, verstehen Sie?“, sagte der Typ im Anzug zu mir, nachdem Olivia uns miteinander bekannt gemacht hatte. Er hieß Geiger und war der veranstaltende Galerist, obwohl ich mich ernstlich fragte, womit er in aller Welt diese Berufsbezeichnung zu verdienen glaubte. Die Galerie nämlich bestand aus nichts weiter als einem großen, quadratischen Raum mit zwei Fenstern an der Stirnseite, die von Weihnachtsschmuck nur so strotzten. Der verschmutzte Teppichboden dünstete uralte, höchstwahrscheinlich hochgiftige Chemikalien aus DDR-Zeiten aus, und an den Wänden prangten schlecht gehängte, grässliche Fotos von nackten Frauen. Um die zerkratzten Rahmen waren Tannenzweige aus Plastik gewunden, und auf der oberen Kante thronte jeweils eine Nikolausfigur mit elektrisch blinkenden Augen. Die achtlos herabhängenden Kabel vervollständigten den geschmacklosen Eindruck.

Olivia beobachtete mich, während ich mich umsah, und als ich den kläglich geschmückten Tannenbaum in einer Ecke entdeckte, dessen Nadeln größtenteils bereits zu Boden gerieselt waren, lachte sie wieder. „Mal was anderes, oder?“, fragte sie fröhlich.

Ich starrte sie einfach bloß an, genauso wie Geiger.

„Na gut“, sagte er achselzuckend. „Dann sind wir uns ja einig. Am besten, Sie suchen sich jetzt aus, wo Sie lesen wollen, und stellen sich schon mal den Tisch hin. Die

Stühle können Sie auch schon ruhig machen. Ich bin kurz mal weg." Er nickte zu ein paar ramponierten Bürotischen hinüber, die zwischen einer Unmenge gestapelter Stühle an der Stirnwand standen, und marschierte hinaus.

„Wie – meint er, wir sollen die Bestuhlung selber machen?", fragte ich ungläubig.

Olivia legte den Kopf schief. „Wie es aussieht, haben wir ja sonst nichts zu tun. Also los!" Ihre grünen Augen musterten mich. „Fangen wir an. Und guck nicht so muffig! Ich würde sagen, wir lesen vorm Fenster."

Ich mag es ja überhaupt nicht, wenn mir jemand sagt, was ich tun soll, und erst recht kann ich es nicht leiden, wenn man mir vorschreibt, wie ich dreinzusehen habe. Aber die Situation kam mir derart absurd vor, dass ich einfach klein beigab. Ich stellte meinen Rucksack ab und fing an, die Stühle und Tische zu rücken. Olivia packte derweil die Bücherkiste aus, die unsere Verlegerin direkt an die Galerie hatte schicken lassen. Logisch, dachte ich, während ich ächzend einen Tisch neben die Tür schob und dann einen weiteren vor die Fensterfront. Fürs Grobe bin ich zuständig. Das Prinzesschen ist sich dafür natürlich zu fein.

Aus den Augenwinkeln sah ich, wie Olivia ihre eigenen Werke mittig postierte. Es waren zwei große Stapel, und die paar Exemplare meiner schmalen Bücher nahmen sich recht mickrig dagegen aus.

Plötzlich sah Olivia auf. „Die erste Reihe ein bisschen weiter nach hinten!"

„Sehr wohl, Ma'am. Wird sofort gemacht", blaffte ich wütend.

Olivia sah mich aufmerksam an. In ihren Augen war auf einmal ein merkwürdiges Leuchten, und ich blickte zur Seite. Ein Schauer lief mir den Rücken hinunter. Für einen Moment fand ich Olivia plötzlich sehr attraktiv, aber dieser Moment ging zum Glück rasch vorbei.

Keine Ahnung, wie Geiger auf den Gedanken gekommen war, aber er hatte ungefähr hundert Stühle herangeschafft, die ich in langen Reihen hintereinander stellte, wobei ich mich fragte, wer in aller Welt darauf sitzen sollte. Als ich mich zu Olivia umdrehte, stellte ich fest, dass sie auf dem Büchertisch saß und mich mit einem kleinen, und wie ich fand, höhnischen Grinsen beobachtete. Im diesen Moment hasste ich sie voller Inbrunst.

„Echt patent!", sagte sie munter. „Was im Kopf und dann auch noch Muskeln!"

„Sehr witzig."

„Doch, ernsthaft. Dein Buch ist zwar eigentlich nicht ganz mein Geschmack, aber die Sexszenen, die sind echt Spitze."

Man muss wissen, dass mein Werk knapp hundertfünfzig Seiten umfasst und genau drei Sexszenen enthält, die ausschließlich unter Frauen spielen und von denen jede ungefähr drei Seiten lang ist, und deshalb wusste ich nicht genau, ob Olivias Bemerkung ein Lob oder eine Kränkung darstellen sollte. Vergrätzt, wie ich war, entschied ich mich für die zweite Möglichkeit.

„Na, dann trifft's sich ja gut, dass wir heute Erotika lesen", sagte ich giftig. „Da kommst du ja voll auf deine Kosten."

„Das wird sich noch rausstellen", sagte Olivia munter und lachte erneut ihr gellendes Lachen. „Kommt aufs Publikum an, oder nicht?"

Ich war gerade mit der Bestuhlung fertig geworden, als Geiger wieder hereinkam, gefolgt von zwei jungen Frauen in Nikolauskostümen. Jede von ihnen trug eine Schale mit Bonbons im Arm, und Olivia platzte bei ihrem Anblick beinahe vor Lachen. Die beiden Mädels senkten verlegen die Augen. Geiger warf einen flüchtigen Blick auf den Tisch und die Stühle und nickte.

„Fein", sagte er, stellte einen tragbaren Kassettenrecorder auf den Tisch und schaltete ihn ein. Weihnachtsgedudel erfüllte den Raum. „Das wäre dann ja erledigt. Dann kann's ja losgehen."

Ich habe schon eine Reihe von Lesungen gehalten, aber diese war wirklich außergewöhnlich. In jeder Beziehung. Nie zuvor und niemals danach habe ich mich als Autorin dermaßen herablassend behandelt gefühlt, und das Einzige, das mich einigermaßen bei Laune hielt, war die Tatsache, dass es Olivia nicht anders erging. Wie Geiger darauf gekommen war, uns einzuladen, bleibt wohl ein ewiges Rätsel. Aber ich nehme an, er hatte sich eine Nikolausveranstaltung als Werbegag ausgedacht und nach Programmfüllern gesucht, und dann war ihm unser Verlagsprospekt in die Hände geraten, in dem sowohl Olivias als auch meine Werke unter der Rubrik „Szene/Erotik" aufgeführt waren.

„Wir brauchen noch Wasser", sagte Olivia zu Herrn Geiger. „Und ein Zimmer, wo wir unsere Taschen lassen können. Und das Honorar – wie ist es damit, Herr Geiger?"

„Ach, das", sagte Geiger. „Das wird überwiesen."

Er zeigte uns einen kleinen Raum neben der Galerie, in dem als einziges Möbelstück ein Aktenschrank stand, und deutete auf eine Tür.

„Da ist die Toilette. Da gibt es dann ja auch Wasser. Gläser sind hier im Schrank."

Er machte kehrt, und Olivia verschwand in der Toilette. Ich lehnte mich an die Wand und sah auf die Tür, hinter der ich sie mit ihrem Kostüm rascheln hörte. Plötzlich fragte ich mich, was sie wohl darunter trug. Spitzenunterwäsche? Einen Body? Oder womöglich nichts?

Als Geiger kurz darauf zurückkam, fühlte ich mich richtig ertappt, aber Geiger sah mich nicht einmal an.

„Die ersten Gäste sind da", sagte er sichtlich zufrieden. „Und das sind die Schlüssel für die Wohnung. Da, wo Sie schlafen. Gleich auf dem Flur, direkt gegenüber. Werfen Sie die dann morgen früh einfach in den Briefkasten der Galerie. Ach ja, und eh ich's vergesse: Hier sind Ihre Mützen."

Ich starrte immer noch entgeistert auf die beiden Nikolausmützen in meiner Hand, als Olivia von der Toilette kam. Sie fing schallend an zu lachen, und sie lachte immer noch, als sie den Raum verließ, die Mütze schräg auf dem Kopf, mit wippendem Bommel.

Nie wieder, dachte ich wütend. Nie wieder lesen in Leipzig!

Ich blieb länger auf der Toilette, als es sich gehörte, aber das war mir egal. Es dauerte eben eine Weile, bis ich mich beruhigt hatte, dann musste ich erst mal die Gläser aus dem Schrank holen und füllen, und schließlich, als ich schon auf dem Weg nach draußen war, fiel mein Blick auf Olivias Reisetasche. Einen Augenblick zögerte ich, dann gab ich der Versuchung nach. Ich stellte die Gläser wieder ab und machte sie auf.

Manchmal gibt es Momente im Leben, in denen sich ruckartig etwas für immer verändert, und dies war einer davon. Mag sein, dass die verfahrene Situation, in der wir beide uns befanden, mich bereits milder gestimmt hatte – aber als ich Olivias Reisetasche öffnete und das Chaos darin betrachtete, löste sich meine Abneigung gegen sie auf einmal in nichts auf. Ich sah auf die zerknüllten Wäschestücke nieder, den platt gedrückten Leporello und die verschiedenen Kosmetika und spürte, wie mich eine Art Rührung überkam. Wie unordentlich sie gepackt hatte! Alles war kreuz und quer hineingeworfen, als sei sie in Eile gewesen. Oder nervös.

Plötzlich sah ich Olivias Augen vor mir: Grün waren sie, grün und ein bisschen verhangen, aber eindeutig schön.

Verwirrt schloss ich die Reisetasche und machte mich auf den Weg.

Ich traute meinen Augen kaum, als ich die Galerie betrat. Fast alle Stühle waren besetzt, und immer noch strömten die Leute herein. Die Mädchen mit den Nikolauskostümen standen zu beiden Seiten der Tür und hielten Bonbons feil, und dahinter rieb sich Geiger genüsslich die Hände. Der Kassettenrecorder dudelte immer noch nervtötend vor sich hin. Olivia lehnte vorne am Fenster und sah mir entgegen. Sie hatte diese alberne Nikolausmütze tatsächlich immer noch auf dem Kopf, und als ich das sah, setzte ich meine ebenfalls auf.

Auf weichen Knien durchquerte ich den Raum, die Wassergläser fest in den Händen. Als ich bei Olivia angelangt war, verdrehte sie die Augen gen Himmel. „Lauter Greise!“, flüsterte sie.

Sie hatte Recht. Das merkte ich, als wir Platz genommen hatten, Geiger den Kassettenrecorder ausschaltete und salbungsvoll zu sprechen begann. Aus mir schleierhaften Gründen waren die meisten Zuhörer in der Tat weit über sechzig, und sie starrten uns verwundert an, während sie Geigers Ausführungen lauschten.

„Und jetzt lesen uns diese zwei jungen Damen etwas vor. Sie haben diese Geschichten selbst geschrieben und sind welche von den Größten in ihrem Gebiet“, sagte Geiger, und Olivia zuckte neben mir zusammen. „Also, jetzt lesen Olivia Nüssler und ... und ... Karla...“ Er verstummte und kramte in seiner Jackentasche nach einem Zettel, und ich sagte laut: „Klara Falbe. Und das hier ist Olivia Nüssel, nicht Nüssler.“

In diesem Moment fiel mir auf, dass Olivia und ich uns nicht abgesprochen hatten im Hinblick darauf, wer anfangen sollte. Ich sah Olivia an, nur um zu entdecken, dass sie sich hilflos vor unterdrücktem Lachen krümmte. Mir blieb nichts anderes übrig. Ich zog einfach mein Buch zu mir heran und fing an.

Normalerweise lese ich eine längere Passage am Stück, mit maximal einer Sexszene. Aber an diesem Abend ritt mich der Teufel. Ich dachte daran, was Olivia über meine Sexszenen gesagt hatte, und dann las ich sie alle drei der Reihe nach vor. Nach einer Seite hörte Olivia auf, sich zu krümmen, nach der nächsten hatte ich meine zittrige Stimme endlich unter Kontrolle, und zwei Seiten später merkte ich, dass Olivia mich unverwandt ansah. Aber sie war nicht die Einzige.

Das gesamte Publikum glotzte mich völlig verständnislos an. Ich weiß ja nicht, was die Leute sich unter einer erotischen Nikolauslesung vorgestellt hatten. Lesbische Sexszenen anscheinend jedenfalls nicht.

Ich bin nicht gerade geübt darin, Sexszenen zu lesen, und meistens versagt mir regelmäßig die Stimme dabei, aber diesmal war es anders. Ich las flüssig und ohne zu stocken, und als ich zu der Szene kam, in der die eine Protagonistin der anderen das Kostüm vom Leibe reißt, spürte ich, dass ich zu schwitzen begann. Aber nicht vor Verlegenheit, sondern weil mir plötzlich bewusst wurde, dass Olivia dichter an mich herangerückt war. Ihr linkes Bein war nur noch einen Fingerbreit von meinem entfernt, und die Hitze, die ihr rundlicher Körper ausstrahlte, kroch mir unter die Haut.

„*Und dann saß sie auf mir. Ihre grünen Augen leuchteten, und der Schweiß brach mir aus*", las ich, und Olivia räusperte sich verhalten. „*Ich griff nach oben und riss ihr mit einem Ruck das Kostüm herunter. Ihre großen, festen Brüste reckten sich vorwärts, und als ich mich auf die Ellenbogen stützte, schob sie mir einen ihrer steifen Nippel direkt zwischen die Lippen.*"

Ich spürte, wie Olivia neben mir die Luft anhielt. Verstohlen sah ich sie von der Seite an, und sie warf mir einen derart feurigen Blick zu, dass nunmehr mir die Luft wegblieb. Und dann grinste sie, und ich grinste zurück. Aber nur kurz. „*Ich stehe sowieso auf dralle Rothaarige*", las ich weiter. „*Aber auf diese stand ich besonders. Langsam ließ ich meine Hand zwischen ihre Schenkel gleiten, und bereitwillig schob sie sich nach vorn. Für einen Moment verharrte ich, ihre grünen Augen loderten auf, und dann glitt ich in sie hinein. Sie schrie auf, als ich begann, sie zu stoßen, und sie schrie wieder, als sie dann kam, lange und heftig.*"

Als ich geendet hatte, herrschte Stille. Nur Olivia atmete tief aus, aber so leise, dass nur ich es hören konnte. Ich legte mein Buch weg und lehnte mich vorsichtig zurück. Normalerweise klatschen die Leute spätestens dann, aber diesmal rührte sich niemand. Sie gafften mich einfach nur an.

„Super", sagte Olivia laut. „Danke schön, Klara." Und dann fing ihrerseits sie an zu lesen.

„Ich war schon eine ganze Weile scharf auf sie, aber das kapierte sie nicht", begann sie. *„Wenn wir uns begegneten, ignorierte sie mich vollkommen. Aber an diesem Tag, so hatte ich beschlossen, sollte das anders werden. Ich würde sie kriegen."*

Noch während ich überlegte, aus welchem Buch diese Passage stammen mochte – trotz meines Neids hatte ich natürlich heimlich alle Werke von Olivia gelesen –, drückte Olivia auf einmal unter dem Tisch ihr Knie an meines.

„Sobald diese Sache hier vorbei wäre, würde ich mit ihr verschwinden. Ich hatte vor, sie zu verführen. Ich wollte mit ihr ins Bett und ausgiebig bumsen. Und ich glaube, insgeheim wollte sie das genauso." Olivia machte eine kurze Pause und holte tief Luft, und ich schob langsam eine Hand unter den Tisch und legte sie auf ihr Knie.

Immer noch sehe ich manchmal diese schweigende Menge vor mir, die uns anstarrt, einige darin sogar mit offenem Mund. Ungefähr in der Mitte von Olivias Vortrag schlief eine Frau in der ersten Reihe ein und fing leise an zu schnarchen. Ihre Nachbarn zu beiden Seiten saßen wie erstarrt da, aber keiner brachte es über sich, sie zu wecken. Und so schnarchte sie weiter. Olivia allerdings schien das nicht weiter zu stören. Sie las mit lauter kräftiger Stimme, ohne zu zögern, und als sie am Ende angekommen war, klappte sie ihr Buch mit einem heftigen Knall zu und klatschte laut in die Hände. Die Schläferin in der ersten Reihe rappelte sich auf und starrte verdutzt zu uns herüber.

„Feierabend!", brüllte Olivia und lachte ihr gellendes Lachen. Diesmal fand ich es sogar lustig. Irgendwie schien es auch Wirkung zu haben, denn einige Leute spendeten zaghaften Beifall. Ein Mann hob vorsichtig die Hand.

„Ja?", rief Olivia dröhnend.

„Haben Sie das wirklich alles selber geschrieben?", fragte er so leise, dass man ihn kaum verstand.

„Klar", sagte Olivia. „Was denken Sie denn? Dass ich's abgeschrieben hab oder wie?"

Hatte sie natürlich nicht, ganz im Gegenteil. Sie hatte sich den gesamten Text gerade eben in derselben Sekunde ausgedacht, in der sie ihn vorgetragen hatte. Aber ich bezweifle, dass jemand außer mir das bemerkt hatte. Kein Wunder. Vermutlich war ich sowieso als Einzige mit Olivias Büchern vertraut.

Ein anderer Mann meldete sich. „Gehörten die beiden Geschichten jetzt eigentlich zusammen? Das hatte ich beim Zuhören nicht ganz verstanden."

Olivia warf mir einen gequälten Blick zu, und ich straffte die Schultern. „Ja", sagte ich. „Ganz genau. Das war ein zusammenhängender Text. Ich hatte den ersten Teil und Frau Nüssel den zweiten."

Anscheinend war meine Antwort erschöpfend, denn niemand fragte mehr nach. Erneut machte Schweigen sich breit.

Geiger unterbrach die beklemmende Stille, indem er mit Hilfe der beiden Nikolausmädels den Büchertisch zu uns nach vorne schleppte und ins Publikum strahlte. „Die Bücher können Sie gleich noch hier kaufen! Die Autorinnen signieren sie auch!", rief er, und Olivia begann schon wieder zu lachen.

Man hätte erwarten können, dass die Menge sich nach diesem offensichtlichen Desaster wenigstens rasch zerstreute, aber das war nicht der Fall. Die meisten blieben da, schlenderten umher und beglotzten die Bilder und Bücher.

Spätestens, als ich die ersten Sektgläser in ihren Händen entdeckte, wurde mir klar, warum das so war.

„Es gibt was umsonst!“, flüsterte ich Olivia zu.

Olivia, die gerade lautstark dabei war, einer schwerhörigen Dame den Preis ihres Buches begreiflich zu machen, wandte mir ruckartig den Kopf zu. Ihre Augen blitzten. Sie öffnete den Mund, aber da stand Geiger plötzlich vor uns. Er nahm je eins unserer Bücher zur Hand und warf sie lässig vor uns auf den Tisch.

„Prima. Ich konnte mich voll damit identifizieren. Schreibt mir was Nettes rein, ja?“

Er wartete nicht einmal anstandshalber ab, bis wir die Bücher aufgeschlagen hatten, sondern stelzte gleich wieder davon. Die gaffenden Leute schoben sich dichter an unseren Tisch. Olivia und ich sahen uns an. Ihre grünen Augen funkelten, und wieder lief mir ein Schauer den Rücken hinunter.

„Komm“, sagte Olivia. Und dann klappten wir Geigers Exemplare wieder zu und standen gleichzeitig auf.

Ich fand das Schlüsselloch nicht sofort, weil ich so sehr kichern musste. Außerdem störte mich die Sektflasche, die ich unter den Arm geklemmt hatte, und deshalb stellte ich sie auf den Boden und fummelte weiter mit dem Schlüssel herum, von Lachkrämpfen geschüttelt. Olivia trug ihre Reisetasche und meinen Rucksack und eine weitere Flasche, und als es mir endlich gelungen war, die Tür aufzubekommen, wäre sie um ein Haar der Länge nach hingefallen, wenn ich sie nicht im letzten Moment aufgefangen hätte. Einen Moment lang lehnte sie schwer in meinen Armen. Ihre grünen Augen waren in der schummerigen Flurbeleuchtung riesengroß. Dann öffnete sich die Galerietür hinter uns, und wir hechteten in die dunkle Wohnung hinein.

Das Erste, was mir auffiel, war die Kälte. Es war eiskalt in der Wohnung, und außerdem roch sie leicht muffig. Und dann, als ich endlich den Lichtschalter gefunden hatte, fiel mir noch mehr auf: Die Wohnung stand leer. Jedenfalls sah es so aus. Und während ich durch den Flur marschierte und nacheinander in die Zimmer hineinsah, bestätigte sich mein Verdacht.

Geiger hatte uns zwar eine Wohnung zur Verfügung gestellt, aber das war auch schon alles. Die ersten beiden Zimmer waren vollkommen unmöbliert, im nächsten lag eine blanke Matratze auf dem Boden, und dann kam die Küche. In den Einbauschränken herrschte gähnende Leere, ein Kühlschrank war nicht vorhanden. Das Badezimmer war ebenfalls leer, und wir waren fast überrascht, als wir im WC tatsächlich eine halbe Rolle Toilettenpapier entdeckten.

„Tja", sagte Olivia und zuckte mit den Schultern. „Fragt sich nur, woraus wir jetzt den Sekt trinken sollen?"

Darauf hatte ich eine Antwort. Ich zog unsere beiden Wassergläser aus meinem Rucksack, die ich vorhin kurzerhand eingesteckt hatte. „Wie wär's denn mit einem Gläschen? Vielleicht wird uns dann ja auch ein bisschen wärmer."

Olivia lächelte erfreut. Sie stand sehr nahe vor mir, und ihr betörender Duft stieg mir in die Nase, aber ich konnte mich nicht recht konzentrieren. Mich beschäftigte eine ganz andere Frage.

„Diese Matratze da", sagte ich. „Hast du die gesehen?"

„Na sicher." Olivia öffnete eine Sektflasche, nahm mir die Gläser ab und schenkte uns ein.

„Moment, ich muss noch mal nachsehen. Das kann doch wirklich nicht wahr sein, dass Geiger uns nur eine bloße Matratze hingelegt hat. Ich glaub's einfach nicht." Ich ging wieder zurück in den Flur. Und dort entdeckte ich eine weitere Tür gegenüber der Küche, die wir bislang übersehen hatten. Ich machte sie auf.

Das Zimmer war klein, und die Heizung schien aufgedreht, denn ein lauwarmes Lüftchen wehte heraus. Auf dem Boden vorm Fenster lag eine Matratze. Aber diese hier war bezogen, und an Bettwäsche fehlte es auch nicht. Allerdings nur für eine Person.

„Also wirklich, keine Ahnung, was Geiger sich dabei gedacht hat“, sagte Olivia und trat hinter mich, die beiden Sektgläser in der Hand. „Aber ich würde sagen, wir machen das Beste daraus.“

Und dann ging sie ins Zimmer hinein, drehte sich zu mir um und strahlte mich an. „Komm her, Baby“, sagte sie und hob die Gläser. „Jetzt wird gefeiert.“

Ich ging zu ihr hinüber.

„Ist dir noch kalt?“, fragte Olivia leise. Ich sah sie einfach nur an. Dann nahm ich ihr die Gläser ab und stellte sie weg. Und Olivia zog uns die Nikolausmützen vom Kopf.

Sie legte die Arme um meinen Nacken und zog mich dicht an sich heran. Ihre vollen Brüste schmiegten sich an meine eigenen, und ich spürte die Hitze ihres kräftigen Körpers. Auf einmal war mir schlagartig heiß.

„Ich heiz dir ein“, flüsterte Olivia an meinem Hals, bevor sie mich küsste. „Dann merkst du nichts mehr von der Kälte.“

Und das machte sie auch.

Viele Stunden später stellten wir fest, dass keine von uns ein Handtuch dabei hatte. Wir nahmen Olivias Pyjama zu Hilfe, den sie in dieser Nacht ohnehin nicht mehr brauchte. Olivia benutzte das Oberteil zum Abtrocknen und ich die Hose, und irgendwie ist Olivias Pyjamahose dabei versehentlich in meinen Rucksack geraten, wo ich sie schließlich vergaß.

Ich habe sie immer noch. Und ich muss gestehen, dass ich sie sogar regelmäßig trage. Oft liege ich dann wach, streiche mit den Fingerspitzen über den glatten Stoff und denke an Olivia und an diese Nacht, in der wir uns eine Ewigkeit liebten. Dann kann ich meist nicht mehr schlafen, aber das macht mir nichts aus.

Geiger hat übrigens nur Olivias Honorar unaufgefordert überwiesen. Ich musste drei Mahnungen schreiben, bis er meines ebenfalls zahlte. Vielleicht dachte er ja, wir teilen uns ein Honorar. So wie das Bett.

Wie auch immer, diese Lesung in Leipzig war in der Tat außergewöhnlich. In jeder Beziehung.

Olivia habe ich seither noch nicht wieder gesehen. Aber letzte Woche hat meine Verlegerin angerufen und gefragt, ob ich Lust hätte, nächsten Monat in Zürich zu lesen. Erotische Texte, zu Ostern. Mit Olivia Nüssel.

Ich habe gesagt, ich denk drüber nach. Aber natürlich ist die Antwort schon klar. Morgen ruf ich zurück.

Was für Mützen trägt man denn wohl zu einer Osterlesung? Welche mit Hasenohren? Oder Mützen in Eiform?

Egal. Ich werde sie tragen. Und Olivia hoffentlich auch.

Einfach zu jung

„Nee, komm, lass mal, du bist mir sowieso viel zu jung." Michaela winkte ab und trank einen großen Schluck von ihrem Gin-Tonic, wobei sie Lena über ihr Glas hinweg lässig musterte.

Lena gab sich einen Ruck. „Warum?", fragte sie und versuchte, ihre beste Freundin Roberta zu ignorieren, die schräg hinter Michaela an der Wand lehnte und ihr unverständliche Zeichen gab.

„Warum?" Michaela stellte ihr Glas ab und lachte laut auf. „Warum? Das ist wirklich eine Frage, auf die es nur eine Antwort gibt, mein Schatz: Darum!" Sie rutschte von ihrem Hocker. „Tschüsschen, ich geh dann mal. Hab noch was vor." Sie beugte sich vor, fuhr Lena durch ihre sorgsam gestylten Haare und marschierte hinaus.

Lena drehte sich halb auf ihrem Hocker um und sah ihr nach. Da ging sie, Michaela, die tollste Frau von ganz Hamburg. Groß, kräftig, mit weit ausholenden Schritten, zielsicher wie sonst was. Ja, na gut, sie war nicht mehr ganz taufrisch, wie Roberta kichernd am ersten Abend festgestellt hatte, ein paar Pfunde zu viel hatte sie sicherlich drauf, und ihre Motorradjacke war auch nicht gerade der Knaller, aber egal. Trotzdem war sie toll. Und wie!

„Was war denn jetzt schon wieder?" Roberta war herangekommen und hatte sich neben Lena an den Tresen gelehnt.

„Nichts", sagte Lena und zuckte mit den Schultern.

„Ist sie weg oder was?"

„Hmhm."

Roberta legte Lena den Arm um die Schultern und brachte ihr Gesicht dicht vor Lenas. „Ej, die ist doch voll doof, die Alte! Die weiß doch gar nicht, was sie bei dir verpasst!"

„Nee, weiß sie bestimmt nicht", sagte Lena unglücklich und drehte ihre Bierflasche. Das Etikett war fast ganz heruntergepult. Neulich hatte jemand mal gesagt, dass jede Pulspur ein Problem bedeutete. Wenn das stimmte, müsste Lenas Leben ein Scherbenhaufen sein. Aber das war nicht so, ganz und gar nicht. Im Gegenteil, Lena ging's gut: Sie hatte ein Zimmer in einer coolen lesbisch-schwulen WG, ihre Mitbewohner Mirjam und Tobi waren echt nett, das Studium machte Spaß, und Hamburg war super. Überhaupt hatte Lena nur ein einziges Problem. Und das entfernte sich gerade draußen im trüben Januarabend mit Riesenschritten von ihr.

Roberta ließ sich neben Lena auf den Hocker plumpsen, auf dem kurz zuvor noch die aufregendste Frau ganz Norddeutschlands gesessen hatte. „He, die ist doch wirklich voll doof! Die spielt doch nur mit dir. Wie lange hechelst du der jetzt schon hinterher?", fragte sie und sah Lena stirnrunzelnd an.

„Ich hechel ihr doch nicht hinterher!"

„Jawohl tust du das! Jedes Mal, wenn die auftaucht, kriegst du Glupschaugen und gaffst sie sehnsüchtig an. Also, wie lange?"

„Zwei Monate ungefähr“, flüsterte Lena. Das stimmte nicht ganz; es waren auf den Tag genau neun Wochen, seit sie Michaela das erste Mal gesehen hatte. Lena brauchte nicht einmal nachzurechnen. Sie wusste es einfach.

„Zwei Monate!“, stöhnte Roberta und verdrehte die Augen. „Mann, vergiss die Alte mal endlich. Die lässt dich doch sowieso nur abblitzen. Es gibt so coole andere Frauen, guck dich doch bloß mal um!“ Roberta schwenkte die Arme und deutete auf verschiedene Mädels, die in der Bar verstreut herumstanden, aber Lena sah nicht hin. Sie betrachtete das Etikett ihrer Bierflasche und schob dann den Daumennagel unter das letzte Stückchen unversehrten Papiers.

„Jetzt mal echt, Lena“, drängelte Roberta. „Was hat die denn schon? Die ist uralt, voll der Dinosaurier, sitzt immer nur faul auf ihrem Barhocker, kippt einen Gin-Tonic nach dem anderen und guckt finster in der Gegend rum. Und so prickelnd sieht sie nun auch wieder nicht aus!“

Lena zuckte mit den Schultern. Mochte sein, dass Roberta in der einen oder anderen Hinsicht sogar Recht hatte, aber das spielte für sie keine Rolle. Die Geschmäcker waren eben verschieden. Und das Aussehen war Lena sowieso nicht so wichtig. Abgesehen davon fand sie ohnehin, dass Michaela klasse aussah.

„Ich find die eben gut“, sagte sie hilflos und ließ ihren Daumennagel nach unten gleiten, quer durch das Etikett.

Roberta stöhnte auf. „Mann, dir ist eben echt nicht zu helfen!“, sagte sie. „Los, komm, wir trinken noch was!“

Roberta hatte gut reden, dachte Lena, als sie eine halbe Stunde später durch das nächtliche Altona nach Hause trabte. Die hatte sich ja gleich bei der lesbisch-schwulen Erstsemesterparty im Oktober in Nicole verknallt, und zwei Tage später in Lydia. Eine Woche später hatte Roberta dann mit beiden Schluss gemacht, denn dann war Edda gekommen und danach Jule und diese eine mit dem Iro, deren

Namen Lena vergessen hatte, und dann kam Stef, und jetzt war Roberta auch schon wieder seit einer Woche mit Deria zusammen.

Lena hingegen hatte in der ganzen Zeit nur ein einziges Mal geknutscht, mit Gaby aus ihrem „Commedia dell'Arte"-Kurs, und es hatte ihr noch nicht mal gefallen. Sie hatte nur gedacht, dass sie einfach mal mit irgendwem knutschen sollte. Aber es war ja sowieso zwecklos, weil sie nämlich gleich Anfang November in die Knack-Bar gegangen war, und da hatte Michaela auf dem Hocker am Tresen gesessen und Lena angegrinst, als sie sich eine Cola bestellt hatte, und dann hatten sie sich unterhalten, richtig lange und total gut, über die Szene und den Unterschied zwischen Berlin und Hamburg und so, und später hatte Michaela gesagt: „War echt nett mit dir, tschüss, vielleicht sehen wir uns ja mal wieder", und das hatte Lena sich natürlich sofort auch gewünscht, und dann hatten sie sich auch wirklich ziemlich bald wiedergesehen, und zwar vier Tage später, weil Lena nämlich danach jeden Abend in die Knack-Bar gegangen war.

Beim zweiten Mal hatten sie sich aber nicht so viel unterhalten, weil Michaela die ganze Zeit mit anderen Frauen geredet hatte, aber sie hatte Lena zugenickt und gelächelt, und beim nächsten Mal hatten sie dann wieder ein bisschen mehr miteinander gesprochen.

Seitdem hatten sie sich noch neun Mal unterhalten – das hatte Lena gezählt –, neun Mal, einmal davon sogar bis morgens um drei. Das war allerdings auf einer Frauenparty in der Neuen Flora gewesen, wo Lena mit Roberta gewesen war und mit Edda (oder war es Jule gewesen?). Michaela war alleine gekommen, das hatte Lena besonders cool gefunden: einfach alleine auf so eine Riesen-Party zu gehen und rumzustehen und cool in der Gegend rumzugucken, 'ne Bierflasche in der Hand, wow! Also Lena hätte sich das bestimmt nicht getraut. Aber Michaela, die war eben so ... so cool, dachte Lena, blieb vor dem Haus stehen und zog ihren Schlüssel aus der Tasche. Seufzend steckte sie ihn ins Schloss und drehte um.

Der Abend auf der Frauenparty, überlegte sie, während sie die Treppen hochstieg, war übrigens auch der Abend gewesen, an dem Michaela Lena zum ersten Mal gesagt hatte, dass sie sich bloß keine falschen Hoffnungen machen sollte, weil sie sowieso zu jung für Michaela sei. Ganz beiläufig hatte sie das gesagt, und Lena hatte bloß mit den Schultern gezuckt und gegrinst, eigentlich bescheuert, aber sie war eben so überrascht gewesen. Seitdem hatte Michaela das mit dem „zu jung“ noch zweimal gesagt, zum zweiten Mal heute Abend, und zwar direkt nachdem Lena sie gefragt hatte, ob sie nicht mal zusammen ins Kino gehen könnten.

Gelacht hatte sie und den Kopf geschüttelt und dann gesagt: „Nee, komm, lass mal, du bist mir sowieso viel zu jung.“ Zu jung! Pah!

Vielleicht war das mit dem Kino ja einfach eine blöde Idee gewesen. Vielleicht ging man ja mit über dreißig nicht mehr so gerne ins Kino? Lena stieß die Wohnungstür auf. Aus der Küche fiel schwaches Licht in den Flur. Vielleicht hätte sie sich was anderes überlegen sollen, ein Konzert oder so. Oder irgendwas mit Kultur?

Nachdenklich ging Lena durch den Flur. Im Türrahmen zur Küche blieb sie stehen. Am Tisch saß Mirjam und blätterte in einer Zeitung.

„Hi! Warst du aus oder warum sitzt du noch hier rum?“

Mirjam zuckte zusammen und legte hastig die Zeitung weg. Ein rötlicher Schimmer zog über ihr schmales Gesicht mit der Stupsnase und den hellen Augen. „Nee, ich konnte nur noch nicht schlafen. Und du, war's schön?“

Lena trat in die Küche, zog sich einen Stuhl heran und setzte sich Mirjam gegenüber. „Geht so. Du, Mirjam, kann ich dich mal was fragen?“

Mirjam machte ein erschrockenes Gesicht und errötete noch tiefer. „Ja? Was denn?“, fragte sie ängstlich.

„Wenn du dich gerne mal mit jemandem verabreden würdest, vor dem du sogar ein bisschen Angst hättest – was würdest du dann vorschlagen?"

Mirjam sah Lena einen Moment lang verwirrt an, dann senkte sie den Kopf. „Ich weiß nicht, vielleicht würde ich ... vielleicht würde ich einfach fragen, ob man mal zusammen was trinken geht", sagte sie vorsichtig. „Kaffee oder so. Oder Bier. Einfach irgendwohin. Wo's vielleicht ruhig ist." Sie blinzelte Lena von unten herauf an und senkte dann schnell wieder den Kopf.

Lena dachte kurz nach. Was trinken gehen? Irgendwohin, wo es ruhig war? „Gar keine schlechte Idee", sagte sie und stand ruckartig auf. „Danke schön! Und – schlaf gut."

„Du auch", flüsterte Mirjam. Als Lena die Küche verließ, hörte sie das Rascheln, mit dem Mirjam wieder nach der Zeitung griff.

Irgendwie ist sie schräg, dachte Lena. Lieb, aber irgendwie schräg. So verschlossen. Ganz anders als Tobi, der Wirbelwind. Er wohnte schon seit einem Jahr hier, aber Mirjam war gleichzeitig mit Lena in die WG gezogen. Lena wusste von Mirjam nur, dass sie aus der Nähe von Erfurt kam, Politologie und Skandinavistik studierte und unglaublich schüchtern zu sein schien. Jedenfalls wurde sie immer rot, wenn sie mit Lena sprach. Schrecklich musste das sein, dachte Lena und öffnete ihre Zimmertür, wenn man immer so schüchtern war und rot anlief. Aber sie schüttelte den Gedanken schnell ab. Das war nun wirklich nicht ihr Problem. Ihr Problem war ungefähr doppelt so alt wie sie selbst und ganz und gar nicht schüchtern. Nicht im Geringsten.

„Was trinken gehen?" Michaela zog die Brauen hoch. „Wie meinst du das, was trinken gehen? Wir trinken doch schon was!"

„Nein, aber alleine. Also, zu zweit, meine ich." Lena kratzte sich verstohlen im Haar. Roberta, die drüben in der

Ecke mit Deria knutschte, hatte ihr vorhin die Haare mit Gel nach hinten frisiert, und Lena war sich nicht ganz sicher, wie ihr neuer Look ankam. Michaela hatte nichts dazu gesagt, als Lena sich vorhin einfach neben sie gesetzt hatte. Auch jetzt sagte sie nichts, sondern sie betrachtete Lena nachdenklich und fing dann an zu grinsen.

„Versteh ich das richtig – du willst eine Verabredung?“, fragte sie. „Du willst dich mit mir verabreden?“

Lena nickte zaghaft. Genau in diesem Moment tippte ein Typ mit Glatze und Dreitagebart Michaela an die Schulter, und sie drehte sich halb zu ihm um und begrüßte ihn freudig. Lena nutzte die Gelegenheit, um sie unauffällig zu mustern. Michaela hatte heute ausnahmsweise mal nicht ihre Motorradlederjacke an. Stattdessen trug sie eine Collegejacke, ein echt krasses Teil. „Jessesmariaundjosel“, hatte Roberta kichernd geflüstert, als sie mit Lena hereingekommen war. „Mann, die Alte ist so was von daneben, das glaubt man ja gar nicht. Und guck dir erst mal die Stiefel an! Motorradstiefel, würg!“

Aber Lena hatte nicht auf Michaelas Stiefel geachtet. Sie hatte nur Michaelas Gesicht angesehen, Michaelas superinteressantes Gesicht mit den unglaublich dunklen Augen, und das flüchtige Lächeln, das Michaela ihr zuwarf, als sie Lena entdeckte. Und dann hatte sie beschlossen, es einfach zu wagen. Sie würde sie um eine Verabredung bitten.

„Ciao, Ernst!“ Michaela hatte das Gespräch mit dem Typen beendet und sich wieder zu Lena umgedreht. „Also, wo waren wir stehen geblieben?“, fragte sie und zog einen zerknitterten Zehner aus ihrer Hosentasche.

„Ob du mit mir mal was trinken gehst“, sagte Lena.

Michaela schüttelte den Kopf und winkte dem Barmann. „Das ist nicht drin, Kleine. Ich verabrede mich nicht mit dir! Hier“, der Barmann war herangekommen, „ich zahl mal. Drei Bier, bitte!“

„Und warum nicht?“, fragte Lena bockig.

Michaelas Brauen schnellten hoch, als sie sich vorlehnte. Lena konnte ihr Parfum riechen, ein herbes Herrenparfum. Mann, roch das gut!

„Hör mal, meine liebe Lena“, sagte Michaela und verzog ihren schönen Mund zu einem leicht arroganten Lächeln, „eins sollten wir mal klarstellen: Das mit uns beiden, daraus wird nichts weiter, okay? Ich unterhalte mich ganz gern mal mit dir, aber mehr ist nicht drin, tut mir Leid! Also, gib's auf, Kleine.“

Lena starrte sie an. Da saß sie, die tollste Frau Hamburgs, auf dem Barhocker direkt vor ihr, und wollte sich partout nicht mit ihr verabreden. Aber so leicht gab Lena nicht auf! Sie war nicht extra aus Lathen an der Ems nach Hamburg gezogen, hatte mit Müh und Not einen Studienplatz ergattert und ihre gesamte, alteingesessene Bauernfamilie gegen sich aufgebracht, als sie erklärt hatte, lesbisch zu sein, um jetzt einfach klein beizugeben. Nein, das war nicht drin! „Ich geb aber nicht auf“, sagte sie trotzig.

„Solltest du aber!“ Michaela stand langsam auf. „Ist besser für dich, glaub's mir. Ich hab dich gern und alles, aber mehr ist nicht drin. Und außerdem – du bist mir wirklich zu jung, tut mir Leid.“

„Pöh!“, rief Lena. Es rutschte einfach so aus ihr raus, wie früher immer schon im Heuschober, wenn ihr Nachbarsjunge Alwin sie mit Stroh beworfen und Lena so getan hatte, als würde ihr das nicht das Geringste ausmachen, obwohl der Dreck fies in den Augen gebrannt hatte und es noch schlimmer wurde, wenn man rieb.

Michaela betrachtete Lena. Irgendetwas war in ihrem Blick, das Lena nicht deuten konnte, aber sie hatte auch keine Gelegenheit mehr dazu, denn Michaela beugte sich vor, küsste Lena kurz auf die Wange – was für ein irres Gefühl! – und ging mit wiegenden Schritten hinaus.

Lena seufzte und stützte sich mit beiden Ellenbogen auf dem Tresen auf, um sehnsüchtig auf die feuchten Abdrücke unzähliger Bierflaschen zu starren. Michaela ging meistens früh. Sie arbeitete in der Buchhaltung einer großen Heizung-Sanitär-Firma und musste um sechs raus aus den Federn. Dass sie überhaupt so oft so lange blieb, war ja fast schon ein Wunder.

Bestimmt fand sie Lena eigentlich auch gar nicht so schlecht, sonst würde sie ja nicht so oft mit ihr reden. Und so lange bleiben.

Aber irgendwie hatte Lena einfach noch nicht raus, wie sie an sie rankam. Ach, Michaela ... Michaela mit den dunklen Augen, dem interessanten Gesicht, dem coolen Blick, so cool wie sonst keine.

Plötzlich schlang sich ein Arm um ihre Schulter. „Buhä, wer war denn die fette Alte gerade?", rief Tobi, Lenas Mitbewohner, und hängte sich schwer auf Lenas Schulter, so schwer, dass er sie fast zu Boden riss.

„Das war keine fette Alte. Das war Michaela!", sagte Lena beleidigt. Tobi lachte gickernd auf, quetschte Lenas Hals mit seinem muskulösen Jungmännerarm und spitzte die Lippen. „Mi-cha-eeee-la-haha! Ist das die Schnalle, von der ihr immer redet, Roberta und du?"

Hinter seiner Schulter lugte ein kleiner, bleichgesichtiger Jüngling hervor, der Lena neugierig ansah. Bestimmt der neue Lover von Tobi. Tobi hatte andauernd einen neuen, noch häufiger als Roberta. Dabei sah Tobi gar nicht mal so irre gut aus. Aber was ihm an gutem Aussehen fehlte, machte er durch seine witzige, draufgängerische Art wett. Er hatte es einfach drauf, das mit dem Erobern. Im Gegensatz zu Lena.

„Was guckst du denn so muffig?", rief Tobi und strahlte sie unter seinen kunstvoll frisierten Strähnchen hervor fröhlich an. „Ist irgendwas?"

„Nee", sagte Lena. „Nee, leider nicht."

„Dann kann ich dir ja Ralfi vorstellen!", rief Tobi und zog den bleichen Jüngling zu sich heran. „He, Ralfi, guck, das ist Lena, meine Mitbewohnerin!"

„Tach", sagte Ralfi und lächelte freundlich.

Lena guckte ihn an. Und dann, ehe sie wusste, wie ihr geschah, machte sie den Mund auf und streckte Ralfi die Zunge raus, so weit, wie sie nur konnte.

Einfach nur so.

„Also, ich würde sagen, du musst sie ein bisschen schmoren lassen, das kommt immer gut! Stimmt's?" Roberta sah Deria, die neben ihr saß und ihr ununterbrochen die Hand streichelte, tief in die Augen und wandte sich dann wieder zu Lena. „*Willst du was gelten, dann mach dich selten!* Der alte Spruch stimmt doch garantiert immer noch! Gerade so coole Bräute wie deine Michaela, die wollen bestimmt kurz gehalten werden. Sei einfach cool!"

„Genau, sei cool! Zeig ihr die kalte Schulter!", rief Tobi begeistert. „Da läuft sie dir garantiert gleich hinterher wie ein Kälbchen seiner Mutti."

„Meinst du?", fragte Lena schwach. Sie saß zusammengesunken auf ihrem knarrenden Küchenstuhl und fühlte sich schrecklich. Eigentlich wusste sie gar nicht, wie es dazu gekommen war, dass sie und Michaela plötzlich zum Hauptthema geworden waren – sie war einfach nur in die Küche gegangen, um sich was zu trinken zu holen, und da hatten Roberta und Deria gesessen, mit angeklebten Haarschnipseln am Kinn, weil sie gerade frisch von ihrem Drag-King-Workshop gekommen waren, und Deria hatte Lena gefragt, wie es ihr ging, und Lena hatte gesagt, nicht so prickelnd, und Roberta hatte genickt und gesagt: Wegen der Ollen, wa?, und da hatte Deria wissen wollen, wer die Olle war, und Roberta hatte angefangen zu erklären, und dann war Mirjam reingekommen und dann auch noch Tobi, zusammen mit diesem bleichgesichtigen Ralfi im Schlepptau, und auf einmal waren sie mitten in einer Diskussion über Michaela und die Frage, wie Lena es anstellen sollte, sie endlich zu kriegen. Alle gaben ihren Senf dazu, alle bis auf Mirjam, die die ganze Zeit über schweigend dabeisaß.

„Du musst einfach so tun, als wärst du überhaupt nicht scharf auf sie", redete Tobi sich in Fahrt. Er griff nach der offenen Weinflasche, die Deria mitgebracht hatte, und schenkte sich großzügig ein. „So à la ‚dich hab ich doch gar nicht nötig, da stehen schon genug andere Schlange'!"

„Ja, aber so ist es ja gar nicht", fing Lena an, doch Tobi unterbrach sie sofort.

„Ist doch egal!", rief er. „Zeig ihr die kalte Schulter, hej, jetzt mal echt! Stimmt's, Ralfi?"

„Klar." Ralfi, der an Tobi hing wie ein etwas zu klein geratener siamesischer Zwilling, nickte zaghaft und beobachtete Lena aus sicherem Abstand. Seit dem Abend in der Knack-Bar, an dem Lena ihm die Zunge herausgestreckt hatte, behandelte er Lena mit äußerster Vorsicht und bemühte sich, ihr nicht zu nahe zu kommen.

„Was ist denn an der eigentlich so toll?", erkundigte sich Deria gähnend und kraulte Roberta, die sich behaglich zurücklehnte, im Nacken. „An dieser ... Manuela, oder wie heißt die?"

„Michaela", sagte Lena verärgert. „Na ja, die ist ..." Sie zögerte. Tobi beugte sich vor und musterte Lena mit funkelnden Augen.

„Ja, genau, was ist denn an der Alten eigentlich dran?", drängelte er. „Sag doch mal!"

Alle starrten Lena an. Nur Mirjam betrachtete die Tischplatte. Lena schluckte.

„Die ist ... die ist einfach toll. Interessant und so", setzte sie hinzu und hörte selbst, dass ihre Stimme leicht zitterte. Die anderen starrten sie immer noch an, Tobi, Ralfi, Roberta, Deria, sogar Mirjam hatte jetzt den Blick gehoben und sah Lena erwartungsvoll an. „Na ja, also, sie hat immer was zu erzählen", fügte Lena hinzu.

„Und was so?", fragte Tobi.

„Na, äh, so von der Szene", erklärte Lena unbehaglich. Komisch, Michaela und sie unterhielten sich doch manchmal stundenlang, aber jetzt fiel ihr partout nicht ein, worüber. Oder war es vielleicht so, dass nur Lena interessant fand, was Michaela erzählte?

„Von der Szene, aha“, sagte Deria mit einem spöttischen Unterton und kratzte sich am Kinn. Ein paar winzige Haarschnipsel rieselten herunter.

Lena starrte Deria hilflos an. Und dann fiel ihr doch noch etwas ein, worüber sie und Michaela sich manchmal unterhielten. „Und was die so in ihrer Heizung-Sanitär-Firma erlebt, ist auch irre. Einmal kam da so eine Frau rein, und ... äh, ja, das war ... das war voll schräg.“

Deria hörte auf, sich zu kratzen. Ralfi kicherte und schlug sich die Hand vor den Mund, und die anderen starrten Lena ungläubig an. Ein paar Sekunden lang herrschte betretenes Schweigen, und Lena spürte geradezu, wie sie rot anlief.

„Und schöne Augen hat sie auch. Finde ich jedenfalls“, flüsterte sie und senkte den Kopf.

Einen grässlichen Moment lang herrschte weiter Schweigen, dann ergriff Tobi das Wort. „Na ja, jedenfalls würde ich sagen, du musst mal cooler werden“, sagte er lässig. „Einfach cool sein, hej, Lena, cool sein! Dann läuft das Ding sicher!“

„Genau“, sagte Roberta und ruckelte an ihrem Hosenträger. „Sei einfach mal ein bisschen dominant und basta!“

„Ich weiß ja nicht, wie so Alte funken, aber ich würde sagen: Geh einfach aufs Ganze!“, riet Deria, gähnte gelangweilt und zupfte Robertas Hemdkragen in Form.

„Aber das ist gar nicht so einfach“, sagte Mirjam plötzlich. Es war das erste Mal, dass sie den Mund aufmachte, und als Lena sie überrascht ansah, wurde sie rot und blickte schnell weg. „Ich mein ja nur“, flüsterte sie. „Liegt ja nicht jedem. Oder?“

Tobi zuckte mit den Schultern. „Nee, liegt nicht jedem. Aber versuchen kann Lena es ja schließlich mal. Wenn es unbedingt diese schräge Alte sein soll!“

Die schräge Alte sollte es sein, das war Lena klar. Aber sie bekam erst neun Tage später Gelegenheit, cool zu ihr zu sein.

Vier Tage lang war sie nicht in die Knack-Bar gegangen, weil sie ein Referat vorbereiten musste, und an den nächsten vier Abenden war Michaela nicht da. Am neunten Tag aber saß sie wie gewohnt auf ihrem Hocker am Tresen und plauderte mit dem Barmann, als Lena und Roberta hereinkamen. Lena schlug das Herz bis zum Halse, aber sie straffte die Schultern und steuerte in Robertas Windschatten zielstrebig auf die hintere Wand zu, wo Robertas neue Flamme schon stand und ihnen entgegenlächelte.

Dort lehnte sie sich gegen die Wand und versuchte, gelangweilt umherzusehen, während Roberta und Tammy (oder Benny?) in einen tiefen Zungenkuss versanken. Sie schaffte es, glatt an Michaela vorbeizusehen, so lange, bis Roberta und Tammy (oder hieß sie Lenny?) fertig mit ihrem Zungenkuss waren und sich ihr zuwandten.

„Na, wie ist die Lage?", fragte Roberta. Ihr angeklebter Schnurrbart war verrutscht, und außerdem hatte sie lauter Fussel im Gesicht. Dafür waren Tammys (oder doch Remmy?) Koteletten nur noch in Bruchstücken erhalten.

„Manni holt jetzt mal ein Bier für uns", sagte Roberta und drängelte sich näher an Lena heran, während Manni (nicht Tammy!) breitbeinig zum Tresen hinübermarschierte. „Na, wie ist es, hat sie dich schon gesichtet?", flüsterte sie verschwörerisch.

„Nee", sagte Lena. In diesem Moment blickte Michaela sich um und entdeckte sie. Lächelnd hob sie kurz die Hand und winkte ihr zu. Lena starrte sie wie paralysiert an. Dann spürte sie, wie sich ihr Gesicht zu einem strahlenden, glücklichen Grinsen verzog

„He, cool bleiben!", zischte Roberta. „Guck ein bisschen cooler!"

Lena kniff die Lippen zusammen und versuchte, ihre Gesichtsmuskeln unter Kontrolle zu bekommen. Aber Michaela sah schon gar nicht mehr zu ihr her. Sie hatte sich wieder dem Barmann zugewandt, und auf ihrer anderen Seite beugte sich eine Frau zu ihr herüber, die Michaela offenbar kannte, denn die beiden begrüßten sich freudestrahlend.

„Na, geht doch. Siehst du, da hast du es ihr aber mal gezeigt! Die wird sich sicher schon wundern!“, sagte Roberta zufrieden. Lena zweifelte daran allerdings stark, denn Michaela sah überhaupt nicht so aus, als ob sie sich wunderte. Im Gegenteil, sie schien sich prächtig mit ihrer Bekannten zu unterhalten. Ob die beiden wohl was miteinander hatten? Schlecht sah die Frau ja nicht aus, groß, blond, mit einem kantigen Kinn und hellblauen Augen. Und vor allem wirkte sie selbstbewusst. Ganz anders, als Lena sich fühlte. Sie seufzte.

„Was ist eigentlich mit Deria?“, fragte sie Roberta, um sich abzulenken.

„Mit wem?“ Roberta sah Lena einen Moment lang verdutzt an, dann hellte sich ihre Miene auf, und sie zuckte mit den Schultern. „Ach, Deria – mit der ist Schluss. Wir haben uns irgendwie auseinander entwickelt.“

„Innerhalb von drei Wochen?“

Roberta zuckte wieder mit den Schultern. „Manni ist eher meine Wellenlänge“, sagte sie und rückte näher an Lena heran. „Du musst aber trotzdem nachher mal hingehen!“, flüsterte sie, nickte zu Michaela hinüber und fingerte an ihrem Schnurrbart herum. „Sonst denkt sie, du hast gar kein Interesse mehr, und das soll ja auch nicht sein!“

„Nee“, sagte Lena und beobachtete, wie Michaela laut auflachte und der Blonden die Hand auf den Arm legte, als sie etwas zu erzählen begann.

Das hatte sie bei Lena auch schon einmal getan. Aber nur kurz, fast wie aus Versehen.

„Ach, Mist!“ Roberta hielt ihren Schnurrbart in der Hand. „Ist schon wieder abgefallen, so was! Das frag ich aber mal beim Workshop, wieso das immer abfällt!“

„Mach das“, sagte Lena und straffte die Schultern. Michaelas Hand lag immer noch auf dem Arm der Blonden, das sah sie genau.

„Hier!“ Manni war mit ihren Bieren gekommen und hielt Lena eins hin. Sein (oder ihr? Lena hatte im Grunde keine Ahnung) Blick wanderte sofort weiter zu Roberta, die immer noch mit ihrem Schnurrbart beschäftigt war. „Warte, Baby, das haben wir gleich!“ Sie (oder doch er?) stellte die beiden anderen Bierflaschen ab und machte sich fachkundig an Robertas Bärtchen zu schaffen.

Lena trank ihr Bier halb aus und sah zu, wie Michaela jetzt endlich ihren Arm von der Blonden nahm und ihr stattdessen lächelnd zuprostete. Die Blonde prostete zurück. Und dann – Lena atmete erleichtert aus – ging sie zu einer anderen Frau hinüber. Lena nahm noch einen Schluck Bier.

„Ich geh kurz mal rüber“, sagte sie zu Roberta und Manni, die eng umschlungen an der Wand lehnten. Sie konnte nicht sehen, ob Robertas Bart wieder gut saß, denn die beiden waren erneut in einen heftigen Zungenkuss vertieft.

Mit festen Schritten und weichen Knien ging Lena zum Tresen hinüber und lehnte sich dagegen.

„Hi, Michaela“, sagte sie mit tiefer Stimme. Das hatte sie lange mit Roberta geübt, und sie fand, es klang recht überzeugend, aber Michaela sah sie nur verwundert an.

„Hallo, Lena. Bist du erkältet?“

„Äh-äh“, sagte Lena und versuchte, grimmig dreinzusehen.

Michaela legte den Kopf schief, und ein leichtes Grinsen erschien auf ihren schönen, schmalen Lippen. „Was ist denn mit dir los?“, fragte sie amüsiert. „Machst du jetzt einen auf cool oder was?“

„Quark“, sagte Lena, und ihre Stimme zitterte dabei. „Wieso das denn? Das hab ich doch gar nicht nötig!“

„Ach nee?“ Michaela betrachtete Lena mit hochgezogenen Brauen.

„Nee“, sagte Lena kläglich, und sie konnte einfach nichts dagegen machen: Ihre Schultern sanken nach unten.

„Lena?“ Roberta klopfte nicht an, sie kam einfach rein, ein breites Grinsen im Gesicht. „Hallo! Guck mal, wie scharf ich gehen kann. Krass, oder?“ Sie wiegte sich in den Hüften und trampelte wie ein übergewichtiger Bauarbeiter durch Lenas Zimmer. „Cool, oder?“

„Hmm.“

„He, heute Abend ist doch die Queer-Party. Am Schulterblatt. Frauen, Drags und Transgender. Da gehen wir hin! Los, komm!“ Roberta ließ sich neben Lena aufs Bett fallen, und Lena hopste unfreiwillig in die Höhe.

„Nee, keine Lust“, sagte sie, als sie wieder auf der Matratze gelandet war.

„Komm schon!“ Roberta schüttelte Lena an der Schulter. „Du musst dich ablenken, du musst mal raus! *Liebeskummer lohnt sich nicht, my darling!*“, sang sie aus voller Kehle.

„Ich hab keinen Liebeskummer“, sagte Lena und fand, dass das auch wirklich stimmte. Zu Liebeskummer gehörte ja wohl, dass man vorher Liebe gehabt hatte, und das war ja nicht der Fall. Leider nicht.

Roberta sang frohgemut weiter. Lena hätte sich gern die Ohren zugehalten – Singen gehörte nicht zu Robertas Stärken, na ja, vielleicht laut singen, aber nicht richtig singen –, aber nicht mal dazu konnte sie die Kraft aufbringen. Sie war einfach nur müde. Seit ihrem kläglichen Auftritt neulich in der Knack-Bar hatte sie zu nichts mehr Lust. Sie hatte sich noch ein bisschen mit Michaela unterhalten, aber die ganze Zeit hatte sie das Gefühl gehabt, dass Michaela sie durchschaut hatte und insgeheim spöttisch ansah, und das hatte ihr Selbstbewusstsein gehörig angekratzt. Der Schuss war nach hinten losgegangen. Lena lag es einfach nicht, cool zu sein, sie hatte es tatsächlich nötig, einen auf „cool zu machen“, wie Michaela es genannt hatte, weil sie eben nicht cool war, ganz und gar nicht. Sie war ein Häufchen Elend, sonst nichts. Klein, pummelig, uncool und langweilig war sie. Sie würde nie eine Freundin abkriegen, und Michaela schon gar nicht.

„Hör auf, Trübsal zu blasen", sagte Roberta aufmunternd. „Los, wir gehen jetzt aus. Erst in die Knack-Bar und dann auf die Party. Aber vorher – vorher brezeln wir dich auf."

Lena sah sie misstrauisch an. „Wie, aufbrezeln? Wie meinst du das?"

Robertas dunkle Augen funkelten unternehmungslustig, als sie einen Schlips aus ihrer Jackentasche zog. „Wir machen einen Drag-King aus dir!"

„Nein!", rief Lena. „Auf gar keinen Fall!"

„Doch! Und ob! Wir machen einen echt heißen Drag-King aus dir, das wirst du schon sehen!" Roberta sprang auf und zog verschiedene Utensilien aus ihren Taschen: einen Kamm, Pomade, verschiedene Stifte. Und eine Schere.

„Ich ein heißer Drag-King? Quatsch!", sagte Lena und starrte die Schere an.

„Und ob!"

„Das passt doch gar nicht zu mir", sagte Lena lahm und spürte, wie ihr Widerstand angesichts Robertas Geschäftigkeit bereits zu schwinden begann.

„Wetten wohl! Du bist doch total süß!" Roberta zog einen Stuhl heran und breitete ein Friseurtuch aus.

„Ich bin nicht süß. Außerdem bin ich zu dick. Und zu klein. Und überhaupt, ich bin ..."

„... ein Angsthase bist du. Los, komm! Wir probieren es mal! Du wirst sehen, das macht Spaß! Das wird cool!"

„Na ja, cool war ja nicht so der Durchbruch neulich", sagte Lena, aber nur leise, denn Roberta war schon dabei, ihr die Haare durcheinander zu wuscheln. Lena seufzte und gab ihren Widerstand auf. Aus dem Augenwinkel sah sie Mirjam durch den Flur huschen.

„Mirjam?", rief sie.

„Ja?" Mirjam blieb stehen, kam zum Türrahmen und sah erst Roberta und dann Lena errötend an.

„Willst du mit ausgehen? Erst in die Knack-Bar und dann auf die Queer-Party?"

Mirjam sah von Lena zu Roberta und schüttelte dann wieder den Kopf. „Nein, ich ... ich bleib lieber zu Hause. Ich bin total müde." Sie trat verlegen von einem Fuß auf den anderen. „Aber euch beiden viel Spaß!"

„Danke!"

Mirjam lächelte kurz, drehte sich um und verschwand in ihrem Zimmer.

Irgendwie, dachte Lena, hatte Mirjam ein echt süßes Lächeln. Schade, dass sie es so selten zeigte. Aber sie hatte keine Zeit, weiter darüber nachzudenken, denn Roberta klapperte mit der Schere und beugte sich über sie. „Los geht's!", rief sie vergnügt.

Es dauerte eine gute halbe Stunde, bis Lena entsprechend präpariert war. Als Roberta endlich zufrieden durch die Lippen gepfiffen und die letzten Haarschnipsel in Lenas Papierkorb (und die Hälfte daneben) geworfen hatte, war Lena ins Bad gegangen und hatte sich im Spiegel betrachtet.

Roberta hatte ganze Arbeit geleistet: Lena war zwar immer noch klein und rundlich, aber jetzt sah sie aus wie ein kleiner, rundlicher Kerl. Ihre Haare waren mit viel Pomade nach hinten gekämmt, die Spitzen waren abgeschnitten und klebten nun in Form eines dünnen Bärtchens auf Lenas Wangen und Kinn. Ein paar waren auf Lenas Hemd und der Krawatte gelandet, aber das machte nichts.

„Wow, cool siehst du aus!" Roberta war hinter Lena aufgetaucht und musterte sie anerkennend. „So, und jetzt vergisst du den ganzen Mist und deine olle Michaela und amüsierst dich! Heute Nacht landest du bestimmt nicht alleine im Bett, so scharf, wie du aussiehst!" Sie ruckelte an Lenas Brustbinde und reckte den Daumen steil in die Höhe. „Okay, cool bleiben, hörst du! Das wird schon!"

Etwas von ihrer Zuversicht färbte plötzlich auf Lena ab. „Genau! Heute wird sich amüsiert!", rief sie, und im Spiegel hob der kleine, rundliche Typ ebenfalls seinen Daumen und lachte sie an.

Klein war er ja wirklich, aber süß sah er schon aus, das musste sie zugeben.

Wenn auch nicht gerade cool.

Und jung, ziemlich jung sah er auch aus.

Michaela warf nur einen einzigen Blick auf Lena, dann schüttelte sie langsam den Kopf. „O mein Gott", sagte sie und verdrehte die Augen.

Lena wartete erst gar nicht ab. Sie drehte sich schnurstracks um und rannte wieder hinaus.

Draußen zupfte sie sich ihren Bart ab und warf die Fussel auf den Boden. Das machte man natürlich nicht, aber in diesem Moment war es ihr egal. Sollte doch irgendein Hund drauf scheißen.

„Kacke!", sagte sie laut. „Alles Kacke! So ein Mist!"

„Lena?" Roberta kam aus der Knack-Bar geschossen. „Lena, warte doch mal! Was ist denn passiert?"

„Ach, nichts", sagte Lena und steckte die Hände in die Hosentaschen. „Ich hab bloß ... ich hab bloß irgendwie keine Lust mehr. Ich glaube, ich gehe doch lieber nach Hause."

„Ja, aber ... Wir sind doch gerade erst gekommen!" Roberta sah ganz verwirrt drein. „Hat die Alte dich irgendwie blöd angequatscht?"

Lena dachte kurz nach. „Nee", sagte sie dann und schüttelte den Kopf. „Nee, hat sie nicht." Hatte sie ja auch nicht. Sie hatte nur „O mein Gott" gesagt und die Augen verdreht. Aber das reichte ja auch.

Licht fiel in den Flur, als Lena die Tür aufschloss. Langsam ging sie vor bis zur Küche und lehnte sich gegen den Rahmen.

„He, Mirjam", sagte sie. „Schläfst du noch gar nicht?"

Mirjam klappte ihr Buch zu und sah erschrocken auf. Bei Lenas Anblick zuckte sie gleich noch mal zusammen. „Huch! Das sieht ja süß aus“, sagte sie und sah im nächsten Moment ganz verlegen drein. „Ich meine, deine Haare! Also, das mit deinen Haaren sieht ... das sieht nett aus.“

Lena betrachtete Mirjam, die verlegen den Blick senkte, und plötzlich merkte sie, wie ihre Laune sich hob. „Ich dachte, du warst so müde?“

„Ja, aber ... aber auf einmal war ich wieder wach“, sagte Mirjam und sah Lena von unten herauf an. Ihre Wimpern schimmerten, lang waren sie, total lang, das war Lena vorher noch nie aufgefallen. Eigentlich verrückt, dass jemand so lange Wimpern haben konnte!

„Na dann“, sagte sie und stieß sich vom Türrahmen ab, und sie spürte, wie die gute Laune in ihr jetzt Überhand nahm. „Dann kannst du ja auch mit mir ausgehen!“

„Wie ... ich? Wir beide?“ Mirjam sah Lena verblüfft an. „Aber ... aber ich ...“

„Na klar, wir beide! Wir gehen jetzt was trinken! Los komm, hol deine Jacke!“

Auf der Queer-Party war es proppevoll. Zwischen lauter aufgeregt schwatzenden und kichernden Schwulen standen Trauben von aufgestylten Mädels herum, Scharen von Drag-Kings marschierten breitbeinig durch die Menge, und am Tresen hing eine Crew gestandener Lesben. Mirjam und Lena fanden einen Platz ganz vorne, dicht beim Eingang, in einer Nische. Mirjam hielt ihre Plätze frei, während Lena für sich eine Cola holte und für Mirjam ein Alster. Einträchtig an ihren Getränken nippend, lehnten sie nebeneinander in ihrer Nische und betrachteten die feiernde Menge.

„Nett hier, was?“, fragte Lena.

„Ja“, sagte Mirjam und lächelte sie schief an. „Jedenfalls hier in der Nische.“ Sie warf Lena einen vorsichtigen Blick zu und betrachtete dann über den Rand ihres Glases hinweg ein knutschendes Männerpärchen. „Wie geht es dir denn eigentlich? Also, ich meine, wie ist denn das mit deiner ... deiner Freundin da aus der Heizung-Sanitär-Firma?“

Lena verschluckte sich fast an ihrer Cola. „Na ja, das ist irgendwie ... das läuft nicht so richtig. Oder eher gar nicht“, sagte sie und zuckte mit den Schultern. „Ich krieg es irgendwie nicht richtig hin mit ihr. Weiß nicht, vielleicht bin ich einfach zu doof oder so.“

„Nein, bestimmt nicht!“ Mirjams Augen blitzten. „Du bist nicht zu doof! Es ist aber auch schwierig. Ich würde mich sowieso nicht trauen.“

Lena betrachtete Mirjam, die wieder aus ihrem Alster trank. Auf der Nasenspitze hatte sie Sommersprossen, das konnte Lena jetzt sehen, so aus der Nähe. Trotz der schwachen Beleuchtung. Irgendwie süß.

„Guck mal, da ist Roberta!“, sagte Mirjam plötzlich und deutete geradeaus. Direkt vor ihnen ging Roberta vorbei, fröhlich lachend, die Arme um zwei andere Drag-Kings gelegt. „He, Platz da, ihr Luder, hier kommen die Djangos!“, brüllte Roberta in die Menge hinein, und die beiden anderen Drag-Kings grölten vergnügt.

Mirjam sah Lena an. „Willst du sie nicht rufen?“

Lena zuckte nur mit den Achseln. „Ach“, sagte sie. „Im Moment nicht. Ist doch ganz schön so, hier in der Ecke, oder?“

Mirjam lächelte verschämt und schlürfte den letzten Rest Alster aus ihrem Glas.

Lena lehnte sich einen Tick dichter neben sie. „Hattest du denn schon mal ’ne Freundin? Also ’ne richtige?“, fragte sie neugierig.

Mirjam schüttelte den Kopf. Lena konnte sehen, dass sie wieder einmal rot anlief.

„Und gibt’s auch keine, in die du verliebt bist?“, bohrte Lena nach.

Mirjam schwieg einen Moment. Vor ihnen zog ein Trupp älterer Lesben in Lederklamotten vorbei, gefolgt von einem kreischenden Tuntenpärchen in Kleid und Perücken. „Doch“, sagte sie dann leise, so leise, dass Lena es fast überhört hätte. „Doch. Aber die weiß nichts davon."

„Na, dann musst du es ihr doch sagen!", rief Lena. „Das muss man doch sagen! Sonst passiert doch nichts!"

Mirjam lächelte schräg. „Ich weiß nicht", sagte sie und stellte ihr Glas ab. „Ich trau mich nicht. Die will mich bestimmt nicht."

„Soll ich es ihr sagen?"

Mirjam kicherte. Lena fiel sofort auf, dass es das erste Mal war, dass sie Mirjam hatte kichern hören. Sie stellte ihr leeres Colaglas auf dem Boden ab und kam wieder hoch, aber da hatte Mirjam schon wieder zu kichern aufgehört. Mit großen Augen starrte sie geradeaus, und ihr Gesicht trug auf einmal einen merkwürdig bitteren Zug. Lena drehte sich um.

„He, Lena. Wo ist denn dein Bärtchen geblieben?" Michaela stand vor ihnen. Hinter ihr verschwand gerade die große Blondine, mit der sie neulich so lange in der Knack-Bar geredet hatte, im Getümmel.

Lena konnte sich plötzlich nicht mehr bewegen. Aus dem Augenwinkel bemerkte sie, wie Mirjam sich aus der Nische drückte und zum Ausgang schlich. Aber sie bekam es kaum mit. Wie gelähmt stand sie da und starrte Michaela an. Michaela, die mit einem breiten Grinsen im Gesicht und verschränkten Armen vor ihr wartete. Ihr Haar war ein bisschen verwirbelt, und auf der Wange hatte sie einen rötlichen Fleck, der verdächtig nach Lippenstift aussah.

„Weißt du, Darling", sagte Michaela und sah Lena herausfordernd an, „ich hab mir überlegt, dass du eigentlich ganz schön mutig bist. So was muss honoriert werden." Sie wischte sich über die Wange, aber der rötliche Fleck verschmierte nur noch mehr, und jetzt war sich Lena ganz sicher, dass es Lippenstift war. „Also, dann verabreden wir uns einfach mal, okay?", sagte Michaela

Lena stand stocksteif da. Sie betrachtete Michaela, ihre abgewetzte Lederjacke, das Grinsen auf ihren Lippen, und dann dachte sie an Mirjam und ihr verlegenes Lächeln. Für einen Moment wusste sie nicht, was sie sagen sollte Dann straffte sie die Schultern.

„Ach, weißt du", sagte sie langsam. „Danke, aber ... aber ich glaub, das ist doch keine so gute Idee."

Michaelas Grinsen fiel in sich zusammen. „Was? Du willst nicht?"

Lena zuckte mit den Schultern. „Ich ... ich glaube, du bist mir einfach ein Tickchen zu alt. Oder vielleicht bin ich auch wirklich einfach zu jung für dich, weißt du?"

Michaela sah sie verdutzt an, dann trat ein anerkennendes Lächeln auf ihr Gesicht. „Okay", sagte sie und nickte nachdenklich. „Okay, der Punkt geht an dich." Sie schüttelte den Kopf. „Wenn du es dir mal anders überlegst, Lena, dann ruf mich einfach mal an." Und damit zog sie eine Visitenkarte aus ihrer Jackentasche und hielt sie Lena hin.

Lena steckte sie ein. „Gut", sagte sie. „Ich guck mal, okay? Und, äh, kann ich auch so anrufen, einfach mal so?"

Michaela lachte. „Tu das", sagte sie. „Mach, wie du meinst." Und dann hob sie die Hand und winkte Lena, bevor sie kopfschüttelnd davonging. Lena sah einen Moment zu, wie sich ihre breiten Schultern unter der schwarzen Motorradlederjacke vorwärts schoben, dann trat sie aus der Nische heraus und ging zur Tür. Sie fühlte sich gut. Richtig gut.

Morgen würde sie das alles Roberta erzählen. Aber jetzt hatte sie etwas anderes zu tun.

Nein, dachte sie, als sie die Kneipentür aufzog, nein, Michaela war keine fette Alte und auch keine Doofkuh. Sie war weder zu alt für Lena, noch war Lena zu jung für sie, das ganz bestimmt nicht. Michaela war immer noch interessant, und mit Sicherheit eine der coolsten Frauen von ganz Hamburg. Oder sogar Norddeutschland.

Aber vielleicht war sie doch nicht so ganz die Richtige für Lena.

Die Tür fiel hinter ihr zu, und Lena blickte sich suchend um. Vorne an der Straßenecke entfernte sich eine schmale

Gestalt, mit hängenden Schultern und langsamen Schritten.

„He, Mirjam!“, rief Lena. „Warte auf mich!“

Und Mirjam drehte sich um und blieb stehen. Lena begann zu rennen. „Warte!“, rief sie, „warte auf mich“, und lange bevor sie die Straßenecke erreichte, spürte sie das Lächeln, das sich auf ihr Gesicht stahl. Und dann breitete Mirjam die Arme aus, und Lena lief schneller und schneller, bis sie fast flog.

Abenteuer und Frauengeschichten

Langsam, ganz langsam drehte sie den Fensterflügel herum, bis die unbehandelte Seite nach oben zeigte. Dann ließ sie ihn sinken. In ihren Oberarmen zog es, aber Anne biss die Zähne zusammen. Zentimeter für Zentimeter senkte sich der Fensterflügel auf die Böcke hinab, und als er schließlich mit einem leisen Klacken auf den metallenen Bügeln aufstieß, atmete sie befriedigt aus. Bingo, dachte sie. Das nenne ich perfekte Arbeit hier auf Montage.

Montage. Anne konnte sich noch sehr gut daran erinnern, wie sie sich als Kind über diesen fremdartig klingenden Ausdruck gewundert hatte und über die Tatsache, dass er trotzdem nicht anders geschrieben wurde als die Mehrzahl eines Wochentages. Montage, das hatte nach Arbeit in fremden Städten geklungen, nach Abenteuern und Frauengeschichten. Letzteres hatte Anne damals – ganz im Gegensatz zu heute – zwar nicht im Geringsten interessiert, aber sie hatte es aus den giftigen Bemerkungen der Mütter in ihrer Siedlung geschlossen, die an milden Sommerabenden in den Vorgärten herumstanden und Mutmaßungen über das Treiben ihrer abwesenden Ehegatten anstellten. Annes Mutter hatte sich da allerdings herausgehalten. Ihr Mann, Annes Vater, hatte nämlich überhaupt keine Arbeit gehabt. Und erst recht nicht so etwas Aufregendes wie Montage.

Anne räumte die Oberfräse weg und lauschte dem Klopfen aus dem ersten Stock. Für sie jedenfalls hatte der Ausdruck Montage endgültig seinen Reiz verloren. Montage bedeutete Arbeit in fremden Städten und keinen Deut mehr. Keine Abenteuer. Und erst recht keine Frauengeschichten. Und eigentlich, überlegte sie, während sie vorsichtig den Staub vom Fensterrahmen blies und einen letzten Blick auf ihr gelungenes Werk warf, eigentlich hatte Montage noch nicht einmal etwas mit fremden Städten zu tun. Eher mit Dörfern. Mit winzigen Dörfern.

Seit zwei Wochen hockte Anne jetzt in diesem verlassenen Nest unweit der dänischen Grenze. Das halbfertig renovierte Einfamilienhaus mit eingerechnet, in dem sie Tag für Tag alte, verzogene Fenster schließbar machte und Türen abhobelte, bestand der Ort aus sieben Bauernhöfen, acht weiteren Häusern und einer winzigen Kirche.

Sechzehn Gebäude waren es genau. Anne hatte sie gezählt. Und dann gab es noch die Gaststätte, deren drei schäbige Fremdenzimmer bis auf weiteres von Anne und ihren beiden Kollegen Dieter und Thomas bewohnt wurden. „Bis auf weiteres“ hieß vermutlich noch zwei Wochen, bis Weihnachten eben. Zwei weitere eintönige Wochen, in denen Anne von frühmorgens bis abends Nuten fräsen und Rahmen hobeln würde, um abends gelangweilt und zu Tode erschöpft in ihr durchgelegenes Bett zu fallen. Zwei weitere Wochen ohne jeglichen Kontakt, außer zu Dieter und Thomas natürlich. Zwei weitere Wochen ohne Abenteuer, und ohne Frauengeschichten wahrscheinlich erst recht.

Anne seufzte tief auf und straffte die Schultern, während sie ihr Spiegelbild in der staubigen Fensterscheibe musterte. Die einzige Abwechslung war der abendliche Besuch in der

Gaststätte, wo Thomas, Dieter und Anne, umringt von einigen schweigsamen Bauern, nach Feierabend eine deftige Mahlzeit einnahmen, ein paar Bier tranken und sich die Zeit bis zur Bettruhe mit einigen Runden Skat vertrieben. Sehr abwechslungsreich war das allerdings auch nicht.

Anne richtete sich auf und holte tief Luft. „Fertig!", brüllte sie, und einen Moment später steckte Thomas den Kopf durch die Tür. Seine dunklen Locken waren mit Staub bedeckt.

„Feierabend, oder wie?"

„Klar, was denn sonst." Wie Thomas dazu kam, Tag für Tag die gleiche dümmliche Frage zu stellen, war Anne ein Rätsel. Aber eigentlich war es ja auch egal. Alles war irgendwie egal, hier oben am Rande der Republik auf Montage.

Thomas drehte sich um und schrie aus voller Kehle: „Feierabend! Dieter, komm runter!"

Das Klopfen im oberen Stockwerk verstummte. „Jau!", brüllte Dieter zurück.

Anne trat einen Schritt vor und sah an Thomas vorbei zur Leiter. Nach einigen Sekunden erschienen Dieters stämmige Beine. Hastig begann er den Abstieg, und noch bevor er den Boden erreichte, grinste er breit und rieb sich die Hände.

„Denn woll'n wir mal", sagte er heiser. Das sagte er immer. Abend für Abend. Abend für Abend dasselbe.

Lisa, die Wirtin, klatschte in die Hände, als die drei zur Tür hereinkamen. „Na, Feierabend für heute? Ich habe einen schönen Gemüseeintopf auf dem Herd. Bringe ich gleich. Erst mal ein Bierchen, wie immer?"

„Jau!", sagte Dieter und nickte den vier frühen Gästen zu, die sich bereits an der Theke versammelt hatten. Wie üblich hatten sie beim Eintreten der fremden Handwerker die Köpfe gedreht, ohne ihre Sitzposition zu verändern. Der Anblick der gebogenen Rücken über den hölzernen Barhockern, wahlweise in hellen Hemden oder dunklen Jacken, gehörte quasi zur gediegenen Einrichtung des Gastraumes.

Thomas und Dieter schoben sich auf die Bank hinter dem Tisch rechts vom Eingang. Gleichzeitig zogen sie die Reißverschlüsse ihrer Overalls ein Stück weit auf und blickten Anne auffordernd an.

„Denn mach man", sagte Dieter und griff nach der Tageszeitung, die ordentlich gefaltet für ihn bereitlag.

Die Fremdenzimmer befanden sich in der ersten Etage. Anne und Thomas bewohnten die beiden Einzelzimmer, während Dieter als Ältester das Doppelzimmer für sich reklamiert hatte. Ein abgetretener Teppich mit Blümchenmuster, farblich zur Tapete passend, zierte den Flur, von dem noch zwei weitere Türen abgingen. Eine führte zur Toilette, die andere zum Bad.

Die Benutzung des Bades war der einzige Punkt gewesen, an dem es zwischen den dreien zu Unstimmigkeiten gekommen war. In den ersten Tagen hatten sie nach Feierabend alle gleichzeitig versucht, zuerst hineinzugelangen. Nach einigen Diskussionen hatten sie sich mittlerweile gütlich geeinigt: Erst war Anne dran, dann Thomas, und Dieter am Schluss. Während Anne duschte, verzehrten die beiden anderen ihre Abendmahlzeit. Dann war Thomas an der Reihe. Dieses Arrangement hatte den Vorteil, dass weniger Zeit verging, bis die drei sich dem Kartenspiel widmen konnten. Zwar hatten sie abends ohnehin nichts anderes vor und damit auch eigentlich keine Veranlassung, sich zu beeilen, aber Dieter hatte auf der Zeitersparnis bestanden.

Annes Zimmer war das in der Mitte und genauso klein und scheußlich eingerichtet wie die beiden anderen. Die beige Tapete war mit farbigen Klecksen gesprenkelt und auch über die Decke gezogen. An der rechten Wand stand ein altmodisches schmales Bauernbett, in der Ecke gegenüber lehnte ein schäbiger Schrank. Ein Klapptisch mit einem giftgrünen Plastikstuhl davor vervollständigte die Einrichtung.

Müde ließ Anne sich aufs Bett fallen und blieb bewegungslos liegen. Die Matratze schaukelte eine ganze Weile nach. Als sie die Augen schloss, hörte sie das Gelächter und Gemurmel aus dem Gastraum heraufdringen.

Anne musste an Katja denken, ihre letzte Freundin. Mit ihr hätte es Spaß gemacht, auf diesem schaukelnden Bett zu liegen und den gedämpften Geräuschen zu lauschen. Katja hätte gekichert und Anne langsam den Overall ausgezogen.

Aber mit Katja war Schluss. Und mit ihr zugleich war Anne auch das Selbstbewusstsein abhanden gekommen.

Als sie noch ein Paar gewesen waren und Anne Katja erzählt hatte, dass sie für vier Wochen auf Montage gehen würde, da hatte Katja bewundernd die Brauen hochgezogen. „Montage, das klingt irgendwie geil", hatte sie gesagt, und Anne hatte lässig mit den Schultern gezuckt. Genau, hatte sie befriedigt gedacht, das klingt geil, das klingt nach Abenteuern und Frauengeschichten. Dann aber hatte Katja mit ihr Schluss gemacht. Und jetzt war Anne hier. Auf Montage.

Als sie frisch geduscht und in Stiefeln, ihrer neuen Worker-Jeans und dunkelblauem Cordhemd an den Tisch trat, stand Thomas sofort auf und schob sich aus der Bank.

„Ich geh schnell."

„Jau, Junge, denn mach man", sagte Dieter.

Anne setzte sich ihm gegenüber. Er war gerade mit seinem Eintopf fertig geworden und schob ächzend den Teller zur Seite. Mit seinen fahlen blauen Augen, die tief in dem breitflächigen Gesicht lagen, musterte er sie.

„Schick siehste aus, Mädchen."

„Danke. Du auch."

Die Wirtin stellte unaufgefordert einen dampfenden Teller vor Anne hin, und unter Dieters geschmeicheltem Blick begann sie zu essen. In den nächsten Minuten sprachen sie kein Wort. Dieter, das wusste Anne aus Erfahrung, würde ohnehin so lange schweigen, bis er ein paar Biere intus hatte. Dann aber würde er reden und reden und nicht wieder damit aufhören, bis seine Zimmertür hinter ihm zugeklappt war.

Thomas kam zurück, jetzt in Jeans und Norwegerpulli, und Dieter stand wortlos auf und ging duschen.

„Wetten, Dieter zieht wieder sein grünes Polohemd an?“ Thomas blies sich eine dunkle Locke aus der Stirn und hob sein Bierglas.

„Oder das gestreifte Hemd. Fünf Euro?“

„Lieber ein Bier.“

„Is’ gebongt“, sagte Anne.

Thomas zuckte die Achseln und lehnte sich zurück. Langsam griff er nach den Karten, die schon in der Mitte des Tisches bereitlagen, mischte und teilte sie aus. Und dann saßen sie schweigend da, bis Dieter zurückkam. Er trug weder das grüne Polohemd noch das gestreifte, sondern ein rosa Sweatshirt mit dem Logo einer Computerfirma.

„Denn woll’n wir mal“, sagte er fröhlich.

„Gewonnen!“ Thomas schlug mit der Faust auf den Tisch. Mürrisch sammelte Dieter die Karten ein und begann sie zu mischen, ohne seinen Redefluss zu unterbrechen. „Und ich sag noch, Werner, sag ich, das kannst du nicht machen! Erst nimmst du dem Rüdiger den Hobel weg und dann willst du nicht mal dafür geradestehen. Nee, sagt er, das musst du wohl einsehen, sagt er, wenn Rüdiger sagt, ich kann das Ding haben ...“

Anne nahm den Block und trug das Spielergebnis ein. Ihr war unendlich langweilig zu Mute. Die Gaststätte hatte sich gefüllt. Es war Freitagabend, Wochenende, und ein Großteil der Bauern aus den umliegenden Dörfern hatte sich eingefunden. Dichte Rauchschwaden hingen in der Luft, und der Lärmpegel war erheblich gestiegen. Katja würde sich hier wohl fühlen, überlegte Anne. Katja hätte sie längst schon unter dem Tisch angestoßen und wäre mit der Hand ihren Schenkel entlanggeglitten, und dann hätte sie Anne angesehen, mit diesem herausfordernden Blick, dem Anne nie hatte widerstehen können. Kein einziges Mal.

Aber das war Schnee von gestern. Fakt war, dass Anne es nicht mehr brachte. Genau das hatte Katja nämlich gesagt, als sie mit Anne Schluss gemacht hatte: „Du bringst es nicht mehr. Du bist mir zu schlaff."

Runde um Runde zog sich das Kartenspiel dahin. Je mehr Dieter redete, desto schweigsamer wurde Thomas, und Anne fielen zwischendurch fast die Augen zu. Gerade, als sie beschlossen hatte, sich nach der nächsten Runde auf ihr Zimmer zurückzuziehen, ging die Tür auf, und schlagartig verstummte der Lärm. Anne war viel zu entnervt, um sich umzudrehen, aber als sie Dieters und Thomas' bewundernde Blicke sah, tat sie es doch.

Sie war schlank und mittelgroß und hatte kurzes, blondes Haar, das ihr in die Stirn gekämmt war und ihre hervorstehenden Backenknochen betonte. Unter ihrer offenen Daunenjacke trug sie zu grauen Schlaghosen eine leichte Cordjacke, unter der wiederum ein enganliegendes Top hervorsah. Aber all das war es nicht, was Anne schlagartig wieder munter werden ließ. Es waren ihre hellblauen Augen.

Langsam sah die Blonde sich um. Die Stille dauerte an. Es war, als ob sämtliche Gäste die Luft anhielten. Anne eingeschlossen.

Und dann rief die Wirtin: „Mensch Nadja! Wieder im Lande?"

Die Blonde lächelte breit. „Lisa! Ja, logisch. Muss doch mal sehen, ob hier alles noch steht." Sie ließ die Tür ins Schloss fallen und setzte sich in Bewegung. Wenn es nach Elvis jemanden geben sollte, der den Hüftschwung richtig beherrschte, dachte Anne, während sie ihr mit offenem Mund nachsah, dann war es diese Blonde hier, ganz ohne Zweifel.

„Ich würde sagen, hier steht eine ganze Menge", murmelte Dieter und lächelte schief, als Anne ihm einen missbilligenden Blick zuwarf.

„Komm, wir spielen noch ’ne Runde“, sagte sie energisch, nahm die Karten und teilte von neuem aus.

„Aber gerade wolltest du doch noch aufhören“, wand Thomas ein.

„Gerade war gerade“, sagte Anne und warf einen Blick zum Tresen, wo die Blonde sich soeben auf einem Barhocker niederließ und dabei graziös die Beine übereinander schlug. „Und jetzt ist jetzt.“

Drei Runden später legte Thomas die Karten beiseite und schob sich aus der Bank. „Ihr müsst mich mal kurz entschuldigen. Aber ich komme gleich wieder.“

„Jau, mach man“, sagte Dieter abgelenkt. Er schichtete die Karten zu einem Häufchen und schielte zum Tresen, wo die Blonde mittlerweile von einer Horde Jungbauern umringt war. Anne warf einen Blick auf ihre Armbanduhr. Viertel nach elf. Normalerweise waren sie und ihre Kollegen um diese Uhrzeit schon längst auf ihren Zimmern verschwunden. Aber heute nicht. Und das, obwohl morgen Samstag war und sie eine Sonderschicht einlegen mussten. Die Fenster und Türen hatten bis Montag fertig zu sein, weil dann der Eigentümer kam, um das Haus zu inspizieren. Und bis dahin gab es noch jede Menge zu tun.

Aber das interessierte jetzt nicht. Das Einzige, was zur Zeit interessierte, saß da drüben am Tresen, war blond und hochattraktiv und warf ab und zu einen Blick zu ihrem Tisch herüber.

Beim ersten Mal hatte Annes Herz für einen Moment ausgesetzt, und als sie unauffällig zu Thomas und dann zu Dieter hinübergesehen hatte, entdeckte sie, dass es den beiden offensichtlich nicht viel anders ging. Thomas war sich verlegen durch seine dichten, schwarzen Locken gefahren, hatte an seinem fadenscheinigen Norwegerpullover herumgezupft und dümmlich in sein Bier gegrient, und Dieter war knallrot angelaufen.

Seitdem fühlte sich Anne ziemlich ernüchtert. Außerdem war sowieso nicht klar, wen Nadja, die Blonde, eigentlich ansah – dazu saß sie zu weit weg. Aber Anne stand bestimmt sowieso als Letzte auf ihrer Liste. So wie Nadja aussah, war sie mit Sicherheit an einem richtigen Kerl interessiert. Vielleicht nicht gerade an einem von den Jungbauern, die sie umringten, aber mit Sicherheit an einem Kerl.

Und das war bestimmt auch der Grund, warum sie ab und zu herübersah. Thomas war zwar nicht gerade ein Brocken von Mann, mit seiner schlaksigen Gestalt und den schmalen Gliedmaßen, aber immerhin ein anderes Kaliber als die Burschen dahinten. Wer weiß, vielleicht steht diese Nadja auf Softies, dachte Anne frustriert. Auf Handwerker-Softies wie Thomas, denen der Staub noch in den Locken hing. Oder auf dickliche, kräftig gebaute Männer mit schütterem Haar, so wie Dieter.

Anne seufzte und senkte den Blick in ihr halbleeres Bierglas, in dem die Schaumkrone längst in sich zusammengesunken war. Als sie wieder aufsah, entdeckte sie, dass Nadja aufgestanden war und direkt auf sie zukam, verfolgt von den gierigen Blicken der Burschen am Tresen.

„Tagchen", sagte sie, als sie vor Anne angelangt war. „Rutschst du mal ein Stück?"

„Äh, klar." Anne schluckte und schob hektisch ihr Bierglas zur Seite. Nadjas Hüfte berührte ihre eigene, als sie sich neben Anne in die Bank schob. Nadjas Duft stieg Anne in die Nase. Sie roch gut. Ausnehmend gut.

„Und, wie gefällt's euch hier in diesem Kaff?", fragte Nadja.

Anne betrachtete erneut die Schaumkrone in ihrem Bierglas, und dann sah sie auf, direkt in Dieters breites Haifischgrinsen, das allerdings nicht ihr galt. Anne hatte ihn noch nie so grinsen sehen. Seine Wangen sahen aus, als wären sie kurz davor, auseinander zu platzen. Er flirtet, dachte Anne ungläubig. So sieht Dieter also aus, wenn er flirtet.

„Also, es ist schon sehr schön hier oben“, sagte Dieter gestelzt. „Allerdings sehen wir nicht besonders viel von der Landschaft. Wir arbeiten die meiste Zeit. Wir sind im Restaurationshandwerk beschäftigt und bauen hier ein Haus aus.“

Anne starrte ihn immer noch an. Sie hatte noch nie gehört, dass Dieter Hochdeutsch sprach. Sie hatte noch nicht einmal gewusst, dass er das überhaupt konnte. Und das mit dem Restaurationshandwerk war glatt gelogen. Dieter war Schlosser. Bauschlosser, genauer gesagt. Und Thomas auch.

„Weiß ich“, sagte Nadja mit leicht genervtem Unterton. „Das Marwehe-Haus oben an der Fasanenstraße. Hat mir Lisa schon erzählt.“ Sie drehte sich zu Anne, und Dieters Grinsen fiel in sich zusammen. „Bist du auch Restaurateurin?“

„Nein. Ich bin Tischlerin.“ Annes Stimme krächzte, und sie spürte, wie ihr die Röte in die Wangen stieg. Schnell senkte sie den Blick.

„Anne macht die Fenster und Türen wieder gang- und schließbar“, sagte Dieter schnell. „Muss ja auch gemacht werden. Aber Thomas, mein anderer Kollege, und ich – ich bin übrigens Dieter –, wir restaurieren richtig. Decken, Stuck ...“

„Macht das Spaß?“, fragte Nadja, und nach ein paar Sekunden, in denen sie auf Dieters Antwort wartete, begriff Anne, dass sie gemeint war. Vorsichtig hob sie den Blick. Dieters Grinsen war eingefroren, und Nadjas Augen lagen unverwandt auf Annes Gesicht.

Sie hat Ähnlichkeit mit Katja, dachte Anne. Die Augen. Sie hat genauso helle Augen wie Katja. Und der Mund. Vielleicht ein bisschen voller, aber die Form ist dieselbe.

Als Nadja langsam anfing zu lächeln, ging Anne auf, dass sie immer noch nicht auf ihre Frage geantwortet hatte. Aber was hatte sie eigentlich gefragt?

Aus dem Augenwinkel sah sie eine Bewegung, und dann stand auf einmal Thomas am Tisch.

„Hallo!“, sagte er locker und lächelte die Blonde jungenhaft an. „Ich bin der Thomas.“ Er trug nicht mehr seinen Norwegerpulli, sondern ein nagelneu aussehendes Flanellhemd, das Anne noch nie zuvor an ihm gesehen hatte, und seine wilden Locken waren sorgsam gekämmt.

„Unser Kollege“, fügte Dieter hinzu. „Von dem ich gerade erzählt habe. Der Dritte im Bunde sozusagen.“ Er lachte gekünstelt und rutschte ein Stück, um Platz für Thomas zu schaffen.

„He, Nadja, willste noch was trinken?“, rief einer der Burschen vom Tresen herüber.

„Genau.“ Thomas stützte die Ellbogen auf dem Tisch auf und beugte sich leicht vor. „Möchtest du noch etwas trinken?“ Seine dunklen Augen funkelten verführerisch.

Nadja lehnte sich tief in die Sitzbank zurück und schob ihren Arm hinter Anne auf die Lehne. Anne spürte Wärme in ihrem Rücken, und ihr Herz fing heftig an zu pochen. Atemlos wartete sie auf Nadjas Antwort.

„Ich kriege hier eh alles frei“, sagte Nadja. „Aber ich lade euch ein. Was wollt ihr? Bier?“

Thomas’ Lächeln schmolz genauso schnell in sich zusammen wie Dieters Grinsen kurz vorher. Er nickte zögernd, und Dieter zuckte mit den Schultern und nickte ebenfalls.

„Für mich ’ne Cola“, sagte Anne leise, und Nadjas heller Blick bohrte sich in ihren.

„He, Lisa“, rief Nadja zum Tresen, ohne sich umzudrehen. „Zwei Bier, zwei Cola, bitte.“ Unter dem Tisch drückte sie ihr Bein gegen Annes. Annes Herz klopfte noch schneller.

Die Jungbauern am Tresen murrten, aber Lisa brachte sie mit einer knappen Handbewegung zum Schweigen, als sie die Getränke zum Tisch trug.

„Zum Wohl!“, sagte sie laut und zwinkerte Anne zu, bevor sie die leeren Gläser klirrend aufs Tablett stellte und mit schaukelnden Hüften wieder zum Tresen zurückging.

Dieter und Thomas griffen stumm nach ihren Bieren, und Nadja schob Anne ihre Cola hin, während sie nach ihrer eigenen fasste. Ihrer beider Finger berührten sich kurz, und Anne zuckte zusammen.

„Prost!“ Thomas hob sein Glas.

„Jau“, sagte Dieter mit einem gequälten Lächeln. „Prost!“

Nadja nickte den beiden zu, und dann beugte sie sich zu Anne herüber und sagte leise in ihr gerötetes Ohr: „Und danach gehen wir zwei auf dein Zimmer, okay?“

Anne konnte einfach nicht schlafen. Nachdem sie die ruhig vor sich hinschlummernde Nadja eine Weile betrachtet hatte, gab sie es endgültig auf. Sie zog die Decke über Nadjas wohlgeformte rechte Brust und schob sich vorsichtig seitwärts aus dem Bett. Nadja brummte unwillig im Schlaf und rollte sich auf die Seite, wobei ihr Hintern Anne vollständig aus dem Bett drückte. Anne verlor das Gleichgewicht und prallte unsanft auf dem Boden auf.

„Ej, Ruhe“, murmelte Nadja ohne aufzuwachen und schlug mit dem Arm nach hinten aus. Gleich darauf fing sie leise an zu schnarchen.

Anne richtete sich auf und kroch zum Stuhl in der Ecke. Über der Lehne hing einer von ihren Pullovern, und Anne streifte ihn über. Der giftgrüne Plastikbezug quietschte leise, als sie sich setzte. Anne zog die Knie an und verschränkte die Arme darum. Sie holte tief Luft und schloss die Augen, damit sie die scheußliche Tapete nicht mehr sehen musste.

Sie hatte das dumpfe Gefühl, nicht gerade eine Glanzleistung hingelegt zu haben. Schon auf der Treppe, mit den bohrenden Blicken ihrer Kollegen und der Jungbauernschar vom Tresen im Rücken, hatte sie weiche Knie bekommen. Am liebsten wäre sie umgedreht und hätte sich wieder an den Tisch gesetzt, aber Nadja hatte sie weitergeschoben. „Komm schon“, hatte sie in Annes Ohr geflüstert. „Du willst es doch auch, oder?“

„Ja", hatte Anne gesagt, und das hatte ja auch gestimmt. Irgendwie.

„Mann, sieht das hässlich aus hier drinnen!", hatte Nadja gesagt, als Anne die Tür hinter ihnen geschlossen hatte, und Anne hatte sich für einen Moment persönlich für die Einrichtung des Zimmers verantwortlich gefühlt. Sie war nervös geworden, und Nadjas heller Blick hatte sie noch nervöser gemacht.

„Also, die Möbel sind nicht so der Kracher", hatte Anne angefangen, und dann war alles irgendwie viel zu schnell gegangen. Ehe Anne sich versah, riss Nadja ihr das Hemd auf und grub ihre Nägel in Annes Rücken. Und im nächsten Moment lag Anne auch schon nackt auf dem Bett, und Nadja stürzte sich auf sie.

Anne war gleich zweimal gekommen, ohne dass sie selbst einen Finger gerührt hatte, und das war ihr noch nie passiert. Normalerweise war sie die Aktivere. Das erwarteten die Frauen auch meistens von ihr. Aber Nadja offensichtlich nicht. Nadja hatte Annes Hände festgehalten und sich an ihr gerieben und laut aufgestöhnt, und dann war auf einmal alles vorbei.

„Okay", hatte Nadja schließlich zufrieden gemurmelt, und dann war sie eingeschlafen. Auf Anne.

Anne machte die Augen wieder auf und betrachtete Nadjas sanft schimmernde Haut. Die Art, wie sie dalag, erinnerte Anne an Katja. Katja hatte auch immer so viel Platz im Bett eingenommen, und sie hatte genauso im Schlaf geseufzt wie Nadja. Ob Nadja auch fand, dass Anne es nicht gebracht hatte?

Auf einmal hörte sie Lärm auf der Treppe und dann die gedämpften Stimmen ihrer Kollegen. Unwillkürlich verkrampfte sie sich.

„Versteh einer die Weiber", brummte Thomas vergrätzt, während Dieter mit der Zunge schnalzte. „Wo ich doch das Doppelzimmer hab", nuschelte er undeutlich, und dann hörte Anne ein dumpfes Geräusch, gefolgt von einem lauten Poltern.

„Schei... Scheiße“, murmelte Thomas und ächzte. Anne konnte sich sehr gut vorstellen, was für ein entnervtes Gesicht er gerade machte, während er versuchte, Dieter wieder hochzuhieven.

Kurz darauf klappte eine Tür, dann huschten Schritte über den Flur, und schließlich schlug noch eine Tür zu. Ruhe kehrte ein.

Anne legte das Kinn auf ihre Knie. Der Plastikbezug klebte an ihrem bloßen Hintern, und als sie ein Stück nach vorne rutschte, spürte sie schmerzhaft den Abdruck der Naht an ihrem Oberschenkel. Für einen Moment beneidete Anne Dieter inständig um sein Doppelzimmer. Nächstes Mal weiß ich Bescheid, dachte sie schläfrig. Ab jetzt nehme ich auf Montage immer ein Doppelzimmer. Schließlich weiß man ja nie.

Und dann schloss sie wieder die Augen.

Als Anne von dem Hämmern an ihrer Tür erwachte, lag sie zusammengerollt auf dem Fußboden. Jeder Knochen im Leib tat ihr weh, und während sie sich aufrappelte, rieb sie sich stöhnend ihren steifen Nacken.

„Eh, Anne, mach hinne, es ist schon halb neun!“, brüllte Thomas vor ihrer Tür, und dann fügte Dieter hinzu: „Wir ham wat zu tun. Na los, Mädel, gib Gummi!“

Anne warf einen Blick zum Bett, wo Nadja immer noch ungerührt schlief, und dann öffnete sie die Tür einen winzigen Spalt breit. „Komme gleich. Geht doch schon mal vor“, sagte sie leise.

Thomas und Dieter sahen sie überhaupt nicht an. Beide versuchten angestrengt, an ihr vorbei ins Zimmer zu sehen, und obwohl Anne sich wie durch die Mangel gedreht fühlte, musste sie plötzlich lachen.

„Einmal gucken fünf Euro“, sagte sie, und die beiden sahen sie beleidigt an. Aber sie traten folgsam von der Tür zurück.

„Also bis gleich." Thomas hob die Hand, wobei er es vermied, Anne in die Augen zu sehen. „Aber beeil dich, okay?"

„Gibt 'ne Menge zu tun", setzte Dieter hinzu.

Die beiden polterten die Treppe hinunter, und Anne schloss die Tür und lehnte sich dagegen. Als sie einen Blick zum Bett warf, entdeckte sie, dass Nadja aufgewacht war. Sie hatte sich auf den Ellbogen gestützt und sah mit gerunzelter Stirn zu ihr auf, als müsste sie überlegen, wer Anne überhaupt war.

„Morgen", sagte Anne vorsichtig.

Nadjas Gesicht hellte sich auf. „Morgen!", antwortete sie und lächelte. „Gut geschlafen?"

Anne zuckte die Achseln. „Och", sagte sie, und plötzlich wurde ihr bewusst, dass sie nur ihren Pullover trug und nichts darunter. Verlegen zog sie den Saum weiter nach unten.

Nadja sah sie nachdenklich an. „Komm mal her", sagte sie leise.

Anne stieß sich von der Tür ab und ging zu ihr hinüber. Die Matratze knarrte, als sie sich auf der Bettkante niederließ.

„Das hat's echt gebracht heute Nacht. Findest du nicht auch?", fragte Nadja und legte einen Arm um Annes Taille. Anne spürte, wie ihr heiß wurde. Nach einem Moment verstand sie, dass es die Erleichterung war. Ich bring's also doch noch, dachte sie und atmete aus. Irgendwo in ihrem Innern entkrampfte sich etwas. Ein Knoten, von dem Anne gar nicht gewusst hatte, dass er dagewesen war.

„War ich dir nicht ein bisschen zu schlaff?", fragte sie vorsichtig zurück.

„Quatsch!" Nadja tippte sich an die Stirn. „Du warst klasse. Genau, wie ich es mag." Sie lächelte und rieb ihre Nase an Annes Schenkel. „Waren das deine Kollegen?", fragte sie dann und ließ sich wieder nach hinten fallen. Das ganze

Bett schaukelte mit, und Anne wurde ein Stück in die Höhe gehoben und sank gleich darauf wieder nach unten.

„Ja, das waren Thomas und Dieter."

„Na ja, die sind das sicher gewohnt", sagte Nadja und gähnte verhalten.

Anne sah sie stirnrunzelnd an. „Was sind die gewohnt?"

Nadja blickte schläfrig zu ihr auf. Ihre Augen waren verhangen, und Anne war klar, dass sie im nächsten Moment wieder einschlafen würde. „Na, das hier. Passiert dir doch sicher öfter auf Montage, nicht wahr? Solche Abenteuer. Frauengeschichten. Das sind deine Kollegen doch sicher gewohnt." Sie schloss die Augen und schlief tatsächlich sofort wieder ein, und deshalb sah sie auch nicht, wie Anne zu grinsen anfing.

„Na, auch schon wach?", fragte Lisa, die Wirtin, als sie Anne ihren Teller mit Rührei vorsetzte. „Schläft sie denn noch?"

Anne verschluckte sich fast an ihrem Kaffee. „Bitte?", fragte sie heiser.

„Na, ob sie noch schläft, unsere Nadja", sagte Lisa und lachte vergnügt.

Anne setzte ihre Tasse ab. „Ja", sagte sie. „Ja, die schläft noch."

Lisa beugte sich verschwörerisch zu ihr hinunter, obwohl sich außer ihr und Anne niemand im Raum befand.

„Die Nadja, das ist mir schon eine!", flüsterte Lisa. „Also, ich find das ja gut, wenn meine Gäste sich amüsieren. Vor allem die Frauen! Wir kommen ja schließlich meistens zu kurz, oder nicht?" Sie zwinkerte Anne zu, und dann richtete sie sich wieder auf. „Aber deine Kollegen, die haben ja blendende Laune deswegen, nicht wahr? Kriegst du da gleich was zu hören von denen?"

„Ach, nein", sagte Anne und nahm ihre Gabel auf. „Die sind das gewohnt. So ist das nun mal auf Montage. Da gibt's immer mal Abenteuer und Frauengeschichten."

Klingt aufregend, dachte sie und horchte ihren eigenen Worten noch nach, als die Wirtin schon längst wieder in der Küche verschwunden war. Klingt tatsächlich irgendwie geil.

Und dann aß sie befriedigt ihr Rührei.

Ein Haus steht dort, wo man es hinbaut

Ich habe gewartet.

Du bist aus der Tür gekommen, ein Lächeln im Gesicht, das sich vertiefte, als du mich entdeckt hast. In dem Moment habe ich gewusst, dass du mich auch willst.

Ein paar Monate zuvor habe ich dich zum ersten Mal gesehen. Du hast in der dritten Reihe gesessen, das einzige ernste Gesicht zwischen lauter lächelnden. Als ich erzählt habe, dass ich schon alles kleines Kind gern mit allen zehn Fingern auf den Tischen herumgeklopft und damit meine Eltern und sonstigen Verwandten zum Wahnsinn getrieben habe, da hast du nicht wie die anderen Zuhörer gelacht oder durch eifriges Kopfnicken angezeigt, dass du verstehst und sogar mitfühlst. Du hast mich einfach nur angesehen; das hat mir gefallen.

Später bist du nach vorne gekommen und hast dir eine CD signieren lassen. Du hast mir deinen Namen genannt, und als ich dich kurz angesehen habe, bevor ich signierte, hast du gelächelt. Nur für einen Moment, dann warst du wieder ernst.

Ich habe die kleine Narbe neben deinem Mundwinkel gesehen und die tief versteckte Traurigkeit in deinen Augen, und dann habe ich deinen Namen geschrieben.

„Danke“, hast du gesagt. „Das war wirklich schön, vielen Dank.“

Ich habe dir die CD überreicht und deine Finger berührt, absichtlich. Du bist nicht zusammengezuckt, aber für einen Moment hast du dagestanden wie elektrisiert. Dann hast du zum zweiten Mal gelächelt, dieses Mal ein wenig länger.

Das war der Anfang.

„Auf Wiedersehen“, habe ich gesagt, und du hast den Mund geöffnet, aber da ist jemand gekommen und hat mir mitgeteilt, dass nun ein gemeinsames Essen geplant sei, wenn es mir recht sei. Und ob es in Ordnung ginge, wenn sich noch ein paar Menschen anschlössen, alles Kulturschaffende aus eurer Stadt, du zum Beispiel – eine dickliche Hand wies auf dich, die du immer noch da standst –, du seist auch dabei, du seist ja als ehemalige Bibliothekarin in eurer Stadtbücherei sozusagen fundamental für das kulturelle Leben gewesen. Hier wurde gelacht, aber du und ich schwiegen und lachten nicht mit, ohne dass es auffiel. Ob ich damit einverstanden sei?

Selbstverständlich.

Beim Hinausgehen fragte ich dich, warum du nicht mehr als Bibliothekarin tätig seist. Du sahst mich von der Seite an.

„Ich habe vier Kinder, da ist es mir zu viel geworden“, hast du erklärt.

„Schade“, habe ich gesagt. „Ich hätte mir gern mal ein Buch bei Ihnen ausgeliehen.“

Und wieder hast du gelächelt. „Sie können sich ein Kind ausleihen, wenn Sie möchten", hast du geantwortet. „Aber ich glaube, das möchten Sie nicht."

„Nein", habe ich gesagt. „Nein, das möchte ich nicht."

Im Restaurant hast du mir schräg gegenübergesessen und nicht viel gesagt. Ich habe deinen Blick aufgefangen und danach wieder und wieder gesucht.

Du besitzt eine Schönheit, die sich nur langsam, beim mehrmaligen Hinsehen, erschließt. Auf den ersten Blick wirkst du unauffällig, fast schüchtern. Aber das bist du nicht, gar nicht. Deine Zurückhaltung ist nicht vornehm, sie ist schlicht, sie ist Mittel zum Zweck. Je weniger du auffällst, desto mehr kannst du ungestört beobachten.

Und das hast du getan.

Ich bin schnell müde geworden, das geht mir immer so nach einem Konzert. Im Grunde interessieren mich die Gespräche danach nicht im Geringsten, sie sind eine nicht gerade lästige, so doch anstrengende Pflicht, aber sie gehören dazu, und ich schulde sie meinem Publikum und den Veranstaltern gern.

Die meisten Menschen, die bei diesen Gelegenheiten dabei sind, werfen mir verstohlen bewundernde Blicke zu, einige stellen auch Fragen, immer die gleichen: ob ich viel reise, ob ich meine Stücke tatsächlich selbst komponiere, wie lange ich das schon mache, ob es mich nicht reizen würde, öfter mit anderen Musikern zu spielen, statt allein aufzutreten.

Ich beantworte alle Fragen knapp, aber geduldig. Zum Glück ist immer jemand dabei, der sich selbst gern reden hört und der sich nach einer gewissen Anstandsphase aufschwingt, eigene Reden zu halten, das entlastet mich jedes Mal sehr.

Diesmal war es nicht anders. Einer der Veranstalter übernahm die Konversation, irgendwann lehnte ich mich zurück, Blicke streiften mich, darunter auch Blicke von dir. Ich habe dich genauer betrachtet.

Deine Haltung hat sich verändert. Du hast deine Schultern gestrafft und dein Kinn angehoben, du bist mir begegnet als Gegenüber. Und auch das hat mir gefallen.

Als wir uns verabschiedet haben, lag deine Hand einen Moment länger als nötig in meiner. Sie war trocken und kühl, das hat mich verwundert. Die meisten Menschen reichen mir schwitzige Hände. Wenn sie nicht schwitzig sind, dann zumindest warm. Oder heiß.

Deine aber war kühl.

„Vielleicht sehen wir uns ja bei anderer Gelegenheit einmal wieder", habe ich gesagt, und du hast genickt. „Das wäre schön", hast du gesagt. Um uns herum wurden Mäntel gereicht, Abschiedsworte getauscht, Hände geschüttelt. Wir beide aber standen still da, wie Felsen im abflutenden Meer. Ich wog kurz die Situation ab, aber dann habe ich es dabei belassen.

Mit einer Frau wie dir ist es nicht einfach. Du hast mir keinen Hinweis gegeben, mir blieb nur Mutmaßung, und das war mir zu schwierig. Ich ertrage Ablehnung nur ungern. Und überhaupt, ich war müde.

„Auf Wiedersehen", sagte ich herzlich und ließ deine Hand los. Ich wusste nicht, ob du enttäuscht warst, für einen Moment sahst du so aus. Aber ich kannte dich nicht.

Damals kannte ich dich überhaupt nicht.

Und dann bin ich gegangen.

Ich habe noch ein paar Mal an dich gedacht und dann nicht mehr.

Ein paar Monate später aber, Ende April, entdecke ich dich nach einem Gemeinschaftskonzert. Du stehst im Foyer, zusammen mit einigen Frauen. Du bist fünfhundert Kilometer entfernt von deinem Zuhause, und ich erkenne dich an deinem Blick.

Ich bin überrascht, ich nicke dir zu. Du nickst kaum merklich zurück, die Gruppe um dich spinnt dich ein, auch ich bin im Gespräch.

Aber unsere Blicke straffen sich wie Schiffstaue im Wind, das Meer zieht, der Wind reißt, aber das Boot rückt nicht von der Stelle. Wir sind wie Boote, mehr noch, wie Inseln im Sturm, jede von uns bleibt, wo sie ist. Mir macht das Spaß. Und dir sichtlich auch.

Niemand weiß um unsere Verbindung. Und so wird es auch weiterhin sein.

Wir legen den Grundstein an diesem Abend.

Ein Haus steht dort, wo man es hinbaut.

Irgendwann verlässt du das Foyer. Auch ich gehe hinaus. Ich warte im Flur, nicht weit von den Toiletten.

Schließlich kommst du aus der Tür, ein Lächeln in deinem Gesicht, das sich vertieft, als du mich entdeckst.

In diesem Moment weiß ich, dass du mich auch willst.

Wir begrüßen uns kurz. Dein kühler Händedruck wieder, eine kurze Erklärung. Deine Laufgruppe macht einen Ausflug, ihr alle seid musikinteressiert, das Konzert hat dir gefallen, den anderen auch.

Du hältst meine Hand ein wenig zu lange; als du es merkst, errötest du leicht.

Ich muss zurück, du ebenfalls. Ein andermal, sage ich, bleibt hoffentlich mehr Zeit.

Du sagst: „Das hoffe ich auch."

Als du gehst, siehst du zufrieden aus, rundum zufrieden.

Ich bin es nicht.

In mir ist etwas entfacht, und die Töne in meinem Kopf haben zu klingen begonnen, ein wenig zu laut, etwas zu schräg. Ein Stück, eine neue Komposition drängt sich hinaus, ich werde sie schreiben, aber sie wird mir nicht gefallen.

Und doch schreibe ich sie in dieser Nacht.

Ich zerreiße sie später, klebe die Fetzen wieder zusammen, lege sie ab.

Das Stück habe ich noch immer, in meiner Mappe mit unausgereiften Kompositionen.

Irgendwann einmal werde ich es auch spielen. Später, vielleicht.

Ein paar Wochen danach kommt eine Mail von dir, an meine Homepage-Adresse. Dass es dir gefallen hat, schreibst du, mich wiederzusehen. Und dass das Konzert schön war.

Mehr nicht.

Aber darunter steht deine Adresse.

Mein Leben ist bunt, mein Leben ist reich. Ich bin Musikerin und Komponistin, als Pianistin dem Modern Jazz eng verhaftet. Mein Beruf füllt mich aus und fordert mich sehr, und doch bleibt noch Zeit. Ich bin ein Mensch der Gefühle, Beziehungen sind mir wie Nahrung.

Ich bin viel allein, ich arbeite allein, ich reise allein, ich trete allein auf, meistens zumindest. Und doch brauche ich Menschen um mich herum. Ich bin gut versorgt, emotional wie auch geistig, und ich bin glücklich damit.

Aber ich bin zudem ein Mensch, der sehr stark auf Reize reagiert und sie auch sucht. Ich bin, wie alle anderen, ein menschliches Tier.

Einem Reiz nachzugehen bedeutet, sich zu erneuern. Glückshormone, Nervenkitzel, Verliebtsein; letztlich ist alles dasselbe, entspringt derselben Motivation: Das Leben soll schön sein. Und spannend. Und abwechslungsreich.

Ein paar Wochen danach antworte ich dir auf deine Mail, und du schreibst zurück.

Ich schicke dir eine Karte aus Zürich. Du bedankst dich in einer Mail.

Ich schreibe dir wieder, diesmal per Mail und aus München. Du antwortest prompt. Ich erfahre nur wenig von deinen Kindern, von deinem Leben, nur andeutungsweise.

Du erfährst nichts. Was du wissen musst, weißt du bereits.

Drei Monate später rufe ich dich an.

Du bist überrascht, aber ich höre, wie sehr du dich freust. Du weißt nicht, dass ich nur anrufe, um deine Stimme zu prüfen. Ich habe vergessen, wie du dich anhörst.

Du hörst dich gut an. Ich frage dich, wo du im November bist.

„Zu Hause wahrscheinlich", sagst du verwundert. „Warum?"

„Eventuell bin ich zu einem Zwischenstopp in Ihrer Gegend", sage ich ruhig. „Wir könnten uns auf einen Kaffee treffen, davor oder danach."

Einen Moment lang bist du stumm. „Das wäre schön", sagst du dann weich. Ich höre das leichte Zittern in deiner Stimme.

Unmerklich bereite ich eine Affäre zwischen uns vor. Ich überprüfe meinen Konzertplan, sehe nach, wann ich nicht weit von dir bin. Ich checke Hotelzimmer in deiner Stadt und verwerfe sie wieder. Köln wäre möglich, Köln liegt in deiner Nähe. In nächster Zeit aber bin ich in Süddeutschland unterwegs, dann in den skandinavischen Ländern. Und danach in Wien.

Doch dann geht einer meiner Flüge nach Bonn. Und ich rufe dich an.

Wir verabreden uns in einem Café am Flughafen. Du musst sechzig Kilometer fahren, aber du bist zu früh da und unendlich nervös, als ich komme.

Diesmal ist deine Hand nicht trocken und kühl, sie ist trocken und warm, und dein Haar ist länger geworden.

Wir trinken Kaffee und reden Belanglosigkeiten. Ich spüre deine Unsicherheit, weil ich meinen Blick nicht von dir wende. Du fragst mich nach meinem dichtgedrängten Konzertplan und ob es nicht anstrengend sei, so viel zu reisen.

„Gelegentlich interessante Frauen zu treffen gleicht einiges aus", sage ich ruhig. In deinen Augen zuckt etwas auf.

„Wie oft ist denn gelegentlich?", fragst du und schmunzelst.

„Gelegentlich ist gelegentlich", sage ich, beuge mich vor und berühre sanft deine Hand. „Ich möchte, dass wir uns duzen."

Du betrachtest meine Finger auf deinem Handrücken. Dann siehst du auf.

„Ja", sagst du. „Das möchte ich auch. Unbedingt."

Viel mehr geschieht nicht an diesem Nachmittag. Außer, dass wir nur noch wenig miteinander sprechen und dass meine Finger eine ganze Weile auf deinem Handrücken liegen bleiben, wie zufällig, wie vergessen.

Irgendwann nehme ich meine Finger fort; später sehe ich, wie du mit einem fast erstaunten Ausdruck in deinen unergründlichen Augen über die Stelle reibst, an der ich dich berührt habe.

Du bringst mich zum Bahnsteig. Wartend stehen wir da, sehen uns von Zeit zu Zeit an. Ich kann spüren, dass ich dir fremder bin, als du es mir bist; das liegt daran, dass ich genau weiß, was ich von dir will. Du hingegen weißt es nicht; du weißt nicht, wie weit du gehen darfst in deinen Träumen, du weißt nicht, wie weit ich zu gehen bereit bin.

Als mein Zug einfährt, reiche ich dir die Hand, aber du nimmst sie nicht. Stattdessen umarmst du mich plötzlich, für einen Moment liegt deine Wange an meiner, für einen Moment spüre ich deine Haut. Ich drücke mein Gesicht in dein Haar, ein Atemzug voll deines Dufts, schon lässt du mich los.

„Bis zum nächsten Mal“, murmelst du und trittst ein paar Schritte zurück, wie erschrocken vor deinem eigenen Mut.

Du stehst immer noch da, als der Zug losfährt. Ich hebe die Hand, aber die Fenster sind von außen verspiegelt, du kannst mich nicht sehen.

Ich schreibe dir nicht, rufe nicht an, und du schreibst mir auch nicht. Nur zu Weihnachten ein Gruß, dann wieder Stille. Ein fragiles Schweigen herrscht; ich bin sicher, dass du überlegst. Die Dinge müssen sich setzen, die Möglichkeiten sich öffnen.

Weihnachten kommt, das neue Jahr bricht an, zieht sich hin. Ich denke nicht viel an dich. Ich bin mit anderen Menschen, mit anderen Dingen beschäftigt, aber die Gedanken an dich sind wie kleine Blitze an einem stürmischen Tag.

Ich bin Musikerin. Diese Tatsache prägt mein Leben, hat es von Anbeginn an getan. Mein Wohlbefinden hängt entscheidend davon ab, ob ich arbeiten kann und woran. Ich brauche die Klänge und Töne, sie tragen mich vorwärts. Musik schafft Bewegung, Bewegung ist Leben.

Ohne Musik wäre ich schwer, hätte ich Beine aus Blei.

Das ist nicht immer leicht, es ist auch nicht immer schön. Manchmal quält mich das sehr. Die Musik in meinem Kopf ist wie ein Gefängnis aus Tönen.

Ich versuche, die Töne aus mir herauszuspielen, aber oft gelingt mir das nicht. Eigentlich kaum.

Musik ist mein Leben, aber manchmal wünsche ich mir nichts mehr, als dass endlich Ruhe herrscht in meinem Kopf.

Doch es gibt keine Ruhe für mich. Nie. Selbst im Schlaf höre ich Musik, morgens wache ich auf mit einem Orchester in meinem Kopf, einem Orchester, dessen Klänge immer mehr anschwellen; nie gehörte Musik schwillt in mir an, ungeschriebene Kompositionen, klangvoll, brachial, bis ich erwache.

Abends schlafe ich ein, umgeben von Klängen und Tönen, Kadenzen, Oktaven.

Fast nie ist es ruhig.

Manchmal hilft Bier. Zwei oder drei. Manchmal hilft Liebe.

In jenen satten Minuten danach, mit einem anderen Körper an meiner Seite, der wie ich der Lust noch nachlauscht, in diesen Minuten ist alles still in meinem Kopf. Ich liege still da. In mir ist es still. Alles ist ruhig.

Für kurze Zeit.

Ich bin erstaunt, als du anrufst, deine Stimme ist wie ein Ruf aus einer längst vergangenen Zeit, oder einer, die noch nicht angebrochen ist. In heiterem, lockerem Tonfall erzählst du, dass du in Hamburg sein wirst, ganz zufällig, wenn ich dort ein Konzert gebe in einigen Wochen, du wirst eine Freundin besuchen. Du erzählst viel zu lang von dieser Freundin, zur Schule seid ihr zusammen gegangen, nun wohnt sie in Hamburg, ihr Leben ist anders verlaufen, sie ist Journalistin; du besuchst sie sehr gern, aber selten. Ich unterbreche dich schließlich, frage in deine angespannte Redseligkeit hinein: „Wie lange bleibst du?"

„Ein Wochenende", sagst du. „Von Freitag bis Sonntag."

„Ich vielleicht auch."

Es ist fast, als hörte ich dein Lächeln.

Das Konzert ist eines der schwierigsten seit langer Zeit. Der Flügel gefällt mir nicht, eilends wird Abhilfe gesucht, ich sitze am Bühnenrand, meine Hände hängen mir schlaff zwischen den Knien, wie soll ich damit je wieder spielen?

Ich habe Kummer, von dem du nichts weißt, er betrifft andere Menschen, beinhaltet Sorgen um jemanden, Krankheit, mögliches Sterben, meine Angst vor Verlust. Ich trage schwer daran, trage daran schon seit einiger Zeit, aber dies ist nichts, was du erfahren sollst, jetzt nicht und nie.

Und dann kommt ein Klavierstimmer, ein Geschenk wie vom Himmel, ein freundlicher Mann, der mich auffängt, der mir die Klänge zurückgibt. Ich sitze gebeugt über den Tasten, meine Stirn an den Deckel gelehnt, und höre, wie sich ein Stück neu in mir formt. Das Orchester in meinem Kopf stimmt sich ein, fängt an zu spielen, braust auf, braust durch mich hindurch. Ich balle die Hände zu Fäusten und öffne sie weit.

Erst danach fällst du mir ein. Obwohl ich so viel an dich gedacht hatte zuvor, warst du auf einmal verschwunden, eine Stunde, eineinhalb Stunden verschwunden, und doch warst du da, hast dort unten gesessen, zwischen Hunderten Menschen, lauschend und wachsam, erfüllt von dem Gespinst aus Tönen, spitzen, jammernden, ziehenden. Ein Geschenk für jemand anderen, der es dann, aber das habe ich in diesem Moment natürlich noch nicht gewusst, niemals gehört hat.

Erst, als alles vorbei ist, fällst du mir ein. Das gemeinsame Essen mit den Veranstaltern schlage ich aus, schiebe Müdigkeit vor, auch trinken möchte ich nichts. Noch während ich all das erkläre, entdecke ich dich. Du stehst ein Stückchen entfernt, in abwartender Haltung, die Schultern sehr gerade, allein. Mein Blick findet deinen, quer durch den Raum.

Du bleibst einfach stehen.

Die Nacht ist lau, der Mond hängt silbrig am Himmel, fast rund. Wenn ich die Hände ausstrecke, kann ich die Linien in meinen Handflächen sehen. Es gab einmal jemanden, der hat sie gelesen. Mir gesagt, was sie bedeuten. Ich habe es vergessen. Ich habe fast alles vergessen. Nur nicht die Töne in meinem Kopf, und dass du neben mir sitzt, am Elbstrand, in eine Decke aus deinem Auto gewickelt, und leise atmest. In der Nähe knistert ein Feuer, junge Stimmen sind um uns, Lachen, Rufen, von weit her dröhnt ein Schiffshorn durch die Nacht. Es ist Mai, viel zu warm für die Jahreszeit, für uns kommt das recht.

Du ziehst die Luft ein, deine Bluse raschelt, als du dich bewegst. Wir sind nicht entsprechend gekleidet für eine Nacht am Strand und im Sand, aber was wir auch trügen, es käme mir falsch vor, vielleicht, weil uns gemeinsam die Nacktheit ohnehin besser entspräche.

Du holst langsam Luft. „Schön, hier mit dir zu sein", sagst du leise und lachst, um deine Verlegenheit zu verbergen.

„Finde ich auch", antworte ich. Meine Stimme klingt seltsam, ich bin unsicher; ich weiß nicht genau, was jetzt passiert. Meine Kraft ist erschöpft, wie immer nach einem Konzert. Und doch bin ich nicht müde.

Vielleicht gibt es zwei Arten von Kraft, zwei Teile in mir. Der eine ist müde, erschöpft, hat sich verausgabt. Der andere ist wach.

Deine Augen glitzern im Mondlicht. Ich sehe die Falten längs deiner Nase, dein herbes Gesicht, von verwunschener Schönheit. Und dann lehnst du auf einmal deinen Kopf an meine Schulter.

Und lässt ihn dort liegen. Ich höre dein Seufzen.

Es ist das erste Mal, dass du mich aus eigenem Antrieb berührst.

Ich weiß, was diese Berührung bedeutet. Und ich reagiere darauf.

Alles an mir ist plötzlich unendlich gespannt, meine Haut ist wie eine Saite, fast klingt ein Ton. Wäre er schrill oder sanft? Laut oder schwach?

„Hör zu", sage ich leise. „Hör zu, ich muss dich etwas fragen."

Dein Kopf bleibt auch jetzt an meiner Schulter. Du holst vorsichtig Luft. Fast lautlos, aber ich höre es trotzdem.

„Wenn ich dir jetzt sagte, es gäbe nur dieses eine, dieses einzige Mal und keine Aussicht auf Wiederholung – würdest du dann jetzt mit mir auf mein Hotelzimmer gehen?"

Du richtest dich auf. Du schweigst. Du schweigst lange. Ich spüre dich an meiner Seite, dein Oberschenkel drückt sich an meinen.

Schließlich siehst du mich an.

„Ja", sagst du ruhig.

Die Fahrt dauert nicht lange, aber unser Schweigen bettet sie in Endlosigkeit. Ich mache kein Licht, Laternenschein strömt durch das Fenster, taucht deinen Körper in goldene Schatten. Du sitzt auf dem Bettrand, die Hände locker zwischen den Beinen gefaltet, und siehst mich an.

Alles liegt jetzt an mir, für dich ist es Neuland, ich bin es, die dich hindurchführt.

Ich knie mich vor dich. Meine Hände gleiten an deinen Schenkeln empor. Du fängst an zu zittern.

Ich ziehe dich aus, langsam, behutsam. Für dich wirkt es gefühlvoll, aber im Grunde bedeutet es: Ich koste dich aus.

So oft habe ich es mir vorgestellt, manche ruhige Stunde in fremden Hotelbetten damit verbracht. Jetzt genieße ich es, dich zu erkunden, in Ruhe.

Manches an dir kommt mir bekannt vor. Menschen ähneln einander, das Einzigartige in der Ähnlichkeit zu entdecken, darauf kommt es an. Und dem widme ich mich, jetzt, mit dir, in diesen schwebenden Stunden.

Und es ist leise in meinem Kopf, eine Melodie schwingt im Hintergrund mit, ein Lied, das ich nicht kenne und doch.

Das Laternenlicht taucht die Narben auf deiner Haut in sanfte Schatten. Zwei Kaiserschnitte, eine normale Geburt, die Zwillinge waren so klein, dass sie zu früh kamen, auf natürlichem Wege. Die Schwangerschaften haben deinen Körper gezeichnet, deine Brüste haben gelitten; mich stört das nicht. Nichts stört mich in dieser Nacht, auch nicht, dass du nicht rasiert bist. Du registrierst jede Regung in meinem Gesicht; nie wieder werde ich dich mit lockigen Schamhaaren sehen, nur dieses einzige Mal.

Meine Hände ertasten dich, tasten sich an dir hinauf, bis zu deinen Schultern, deiner samtigen Kehle, später weiß ich, wie sie sich anfühlt, wie sie schmeckt, deine bebende Kehle an meinen Lippen, in meinem Mund. Du hast nichts dagegen, du setzt keine Grenze, vielleicht ist das der Fehler, den du später bereuen wirst. Jetzt aber gilt nichts, nur das Fühlen, das Spüren, zusammen, wir beide, eng, nah, heiß, feucht, ohne Bedenken.

Ich passe auf, unauffällig passe ich auf. Bis heute weiß ich nicht, ob du bemerkt hast, wie vorsichtig ich war, all diese Zeit über. Du lebst mit einem Mann und ich weiß wenig von dir, das ist immer in meinem Kopf.

Wie die Musik, wie die Klänge, die anschwellend mich jetzt begleiten, als ich dich zu lieben beginne.

Danach weinst du. Lautlos. Ich merke es erst, als deine Tränen meine Wange benetzen. Du verbirgst dein Gesicht an meinem Hals. Lange bleibst du so liegen.

Später erzählst du, dass dieser Moment alles gewendet hat in deinem Leben. Etwas sehen, etwas zu wissen und auf sich zu beziehen sind ganz unterschiedliche Schritte.

Du hast gewusst, dass es das gibt – als Frau Frauen zu lieben.

Dass du es selbst tust, wusstest du nicht.

Du hast ein paar Freunde gehabt, mit zweien geschlafen, geheiratet, Kinder bekommen, erst zwei, dann noch eins und dann ein viertes. Dein Mann ist nett, er arbeitet viel, das muss er auch, um euch zu ernähren. Ihr habt ein Haus, nicht zu groß, aber nicht klein, einen Garten, zwei Autos. Ein gemeinsames Leben.

Für dich ist das zu wenig. Aber mehr kannst du nicht haben. Hast du geglaubt.

Später, vielleicht.

Du gehst noch in der Nacht, zurück zu deiner Freundin in Hamburg-Eimsbüttel, um jeden Verdacht zu zerstreuen. Ich sage dir nicht, dass mir das recht ist; ich hätte dich fortgeschickt später.

Es gibt nur einen Menschen, mit dem ich die Nacht teilen möchte und auch teilen kann, und dieser Mensch bist nicht du.

Noch eine Weile liege ich da, ohne zu schlafen, spüre dir nach, sauge deinen Duft in mich ein, den du hinterlassen hast, ein Geschenk ohne Absicht.

Ich bekomme eine Ahnung davon, wie es sein wird mit uns. Bevor ich einschlafe, beschließe ich, frühmorgens nach Hause zu fahren.

Bereits jetzt löse ich mich schon wieder von dir.

Am nächsten Morgen rufst du mich an, ich bin noch ganz in der Nähe, mein Zug fährt erst in ein paar Minuten.

Ich sage dir, dass ich mich am Bahnhof befinde. Für einen Moment bist du sprachlos. Fast kann ich vor mir sehen, wie du dann nickst. Verständig. Ja, so ist es besser.

„Ich muss andauernd an dich denken“, sagst du, und beim letzten Wort senkt sich deine Stimme. Ich höre heraus, dass du fast weinst.

„Ich denke auch an dich“, sage ich und versuche, unverbindlich und gleichzeitig verbindlich zu klingen, ein Kunststück, das mir offenbar gelingt, denn du ziehst dich sofort zurück.

„Gut, dann ... dann lass ich dich jetzt mal“, sagst du und räusperst dich. „Also, bis zum nächsten Mal dann.“

„Ja, bis zum nächsten Mal.“

„Ich weiß ja nicht wo oder wie“, sagst du und klingst auf einmal verzweifelt. „Aber ich ... ich muss dir einfach sagen, dass du mir so viel bedeutest. Das war sehr wichtig für mich, gestern, das war wie ein ... Sturm.“

„Ein Sturm?" Vor mir laufen ein paar lachende Teenager vorbei, aber ich sehe nur dich, dein Gesicht, deine Tränen danach.

„Ja", sagst du, „ein Sturm. Ich habe mich selbst wieder gespürt, es war aufregend und schön. Aber jetzt ist mir kalt."

Und dann bist du fort.

Drei Wochen danach rufe ich dich an, auf der Durchreise nach Süden. Wir treffen uns am Bahnhof in Köln. Ich nehme ein Zimmer, dort warte ich auf dich. Als du kommst, schließe ich die Tür hinter dir. Du lässt alles fallen, die Arme, die Schultern, die Tasche. Wir sprechen kein Wort, ich ziehe dich aus. Dein Haar ist noch feucht, du duftest nach Shampoo und Duschbad, erst viel später kann ich dich riechen, deinen eigenen, köstlichen Geruch.

Und danach ist es, als ob ein Damm bricht.

Früher, als Kind, konnte ich nicht von Süßigkeiten lassen. Als Jugendliche habe ich dagegen gekämpft und mich darüber geärgert, als Erwachsene mich damit arrangiert.

Auch jetzt kann ich es nicht lassen. Kann nicht von dir lassen. Will es auch nicht.

Und lasse es gleiten.

Von jeder Stadt aus rufe ich dich an, höre deine Stimme, spreche ein paar Worte mit dir. Wenn dein Mann abnimmt oder eins deiner Kinder, lege ich auf. Aber das geschieht so gut wie nie. Fast jedes Mal bist du es, die abnimmt. Als hättest du es geahnt. Als könntest du mich erspüren.

Deine Stimme ist erst kühl und dann weich, mal gefasst und dann verstört. Du bist nie gleich, immer anders, und trotzdem dieselbe. Ich bin gespannt, wie du mir begegnest, jedes Mal neu.

„He", sagst du, „hallo, wie geht es dir und wo bist du?"

In Frankfurt. In Gießen. In Hoyerswerda, in Riga, in St. Pölten, in Winterthur. Aber nie in Berlin. Niemals zu Hause.

Du bist immer zu Hause, ich nie. Dich gibt es für mich nur auf Reisen.

Und das ist der Unterschied, der alles bestimmt: Dich gibt es für mich nur auf Reisen, aber mich gibt es für dich unentwegt. Und daran werden wir scheitern.

Und doch kann ich nicht von dir lassen.

Du bist wie Gold für mich, wie Goldtupfer in einem Regenfeld, wie der dunkle Ring um die Iris im Auge eines Löwen, du bist wie ein Schwarm Schwalben am Himmel, rufend in der lauen Abendluft eines Septembertages. Du bist wie der letzte Ton auf einer Leiter, abschließend, vollkommen, rund. Mit einer Beiläufigkeit fällst du in mein Leben, du schwebst am Grund des Meeres, in dem ich täglich tauche, du glitzerst im Tau am Wegesrand, morgens, kurz bevor die ersten Autos aus den Einfahrten rollen und Motorlärm den Tag erfüllt.

Ich weiß, dass ich dich benutze, auf eine vertrauliche, Einverständnis widerspiegelnde Art. Ich weiß, dass das, was wir tun, ein großes Risiko birgt, für dich mehr als für mich.

Und trotzdem. Ich kann nicht von dir lassen. Ich versuche es erst gar nicht. Stattdessen arrangiere ich mich mit meinen Gefühlen für dich. Mit meiner Sehnsucht nach dir, nach deinem Körper, deinem Stöhnen, deinen hellen, wissenden Augen, deinem wunderbar hochmütigen Blick.

Und du arrangierst dich mit meinen Besuchen in deinem Leben. Du findest Möglichkeiten, mich zu treffen, mit mir zusammen zu sein. Das gelingt dir nicht oft, aber immerhin, es gelingt.

Wir sehen uns meist nur für einige Stunden, zwischendurch, alle paar Wochen, auch Monate können vergehen.

Ich bin damit froh, wenn auch nicht erfüllt.

Für dich aber gerät alles ins Wanken. Weil du dich neu sondierst.

„Ich habe das Gefühl, dass ich auseinander breche, wenn ich zulasse, was ich wirklich möchte. Oder besser: dass mein Leben auseinander bricht“, sagst du irgendwann. Wir liegen dicht aneinander, du bist nackt, ich trage ein T-Shirt. Ein Windhauch streicht durch das Fenster, kühlt unsere feuchte, dampfende Haut.

„Ich würde eher denken, dass du zu dir findest“, sage ich leise und strecke die Hand nach dir aus. Ich will dich berühren, dich spüren, wie immer, wenn ich dich sehe, wenn ich nur an dich denke. Ich will ganz nah an dir sein.

Aber du setzt dich auf. Dein Gesicht ist wie versteinert. „Sag das nicht“, bittest du mich.

Ich seufze, ich kann dir nicht geben, worum du mich bittest. Denn was ist dagegen einzuwenden, wenn ein Leben auseinander bricht, in mehrere Teile zerspringt? Mein Leben war immer schon so – nie eine Einheit, sondern immer ein Leben in mehreren Teilen, ein zerrissenes Leben. Das ist schwer, aber spannend.

Ich versuche es dir zu erklären, aber du schüttelst den Kopf. „Nein“, sagst du. „Nein, dafür habe ich keine Kraft. Ich habe nur Kraft für ein einziges Leben. Ich bin nicht wie du.“

Wir sehen uns an. Deine Augen sind unendlich schön. Manch einer mag deinen Gesichtsausdruck als arrogant deuten, aber ich weiß: es sind nur deine Augen, der Ausdruck in ihnen. Es ist dein Blick.

Eigentlich ist diese Welt dir zu eng, aber du hast gelernt, in Gedanken zu leben. In Gedanken bist du woanders.

Mein Leben ist anders als deins. Du hast vier Kinder, einen Mann, ihr habt ein Haus, ein gemeinsames Leben.

Und ich habe meins.

Mein Leben prädestiniert mich zur Untreue, zur Polygamie. Ich bin Reisende, Reisende in Sachen Musik, das bedeutet einzigartige Freiheit im Verbund mit einzigartiger Einsamkeit.

Ich halte mein Privatleben bedeckt, grundsätzlich, damit geht es mir besser. Über meine Beziehungen rede ich nicht, aber jeder ahnt, dass ich nicht allein bin.

So kann es auch bleiben.

Ich stehe für mich, und dann für meine Musik. Das ist, was ich zeigen will; alles andere bleibt dahinter verborgen.

Sogar für dich. Vielleicht gerade für dich.

„Gibt es eigentlich jemanden in deinem Leben?“, fragst du beim nächsten Mal, als wir uns sprechen. „Bist du mit jemandem zusammen?“

Monate hast du mit dieser Frage gewartet. Ich hätte nicht gedacht, dass du sie noch stellst.

„Ja“, antworte ich.

„Ach so“, sagst du leise. Ich höre die Enttäuschung in deiner Stimme und weiß, dass es mit uns nicht lange gut gehen wird.

Ich bin traurig darüber. Vielleicht genauso traurig wie du.

Vielleicht sogar trauriger.

Denn für dich eröffne ich eine Welt.

Du aber zeigst mir meine Grenzen.

Es gibt, so glaube ich, dreierlei Arten von Grenzen: gesetzte, selbst auferlegte, und manche, die beides in sich vereinen.

Ein elementares Gesetz aber lautet: Liebe nicht über deine eigenen Grenzen hinaus.

Ich verstoße dagegen.

Anders als du.

Du bist mir nur erlegen. Meinem Charme. Vielleicht auch meinem Ruhm.

Oder der schlichten Tatsache, dass ich auch eine Frau bin. Eine Frau, die dich als Frau liebt.

Ich dusche und singe dabei vor mich hin. Als ich aus dem Bad komme, liegst du immer noch auf dem Hotelbett, einen Arm aufgestützt, und siehst mir entgegen. Deinen Gesichtsausdruck kann ich nicht deuten. So wenig kenne ich dich. Nach all dieser Zeit.

„Du hast eine unglaublich schöne Stimme", sagst du. „Du solltest singen."

Ich ziehe das Handtuch um meine Hüften und sehe dich an. Du bist nicht die Erste, die meine Stimme lobt. Aber aus deinem Mund klingt es wie eine Wahrheit.

„Du meinst, ich soll lieber singen statt spielen?", frage ich lächelnd.

Du aber bleibst ernst. „Vielleicht ja", sagst du und drehst dich auf den Rücken. Du blickst an die Decke, und ich stehe still da.

Die Sekunden verrinnen, keine von uns spricht ein Wort.

Dieser Moment wird mir bleiben.

Dein Lob verkehrt sich in Tadel, und vielleicht hast du Recht.

Vielleicht wäre es besser, die Töne nicht aus mir herauszuspielen, sondern zu singen. Vielleicht gelänge das besser.

Niemand würde es hören, womöglich schmölze mein Erfolg rasch dahin, denn ich bin, was ich bin, durch das, was ich tue.

An Multitalente glaube ich nicht. Man kann eines wirklich, und vieles recht gut.

Aber vielleicht werde ich es versuchen.

Jeder lobt mich für meine Musik, für mein Spiel, für meine Stücke.

Das nährt meine Kunst und mein Leben. Doch das Lob der anderen meint nur den Schein, das, was herausklingt, du aber meinst das, was mich ausmacht.

Ich weiß nicht, ob du mich erkannt hast. Und ich werde es nie wissen, das ahne ich in diesem Moment, als ich da stehe und dich betrachte, während du die Decke betrachtest, Spuren der Lust an deinem Körper, tiefe Traurigkeit in deinem Blick.

Es tut unendlich weh.

Dies ist der Anfang vom Ende.

„Das ist schon komisch", sagst du, als wir Wochen, Monate später spazieren gehen. Du hast dich bei mir eingehakt, für andere sehen wir aus wie ein Freundinnenpaar: zwei hochgewachsene, gut gekleidete Frauen, einander eingehakt laufend, Vertrautheit in Gesten und Blicken. „Ich träume so oft von dir", sagst du, „weißt du das?"

„Nein", sage ich. „Natürlich weiß ich das nicht." Ich drücke deinen Arm, um zu zeigen, dass ich dich necke. Du schweigst, du bist nachdenklich, so oft bist du nachdenklich.

„Dir geht es anders", sagst du, ohne zu lächeln. Du streifst mit der Hand einen Busch, du brichst keine Zweige ab und keinen Halm, du streifst nur darüber, berührst nur.

Und dann windest du dich aus meinem Arm. Du siehst mich nicht an.

Ich träume nie von dir, aber das muss ich nicht sagen. Du weißt es auch so.

Und auch daran werden wir scheitern. Ohne es jemals zu wollen.

„Diese Frau da in deinem Leben – ich komme wohl nicht gegen sie an", sagst du eines Nachts. Unsere Treffen sind selten geworden, Winter, Adventszeit, du kannst dich nicht freimachen, ohne dich ganz zu befreien. Und das will keine von uns.

„Nein, das stimmt nicht. Nicht gegen sie – du kommst nicht gegen mich an." Ich bin wütend auf dich. Wütend, dass du in einen Wettbewerb einzutreten versuchst, zu dem ich dich nie herausgefordert habe. Selbst wenn es niemand anderen in meinem Leben gäbe außer dir, die Rolle gebührte nicht dir. So ist das nicht mit uns. Für mich ist das klar, wieso nicht für dich? Wage es nicht, daran zu rütteln. Du hast keine Chance, hast sie niemals gehabt.

Du bist still, lange Zeit.

„Ja, okay“, sagst du dann. „Wenn du meinst. Du bist ja die Chefin. Du weißt ja schließlich, was los ist.“ Jetzt bist du ebenfalls wütend.

Wir streiten eine Weile herum, versöhnen uns schließlich, halbherzig.

Unsere Wut hat nichts Läuterndes, Klärendes. Sie führt nirgendwohin.

Außer in eine neue Umarmung. Und der Kreislauf beginnt wieder von neuem.

Das Lügen, das Arrangieren fällt dir schwerer und schwerer. Dein Mann ist misstrauisch, mutmaßt jedoch immer das Falsche, und so gelingt es dir leicht, ihn zu täuschen. Aber du fühlst dich nicht wohl. Du leidest, alles ist Mangel, zu wenig, niemals genug, niemals Erfüllung. Gestohlene Stunden, verborgene Sehnsucht. Hitze und Erregung, vom Körper gewaschen, Zeichen der Lust, sorgsam verdeckt. Zärtlichkeit, selten. Umarmungen, rar. Die Zeit ist immer knapp, nie kannst du bleiben, stets muss ich fort.

Viel zu wenig, immer und jedes Mal.

Ich denke an dich, wenn ich dich sehe, dich höre, dich fühle. Du sagst, du denkst immer an mich. Das ist nicht gut.

Doch keine von uns hat eine Lösung.

Du weißt wie ich, dass unsere Beziehung nicht von Dauer sein wird. Du passt nicht zu mir und ich nicht zu dir, uns verbindet nichts außer unseren Gefühlen, so heftig auch immer sie sind. Aber das Wissen darum spielt keine Rolle.

Wir können voneinander nicht lassen.

Du bist wie Gold für mich, wie Goldtupfer in einem Regenfeld, wie der dunkle Ring um die Iris im Auge eines Löwen, du bist wie ein Schwarm Schwalben am Himmel, rufend in der lauen Abendluft eines Septembertages. Du bist wie der letzte Ton auf einer Leiter, abschließend, vollkommen, rund. Mit einer Beiläufigkeit fällst du in mein Leben, du schwebst am Grund des Meeres, in dem ich täglich tauche, du glitzerst im Tau am Wegesrand, morgens, kurz bevor die ersten Autos aus den Einfahrten rollen und Motorlärm den Tag erfüllt.

Und doch bleibst du fern, verharrst an der Kante meines Lebens, gerade noch in meinem Blickwinkel, wie das erste, aufscheinende Licht am Horizont und das letzte, sanfte, nicht aber das pralle, gleißende, helle.

Als du eines Tages deswegen weinst, kann ich nichts sagen.

Ich kann dich nur stützen, nicht halten.

Und dann verliere ich dich. Es kommt nicht über Nacht, es zieht sich dahin. Ich sehe es kommen, aber ich tue nichts dagegen. Nicht, weil ich nicht will.

Sondern weil ich nicht kann.

Unsere Leben waren immer getrennt, jetzt wird es offenbar.

Und das reicht dir nicht mehr.

„Ich kann nicht so leben", sagst du. „Ich kann es nicht mehr. Alle spüren, dass etwas nicht stimmt. Ich fühle mich schlecht. Uneins. Unecht. Ich bin ... ich war immer ein ehrlicher Mensch." Du zögerst. „Und jetzt", sagst du leise, „jetzt lebe ich ein Leben ohne Geradlinigkeiten. Ich lüge, vor mir, ich lüge mich selbst an. Weil ich eigentlich gehen will. Aber es gibt keinen Weg."

Du siehst mich an. Ich weiß, dass du mir eine lautlose Frage stellst, die für dich unendlich wichtig, entscheidend ist. Vielleicht sogar lebensentscheidend.

„Nein", sage ich schließlich. „Nein, es gibt keinen Weg. Nur diesen. Es gibt keinen anderen."

Dein Gesicht wird ganz hart, deine Augen verdunkeln sich. Dann hebst du kaum merklich das Kinn.

„Ja“, sagst du. „So ist es wohl. Wenn du es sagst.“

Und dann ist da ein Meer aus Tränen in deinen Augen, und zum allerersten Mal kann ich nichts tun. Ich kann nichts tun. Ich kann dich nicht einmal umarmen. Ich kann nur zusehen. Zusehen, wie du unsere Liebschaft aus dir hinausweinst.

Mit deinen Tränen fließt deine Liebe zu mir aus dir hinaus. Und ich sehe zu.

Ich sehe zu.

Und dann schließe ich meine Augen und lausche dem Orchester in meinem Kopf.

Es wird lauter und lauter und lauter. Es schwillt immer mehr an, die Klänge jagen sich, Akkorde, schrille Oktaven, lauter und lauter.

Und dann ist es still.

Ich höre nur noch dein Schluchzen. Und später dein Atmen. Leise.

Und dahinter einen einzelnen Ton.

Ob er hell oder dunkel ist, kann ich nicht sagen.

Es ist nur ein Ton.

Damals habe ich gewartet.

Du bist aus der Tür gekommen, ein Lächeln im Gesicht, das sich vertiefte, als du mich entdeckt hast. In dem Moment habe ich gewusst, dass du mich auch willst.

Jetzt warte ich nicht mehr.

Aber vielleicht werde ich singen.

Vielleicht sogar bald.

Fühlen wie mit siebzig

Ich lebe gern in Lüdenscheid. Sicher, die Stadt ist nicht gerade eine Metropole, kulturell wird nicht sonderlich viel geboten, und die Freizeitmöglichkeiten sind auch nicht – wie soll ich es ausdrücken – spektakulär. Aber Lüdenscheid hat dennoch einiges zu bieten: eine hübsche Innenstadt mit guten Einkaufsmöglichkeiten, weitläufige Parkanlagen und eine bestens bestückte Bücherei.

Zudem liegt die Stadt schön. Man kann wunderbar spazierengehen, und immer wieder bieten sich neue, überraschende Aussichten auf die grünen Hügel und die malerisch anmutenden Täler, sobald man an einer anderen Stelle aus dem wohlriechenden Wald tritt, der die Stadt wie ein Schwimmring umgibt.

Man könnte denken, dass in Lüdenscheid nicht viel passiert und dass es hier keine aufregenden Menschen gibt, aber das täuscht. Es gibt sogar sehr aufregende Menschen. Und den aufregendsten von allen habe ich neulich erst kennen gelernt, und zwar da, wo ich ihn am wenigsten erwartet hätte: an meinem Arbeitsplatz.

Ich arbeite als leitende Verkäuferin in *Pogenheims Fachhandel für Seniorenbedarf.* Unser weitläufiges Ladenlokal am Graf-Engelbert-Platz mitten im Stadtzentrum hält alles bereit, was getreu unserem Slogan zum „Wohlfühlen im Alter“ beitragen kann: erhöhte Toilettenbrillen, sprechende Thermometer, Großtastentelefone, mobile Funk-Notfallmelder, Einkaufsroller. Wir haben auch einen Showroom, um unsere Sanitäreinrichtungen stilgerecht zu demonstrieren. Und seit neuestem sogar einen Anzug, der das Altsein simuliert. Wer in den *Age Explorer* hineinsteigt, der wird automatisch in das Alter versetzt, in dem man nicht mehr so kann, wie man will: die Sehkraft lässt nach, die Kräfte schwinden, Arthrose plagt Hüfte und Knie ...

Der *Age Explorer*, ein Anzug aus schwerem, rotem Stoff mit Bleigewichten an Beinen und Armen, einem Helm mit gelblichem Visier und wattiertem Kopfhörer sowie dick gefütterten Handschuhen, ist mein besonderes Steckenpferd. Unzähligen Menschen habe ich in den letzten Monaten schon hineingeholfen, damit sie die Leiden ihrer betagten Angehörigen einmal nachfühlen – oder ihre eigenen vorausfühlen. Mit großem Erfolg! Denn die meisten dieser Kunden haben es sich im Anschluss nicht nehmen lassen, diverse Produkte zu erstehen: die *Greifhilfe Justus*, das *Großtastentelefon Jumbo X2* oder auch das *Leseglas Senator*, lieferbar in beige oder bleu.

Ja, seit wir den Anzug hier haben, sind meine Umsatzzahlen enorm angestiegen. Leider haben wir ihn nur vorübergehend ausgeliehen, als dauerhafte Anschaffung wäre er unbezahlbar. Aber ich bedauere schon jetzt den Tag, an dem der *Age Explorer* die Reise zu seinem nächsten Bestimmungsort antreten wird. Denn ihm verdanke ich den schönsten Tag in meiner gesamten Berufszeit – und die überraschendste Begegnung, die ich je hatte.

Mein ganzes Leben hat sich seither verändert. Die Welt hat plötzlich andere Farben bekommen, leuchtende, bunte und frische. Die Luft atmet sich leichter, in mir ist ein Schwung, den ich nie zuvor, auch als junge Frau, besessen habe.

Und das, da bin ich mir sicher, ist erst der Anfang.

Sie kam herein, als nicht gerade allzu viel los war. Moritz, unser kaufmännischer Auszubildender, sortierte gähnend einen Posten frisch eingetroffener Handwärmer aus Schaffell ins Regal, Herr Kaufmann, unser zweiter Verkäufer, ging im Lager mit unserem Packer die Bestelllisten durch und ich war gerade mit einem Stapel Heizkissen beschäftigt, als ich die Türglocke hörte. Ich legte das oberste Kissen hin und ging nach vorne.

Zuerst konnte ich sie nur von hinten sehen, weil sie gleich beim Eingang neben den Spielesammlungen stehen geblieben war und sich über einen Satz *Puzzle 50+* mit extragroßen Teilen und aus extradicker Pappe beugte. Ihr graues Haar war sehr kurz geschnitten und lag wie ein silbriger Helm um ihren Kopf. Sie trug schwarze Slipper, eine lange, hellgraue Leinenhose und ein dazu passendes weites Oberteil in derselben Farbe, sehr modern und hübsch für meinen Geschmack, auf jeden Fall weit moderner und hübscher als viele andere Kleidungsstücke, die ich sonst an meiner Kundschaft zu sehen bekomme. Ein Stück hinter ihr blieb ich stehen und räusperte mich, damit sie nicht erschrak.

„Guten Tag“, sagte ich freundlich. „Was kann ich für Sie tun?“

Sie richtete sich auf und drehte sich um, und ich erstarrte. Ein paar Atemzüge lang konnte ich mich einfach nicht bewegen.

Es waren ihre Augen. Diese hellgrauen Augen, in einem markanten, vom Alter geschliffenen Gesicht.

Als junges Mädchen war sie sicherlich schon sehr attraktiv gewesen, aber jetzt, als reife Frau, sah sie einfach fantastisch aus, trotz oder vielleicht auch gerade wegen der vielen Fältchen, die ihr Gesicht durchzogen. Normalerweise bin ich recht gut darin, das Alter meiner Kundschaft präzise zu schätzen, meistens sogar auf ein oder zwei Jahre genau. Aber bei ihr war mir das auf Anhieb nicht möglich. Sie musste zwischen 60 und 75 sein, doch es hätte mich auch nicht gewundert, wenn sie ein paar Jahre älter oder jünger gewesen wäre.

Etwas in meinem Gesichtsausdruck schien sie zu belustigen, denn sie legte den Kopf schief und lächelte, wobei sie eine Reihe ebenmäßig geformter Zähne entblößte. Dritte Zähne vermutlich, aber sie waren eindeutig besser gemacht als meine eigenen. „Ich suche ein Telefon“, sagte sie mit einer eigentümlich dunklen Stimme, die mir durch Mark und Bein ging.

„Ein Telefon?“, fragte ich.

„Ja. Mit größeren Tasten.“

„Mit größeren Tasten“, wiederholte ich. Es ist eigentlich nicht meine Art, jeden Satz, den ein Kunde äußert, unmittelbar darauf nachzuplappern, aber ich konnte einfach nicht richtig denken. Diese Frau verwirrte mich. Alles an ihr verwirrte mich: ihr Aussehen, ihre Stimme, ihre Ausstrahlung. Sie war einfach erstaunlich.

„Ja“, sagte sie. „Mit größeren Tasten, genau.“

Als ich nicht sofort antwortete, verschränkte sie die Arme vor der Brust, eine Geste, die ich bei einer älteren Dame so gut wie noch nie gesehen hatte und die ich umwerfend fand. „Solche Telefone führen Sie doch?“, fragte sie zweifelnd, und endlich riss ich mich zusammen.

„Ja“, sagte ich hastig. „Selbstverständlich, natürlich. Wenn Sie mir dann bitte folgen würden ...“

Während ich durch den Laden ging, vorbei an den Tischen mit den mobilen Funk-Notfallmeldern und dem Stand mit dem *Massagegerät Jutta*, stufenlos einstellbar und mit besonders einfacher Handhabung, war ich mir ihrer Gegenwart in meinem Rücken die ganze Zeit bewusst. Ich fragte mich, ob meine lindgrüne Trevirahose noch richtig saß und ob meine Seidenbluse nicht womöglich zerknittert war, und plötzlich bedauerte ich, den Termin bei meinem Friseur schon seit Wochen immer wieder aufgeschoben zu haben.

Moritz sah von seinen Handwärmern auf, als wir vorbeikamen, und nickte ihr zu, seinen üblichen freundlich-gleichgültigen Ausdruck im Gesicht. Insgeheim glaube ich ja, dass Frau Pogenheim, unsere Geschäftsinhaberin, Moritz genau deswegen eingestellt hat: weil er so herrlich gleichförmig dreinblicken kann.

Als wir am Ständer mit den Klett- und Verbandschuhen vorbeikamen, lachte die Frau mit den hellgrauen Augen amüsiert hinter mir auf. „Ach, du liebes bisschen!", rief sie. „Was ist das denn? Der sieht ja grässlich aus! Oder ist der für Klumpfüße?" Ich drehte mich um und sah, dass sie stehen geblieben war und den *Multifunktionsschuh Luzern* aufgehoben hatte.

„Der *Multifunktionsschuh Luzern* wird in der Regel gern von älteren Kunden und Kundinnen genommen, die in ihrer Beweglichkeit eingeschränkt sind", erklärte ich, während ich zusah, wie sie den klobigen Filzschuh erheitert in ihren schmalen Händen drehte. „Sehen Sie, hier ist eine geteilte Hinterkappe eingearbeitet, die dem Fuß zusätzlichen Halt gibt." Ich tippte auf die Ferse und griff dann an ihren Fingern vorbei, um den Schuh umzudrehen und ihr die Profilsohle zu zeigen. So nah, wie ich jetzt bei ihr stand, konnte ich ihr Parfum riechen, ein leichtes, aber herbes Parfum, das ausnehmend gut duftete.

„So so", sagte sie und stellte den Schuh wieder zurück. „Das mag ja sein, aber trotzdem sieht er grauenhaft aus. Wie eine eingelaufene Handtasche. Nur aus Filz. Brrr!" Sie schüttelte sich und lächelte mich an. „Oder finden Sie den etwa hübsch?", fragte sie und betrachtete mich interessiert.

Der *Multifunktionsschuh Luzern* ist meiner Ansicht nach so ziemlich das hässlichste Schuhwerk auf Gottes grüner Erde, das ich je verkaufen musste. Aber ich wäre keine gute Verkäuferin, wenn ich meine Waren nicht auch dann anpreisen würde, wenn sie mir persönlich nicht zusagen. Und in einem Fachhandel für Seniorenbedarf bekommt man, das können Sie mir ruhig glauben, nämlich leider nicht allzu viele schöne Dinge zu sehen. Die meisten Designer scheinen zu glauben, dass mit dem 60. Lebensjahr jegliches Interesse an Formschönheit und geschmackvoller Gestaltung schlagartig erlischt.

Sie sah mich immer noch aufmerksam an, und in ihren hellen Augen funkelte etwas auf. „Sagen Sie bloß nicht, dass Sie diesen Klumpschuh gut finden!", sagte sie und lächelte verschmitzt.

„Ja, äh, das ist ... Geschmackssache", antwortete ich vorsichtig, aber sie hörte mir schon gar nicht mehr richtig zu. Stattdessen war sie bereits an den nächsten Ständer getreten und beäugte mit kritischem Gesichtsausdruck den *Patientenoverall Kai.*

„O Gott", rief sie laut, „und was ist das Schreckliches?" Mit spitzen Fingern hielt sie *Kim,* den Body für Damen und Herren, in die Höhe.

Aus dem Augenwinkel bemerkte ich, wie Moritz interessiert zu uns herübersah. Kein Wunder, in unserem Geschäft wird selten die Stimme erhoben. Die meisten Kunden versuchen eher, sich betont unauffällig zu verhalten, damit auch niemand mitbekommt, welcher Hilfsmittel sie bedürfen, um sich den Lebensabend mit all seinen Widrigkeiten angenehmer zu gestalten.

„Das ist ein Unterhemd mit angenähter Fixierhose", erklärte ich. „Sehen Sie, da am Bein befindet sich eine durchgehende Druckknopfleiste, mit deren Hilfe man Inkontinenzprodukte einfach und schnell wechseln kann."

„Aha! Damit die Pflegekräfte Zeit sparen", sagte sie mit einem spöttischen Unterton und legte *Kim* wieder hin.

„Sieht aus wie ein Strampelhöschen. Eher würde ich eine Jutetasche tragen als so ein schreckliches Ding!"

„Aber es hat den Vorteil, dass der Patient beim Wechseln nicht auskühlt", dozierte ich in ihren Rücken hinein.

„Das mag ja sein!", rief sie über ihre Schulter hinweg. „Aber in einer Jutetasche kühlt man bestimmt auch nicht schnell aus. Gibt es dieses scheußliche Etwas wenigstens noch in anderen Farben außer in diesem trostlosen Weiß?"

„In Jeans", sagte ich unglücklich. Sie blieb stehen und drehte sich um.

„In Jeans?" Sie begann zu lachen. „Das ist ja unglaublich! Ein jeansfarbenes Strampelhöschen!" Kichernd ging sie weiter, schnurstracks auf die Regale an der hinteren Wand zu, in der unsere Telefone aufgereiht waren. Davor blieb sie stehen, stemmte die Hände in die Hüften und betrachtete mit gerunzelter Stirn das Angebot. „Das sieht ja ganz ordentlich aus", sagte sie. „Welches können Sie mir denn empfehlen?"

„Das, äh, das kommt ganz darauf an, wie viel Sie ausgeben möchten."

„Das, meine Liebe, kommt wiederum ganz darauf an, was mir geboten wird", sagte sie und blinzelte mir zu.

Ich starrte sie an. Ihre Augen waren von einem so hellen Grau, dass sie fast silbern wirkten.

Sie hob eine Braue, und irritiert nickte ich. „Ja, natürlich. Also, dann fangen wir doch einmal mit diesem Modell hier an." Wahllos griff ich nach dem nächstbesten Telefon, aber als ich es in der Hand hielt, sah ich es nur verdutzt an. Einen Augenblick lang wusste ich nicht einmal, um welches Gerät es sich handelte, geschweige denn, was man damit anstellen konnte.

Das Erfolgsrezept einer guten Verkäuferin besteht nicht zuletzt darin, die Bedürfnisse der Kunden herauszufinden, ihnen entsprechende Produkte nahe zu bringen und dabei noch das Gefühl zu vermitteln, dass einem wirklich an ihrem Wohlbefinden gelegen ist. Im Laufe der Jahre habe ich verschiedene, typgerechte Strategien entwickelt, auf meine Kundinnen einzugehen, aber jetzt konnte ich mich an keine davon erinnern.

Ratlos betrachtete ich das Gerät in meiner Hand, während die Zeit für einen sehr langen Moment stillzustehen schien. Ich spürte, wie meine Kundin mich verwundert betrachtete, ich hörte ihr leises Atmen und roch ihr feines, herbes Parfum, und dann, endlich, fiel mein Blick auf den Aufkleber auf der Faltschachtel, die noch im Regal stand, und erleichtert holte ich Luft. „Das hier ist das *Großtastentelefon Tel 40 Clip*", sagte ich rasch, „mit drei Direktwahltasten und achtzehn Kurzwahlspeicherplätzen."

„So viele Leute möchte ich bei mir gar nicht einspeichern", sagte sie trocken. „Aber die Tasten sehen ja wirklich sehr groß aus. Die kann man ja kaum verfehlen."

„Nein", bekräftigte ich. „Und außerdem besitzt dieses Telefon auch ein extragroßes Display. Und es ist hörgerätetauglich!"

Sie wandte sich zu mir um und musterte mich nachdenklich. „Ich trage kein Hörgerät", sagte sie. „Aber man kann ja nie wissen, was noch auf einen zukommt."

Die Art, wie sie das sagte, hatte etwas leicht Anzügliches, und ich spürte, wie meine Handflächen feucht wurden. Verlegen stellte ich das Telefon wieder zurück. „Ja, dann ..."

Moritz hatte sich genähert und kramte jetzt in den Fächern mit den Lupen herum. Ich bedeutete ihm mit einem Nicken, sich zu entfernen, aber er tat so, als hätte er nichts bemerkt.

„Ich hätte allerdings sowieso lieber ein schnurloses", sagte meine Kundin und tippte auf das nächste Modell. „Das hier sieht doch ganz passabel aus, finden Sie nicht?" Während sie das Mobilteil von der Ladestation nahm und begutachtete, betrachtete ich unauffällig ihre Hände. Sie waren von leichten Altersflecken gezeichnet, aber immer noch sehr schön. Schmal, mit langen Fingern und gepflegten Nägeln. Für einen winzigen Moment fragte ich mich, wie es sich anfühlen mochte, wenn sie mich damit berührte. Dann rief ich mich zur Vernunft. Was war bloß in mich gefahren?

Sie drückte ein wenig auf den Tasten herum und hob den Hörer ans Ohr. „Guckuck!", rief sie ausgelassen. „Hallöchen Popöchen?"

Moritz ließ die Handlupe, die er gerade hochgenommen hatte, sinken und glotzte meine Kundin mit offenem Mund an. Sie winkte ihm fröhlich zu. „Guckuck! Hallo hallo, junger Mann!"

Moritz grinste unsicher, und dann winkte er zurück. Hinter ihm waren zwei weitere Kundinnen hereingekommen, und Herr Kaufmann kam aus dem Lager und lief händereibend auf sie zu.

„Möchten Sie den Klang gern einmal ausprobieren?", fragte ich. „Nein", sagte sie und drehte sich wieder um. „Nicht nötig. Ich nehme das hier."

„Eine gute Entscheidung", bekräftigte ich. „Das *Sinus 36a* besitzt auch eine Notruftaste und ermöglicht zudem das Komfort-Freisprechen am Handstück wie auch der Basisstation. Damit werden Sie wirklich viel Freude haben. Die Klangqualität ist übrigens vorzüglich."

„Fein", sagte sie ohne großes Interesse. „Prima." Sie streckte mir das Mobilteil entgegen, und vorsichtig nahm ich es ihr aus der Hand. Für einen winzigen Moment berührten sich unsere Finger, und ein Blitz durchzuckte mich. Überrascht wich ich zurück.

Ich bin den Umgang mit älteren Frauen gewohnt, das bringt mein Beruf so mit sich. In der Regel besteht meine Kundschaft zu neunzig Prozent aus älteren Frauen. Manche bringen ihre Angehörigen mit, andere kommen allein. Es gibt nur wenige unter ihnen, die ich nicht leiden kann, die meisten sind nett, und ihre mühsam versteckte Bedürftigkeit rührt mich oft an. Und gelegentlich gibt es auch wirklich interessante Begegnungen.

Aber nie zuvor, nicht ein einziges Mal, hatte ich ein erotisches Prickeln bei der Begegnung mit einer Kundin im Seniorenalter verspürt. Überhaupt hatte ich sehr lange keine erotischen Gefühle mehr gehegt. Seit einer gescheiterten Ehe in jungen Jahren lebe ich allein, und die menschlichen Regungen und Triebe interessieren mich ehrlich gesagt auch nicht sonderlich. Ich bin immer froh gewesen, meine Ruhe zu haben. Aber jetzt schlug mir das Herz bis zum Hals.

„Alles in Ordnung mit Ihnen?", fragte sie leise. Ich betrachtete die Fältchen um ihre Mundwinkel herum, die zarte Haut auf ihren hohen Wangenknochen und die feinen Härchen, die sich an ihrem Haaransatz kringelten, und dann begann ich vorsichtig zu lächeln.

„Ja", sagte ich. „Alles in Ordnung. Wenn Sie mich bitte zur Kasse begleiten wollen, dann packe ich Ihnen das Telefon gleich ein."

„Gern. Aber ich sehe mich noch ein wenig um, ja?"

„Aber selbstverständlich!" Sie setzte sich in Bewegung, und ich lief wie ein Hündchen hinter ihr her, ein dümmliches Grinsen im Gesicht und das *Sinus 36a* fest in der Hand.

Interessiert betrachtete meine Kundin die ausgestellten Produkte. „Was ist das?"

„Die *Greifhilfe Justus*", sagte ich mit kratziger Stimme. „Wenn Sie einmal nicht so gut zufassen können."

„So, so." Sie fuchtelte einmal probeweise damit in der Luft herum, dann legte sie *Justus* wieder hin. „Und das hier?"

„Das ist der *Schuhlöffel Lutz*, 64 cm lang, mit Federelement und Holzgriff. Damit können Sie sich die Schuhe ohne Bücken ausziehen."

„Ich glaube, den habe ich im Moment noch nicht nötig", sagte sie und bedachte mich mit einem unergründlichen Blick, der mich fast zum Schmelzen brachte. „Und was ist das?"

„Das *sprechende Thermometer*." Ich betätigte die Sprechtaste, und eine blechern klingende Frauenstimme verkündete die Temperatur.

Meine Kundin schüttelte sich. „Hu, das klingt ja gruselig! Stellen Sie sich vor, das Ding liegt auf dem Nachttisch und geht plötzlich von selber an, da erschrickt man ja zu Tode!" Sie schmunzelte in sich hinein und nahm einen Cremetiegel von einem Stapel, den Moritz erst gestern kunstvoll aufgeschichtet hatte. „Und wozu dient das hier?"

„Das ist ...", ich räusperte mich, „das ist Hornhautcreme."

Sie stellte den Tiegel wortlos zurück. Nichts in ihrem Gesicht verriet mir, was sie dachte. Aber dann hellte sich ihre Miene auf. „Oh, was haben wir denn hier?" Sie marschierte direkt auf den *Age Explorer* zu und blieb neugierig davor stehen.

Ich stellte mich neben sie. „Das ist der *Age Explorer*", sagte ich stolz. „Ein Anzug, der das Altsein simuliert."

Sie hob den Ärmel leicht an. *Feeling 70* stand nahe dem Bündchen, *Fühlen wie mit siebzig*. „Und wer trägt so etwas?", fragte sie interessiert.

„Angehörige von älteren Menschen, Pflegepersonal in der Ausbildung, Mitarbeiter von öffentlichen Einrichtungen – vorrangig Menschen, die mehr über die Befindlichkeiten älterer Leute erfahren möchten."

Sie trat einen Schritt zurück und betrachtete den Anzug mit zusammengekniffenen Augen. „Ich möchte ihn anprobieren."

Ich hörte, wie Moritz, der uns unauffällig gefolgt war und einen Stapel Hüftprotektoren neu ausrichtete, überrascht die Luft einsog. „Wie bitte?", fragte ich verdutzt.

„Ich will ihn mal anprobieren."

„Das ist ... aber ..." Ich hatte noch nie erlebt, dass eine Seniorin selbst den Anzug anprobieren wollte. Der *Age Explorer*, das war etwas für jüngere Menschen. Für dreißigjährige Pflegehelferinnen. Vielleicht auch für fünzigjährige Söhne. Aber noch nie hatte jemand, der bereits alt war, wissen wollen, wie es war, alt zu sein!

„Oder ist das ein Problem?", fragte meine Kundin und sah mich mit einem verschmitzten Gesichtsausdruck an. Und plötzlich packte mich ein Adrenalinstoß.

„Nein, nein, natürlich nicht!“ Ich drehte mich zu Moritz um. „Herr Eichenhäuser, würden Sie so nett sein und das *Sinus 36a* schon mal zur Kasse bringen und einpacken?“

Widerwillig kam Moritz heran, während er beäugte, wie ich den Reißverschluss des *Age Explorers* mit Schwung aufriss. „Soll ich nicht lieber Herrn Kaufmann Bescheid sagen?“, fragte er zögernd.

„Nein, danke, das ist nicht nötig!“

Für das Anlegen des Anzugs ist normalerweise unser zweiter Verkäufer, Herr Kaufmann, zuständig. Die Prozedur allein ist schon Schwerstarbeit, und eigentlich bin ich froh, wenn Herr Kaufmann mir diese zeit- und kräfteraubende Aufgabe abnimmt, aber diesmal hätte ich liebend gern auf ihn verzichtet. Doch leider hatte er uns bereits entdeckt, ließ seine beiden Kundinnen bei den Badewannenaufsätzen in der Sanitärausstellung stehen und eilte geschäftig auf uns zu.

„Frau Winkelmann, warten Sie doch!“, rief er. „Ich bin ja schon da!“

„Danke, Herr Kaufmann, ich schaffe das schon“, zischte ich zwischen zusammengebissenen Zähnen hindurch und zerrte am Kragen des Anzugs. Aber Herr Kaufmann ließ sich nicht abschütteln. Tatkräftig packte er mit an. Auch Moritz stellte das Telefon ab und langte zu, und nach kurzer Zeit hatten wir den Anzug von seinem Ständer gehievt und geöffnet. Ich sah zu meiner Kundin.

„Fertig zum Einsteigen!“

Sie blickte uns drei amüsiert der Reihe nach an, dann schlüpfte sie aus ihren Slippern, drehte sich um und ließ sich gemeinsam von uns in den *Age Explorer* hineinhelfen. Als sie drinsteckte, zog ich vorsichtig den Reißverschluss zu, während Moritz ihr die gefütterten Handschuhe überstülpte und Herr Kaufmann ihr den Helm aufsetzte und festzurrte. Dann traten wir zurück.

„Gut so?“, fragte Herr Kaufmann zufrieden und fuhr sich über sein gelichtetes Haar, das er jeden Morgen und mehrfach täglich mit Wasser über seine Halbglatze zu kämmen pflegt.

Meine Kundin drehte ihm den Kopf mit den integrierten wattierten Kopfhörern zu. „Wie bitte?", brüllte sie.

Herr Kaufmann zuckte zusammen. „Ob der Anzug gut sitzt!", rief er und sah sich verlegen im Laden um. Die beiden Seniorinnen standen immer noch in der Sanitärausstellung, aber jetzt hatten sie die Köpfe gehoben und sahen neugierig zu uns herüber.

„Bestens", sagte meine Kundin und machte einen vorsichtigen Schritt, wobei sie nach links kippte. Mit einem Satz war Moritz an ihrer Seite und hielt sie fest. „Hoppla", sagte sie, und ihre Stimme klang gedämpft unter dem Visier hindurch. „Das ist ja ganz schön schwer, mit diesem Ungetüm zu gehen."

„Das liegt an den Gelenkschienen!", rief Herr Kaufmann so stolz, als hätte er persönlich den Anzug entwickelt und hergestellt. „Die versteifen die Kniekehlen und Ellenbogen. So wie sich eben ein von Arthritis geplagter älterer Mensch fühlt! *Feeling 70* eben, hoho!" Er lachte meckernd, aber dann fiel ihm ein, dass er ja eine Seniorin vor sich hatte, und er verstummte abrupt.

Meine Kundin betrachtete ihn einen Moment lang gnädig, dann richtete sie ihren Blick auf mich. „Ich hoffe nicht, dass ich mich in zwei Jahren tatsächlich so fühle", sagte sie und zwinkerte mir zu.

Achtundsechzig war sie also. Aber meinetwegen hätte sie gern auch hundert sein können. Oder vierzig. Es war mir vollkommen egal. In jedem Fall war sie die faszinierendste Frau, die ich je kennen gelernt hatte.

Durch das trübe Visier ihrer Maske hindurch sahen wir uns an. Ihre vorher so klaren hellgrauen Augen wirkten hinter dem dicken Plexiglas gelblich. Aber immer noch waren sie schön.

„Sie sehen lustig aus", sagte sie.

„Sie auch", sagte ich.

Herr Kaufmann und Moritz starrten mich verdutzt an. Dann räusperte sich Herr Kaufmann. „Sollen wir dann einmal mit dem Rundgang beginnen?“

„Gern“, sagte meine Kundin und sah mich immer noch an. „Begleiten Sie mich?“

Ohne meine Antwort abzuwarten, machte sie ein paar Schritte. Ihr Oberkörper in dem unförmigen Anzug schwankte bedrohlich, als sie sich drehte, aber dann fand sie ihr Gleichgewicht und stapfte zielstrebig voran.

Herr Kaufmann sah mich beleidigt an. Moritz verkniff sich mit Mühe ein Grinsen.

Schnaufend und ächzend durchquerte sie den Laden, wobei sie den Regalen und Stellwänden zu beiden Seiten gefährlich nahe kam. Als sie sich auf dem Tisch mit Inkontinenzprodukten abstützte, fiel ein Stapel Einlagen herunter, und ich beeilte mich, sie aufzuheben, während ich ihr nachlief.

„Warten Sie!“, rief ich. „Warten Sie auf mich!“

Abrupt blieb sie stehen und drehte sich torkelnd zu mir um. Als ich näher kam, sah ich, dass sie unter dem Visier hervor vergnügt lächelte. „Das macht Spaß!“, rief sie schwer atmend. „Das ist wirklich lustig!“

„Wie fühlen Sie sich?“, fragte ich beunruhigt. Aus eigener Erfahrung wusste ich nur zu gut, wie schwer es ist, sich im *Age Explorer* zu bewegen. Jede auch noch so kleine Geste kostet unendliche Mühe, schon nach ein paar Minuten bricht einem der Schweiß aus, aber meiner Kundin schien das nichts auszumachen.

„Gut fühle ich mich!“, rief sie schwungvoll. „Kommen Sie mit!“ Und damit setzte sie sich erneut in Bewegung und steuerte schnurstracks auf die Sanitärausstellung zu. Die beiden Seniorinnen sahen uns mit offenem Mund entgegen. Meine Kundin stapfte an ihnen vorbei und testete im Weitergehen eine Reihe von mobilen Handgriffen, die an der gefliesten Wand angebracht waren.

„Bombenfest!“, rief sie und rüttelte probeweise an einer Halteschiene. Ein Duschhocker stürzte polternd um, als sie vorbeitorkelte. „'tschuldigung!", lachte sie. Dann stützte sie keuchend einen Fuß auf dem *Duschhocker Gunter* auf. Als sie ihn herunternahm, geriet sie ins Wanken und stürzte fast, aber ich griff nach ihrem Arm und hielt sie fest. Sie fing an zu kichern. „Das ist ja, als wäre man furchtbar betrunken!", rief sie. „Der Anzug sollte viel eher *Drink Explorer* heißen!"

Ich konnte nichts dagegen tun, ich musste ebenfalls kichern. Die beiden Seniorinnen betrachteten uns verblüfft. Hinter ihnen hatte sich Herr Kaufmann genähert und gab mir mit vorwurfsvoller Miene Zeichen, aber ich ignorierte ihn einfach. „Geht's wieder?"

„Und ob!", rief sie und machte ein paar weitere Schritte, auf die *Personenwaage Creta digital* zu. Einen Moment zögerte meine Kundin, dann stieg sie beherzt hinauf. Die Waage gab einen schrillen Warnton von sich und fing an zu blinken.

„O Gott!", rief sie kichernd. „Ach, du grüne Neune!"

Ich half ihr wieder hinunter, während Moritz breit grinsend herbeieilte und die Waage zum Schweigen brachte. Beim Weitergehen rempelte sie einen Stapel mit rutschfesten Matten an, taumelte und krallte sich an das *Griffset 2000*, das in Brusthöhe an der Wand verschraubt war. „Also das ist ja wirklich zu praktisch!", rief sie, während die beiden Seniorinnen ängstlich zurückwichen und sie mit offenem Mund anstarrten. „Wenn ich so was jemals brauche, komme ich auf jeden Fall!" Neugierig griff sie nach einer Packung mit Slipeinlagen, aber der Karton rutschte ihr durch die behandschuhten Finger und klatschte auf den Boden. „Ich glaube, ich bräuchte jetzt doch die *Greifhilfe Justus*", sagte sie kichernd zu mir, und ich musste lächeln.

Hinter ihr brachte Herr Kaufmann soeben die beiden verschreckten Kundinnen in Sicherheit. Ich bückte mich nach dem Karton, aber schon war Moritz herangeeilt und hob die Slipeinlagen für mich auf. Meine Kundin betrachtete ihn amüsiert durch das Visier hindurch.

„Danke, junger Mann. Na, das sieht sicher lustig aus, so eine Alte im Anzug, was?"

Moritz zuckte mit den Schultern, aber sein Grinsen sprach Bände. Sein typischer freundlich-gleichgültiger Gesichtsausdruck war zum allerersten Mal, seit ich ihn kannte, verschwunden, und plötzlich konnte ich ihn richtig gut leiden.

Meine Kundin griff nach einem anderen Karton und hob ihn mühsam vors Gesicht. „Was steht da? En... endlo... Meine Güte, durch dieses komische Visier hier kann man ja gar nichts enziffern! End... Endloswi..."

„Endloswindeln", sprang ich ihr zu Hilfe.

Sie ließ das Päckchen sinken und drückte es Moritz in die Hand. „Um Himmels willen!", sagte sie. „Da ist doch wirklich besser, man sieht nichts!"

Wieder musste ich lachen, und sie sah mich wohlwollend durch das trübe Sichtfenster hindurch an. „Ja, man sieht wirklich sehr schlecht", sagte sie. „Aber Sie sehe ich gut."

„Das ist schön."

„Finde ich auch", sagte sie und sah mich immer noch an. Und plötzlich wurde mir bewusst, dass sie tatsächlich mit mir flirtete. Sie flirtete mit mir, und ich flirtete mit ihr.

Einen langen Moment standen wir so da, dann drehte sie sich leicht zur Seite und watschelte weiter. Vor dem WC-Becken mit dem erhöhten Toilettensitz blieb sie stehen und beäugte es neugierig. Als sie Anstalten machte, sich vorzubeugen, griff ich nach ihrem Arm. Der schwere Stoff des *Age Explorers* knirschte unter meinen Fingern. „Vorsichtig!"

„Halten Sie mich mal fest, bitte!"

Ich hielt ihren Arm, während sie schwerfällig den Toilettendeckel hochklappte, sich umdrehte und auf dem Sitz niederließ. Die Sitzerhöhung quietschte bedenklich, aber meine Kundin strahlte zu mir auf. „Sehen Sie!", rief sie. „Geht doch!"

Natürlich wusste ich, wie schwer das Aufstehen mit angelegtem *Age Explorer* war, deshalb streckte ich die Hände aus, und sie fasste danach. Mit einem kräftigen Ruck zog ich sie hoch, und als sie stand, kicherte sie vergnügt.

„Nein wirklich", rief sie, „das ist ja zu lustig! Wissen Sie, ich finde, man sollte das Ganze manchmal von der heiteren Seite nehmen, meinen Sie nicht? Alt und hinfällig werden wir sowieso. Und absurd ist das alles doch auch. Warum soll man sich darüber nicht einfach mal lustig machen?"

„Da haben Sie Recht", sagte ich und lächelte breit. Sie sprach mir aus dem Herzen. Das Erwerben von Wohlfühlprodukten fürs Alter scheint eine sehr ernste Sache zu sein, gemeinhin wird dabei nüchtern dreingeblickt und mit leiser Stimme gesprochen, aber insgeheim hatte ich mich schon oft gefragt, warum eigentlich niemand jemals über die komische Seite unserer Produkte lachte.

„Na, dann sind wir ja einer Meinung!" Meine Kundin sah sich abenteuerlustig um, machte ein paar unbeholfene Schritte nach rechts und ließ sich dann rücklings auf *Lydia*, dem Toilettenstuhl aus Holz, nieder. Seufzend legte sie die Arme auf die Lehnen und rüttelte probeweise daran, dann versuchte sie aufzustehen. Ich reichte ihr erneut die Hand, aber diesmal kam sie nicht hoch. Als ich noch einmal zog, bewegte sie sich ein paar Zentimeter nach oben, allerdings mitsamt dem Stuhl.

„Ich stecke fest!", rief sie erheitert und fing an zu lachen. Moritz legte das Telefon weg und griff nach der Rückenlehne, aber als ich diesmal an ihren Händen zog, knarrte *Lydia* grässlich, und meine Kundin lachte noch lauter. Moritz und ich sahen uns an, und dann brachen wir ebenfalls in Lachen aus.

Ich glaube, es war das allererste Mal, dass ich jemanden in unseren Verkaufsräumen habe lauthals lachen hören. Und jetzt war ich es selbst, die da aus vollem Herzen lachte, gemeinsam mit meiner Kundin. Und Moritz.

Brüllend vor Lachen versuchten wir, meine Kundin aus dem hölzernen Toilettenstuhl zu befreien, aber es gelang erst, als Moritz sich hinten auf die Stuhllehne stützte und ich mit beiden Händen um die Taille meiner Kundin fasste. Sie legte ihre Arme um meine Schultern, und dann bugsierten wir uns keuchend mit vereinten Kräften in die Höhe.

Einen Moment standen wir beide engumschlungen da wie ein Liebespärchen, dann ließ ich sie vorsichtig los.

„Danke", sagte sie weich. Obwohl ihre Stimme nur gedämpft durch den Helm drang, klang sie in meinen Ohren wie ein helles Glockenspiel.

„Bitte, gern."

Sie legte einen gefütterten Handschuh auf meinen Arm und versuchte, sich mit dem anderen die Lachtränen aus den Augen zu wischen, aber natürlich war das Visier im Wege, und sie musste gleich wieder kichern.

„Haben Sie den Anzug auch schon mal angehabt?", fragte sie, als sie sich beruhigt hatte.

„Ja."

„Und? Wie haben Sie sich gefühlt?

„Fantastisch", sagte ich. Wir lächelten uns an. Und dann begannen wir wieder zu lachen.

Kichernd und gackernd wankten wir zum Podest zurück, auf dem der Age *Exporer* ausgestellt wurde. Gemeinsam mit Moritz – Herr Kaufmann war immer noch mit den beiden verstört wirkenden Seniorinnen beschäftigt und sah tadelnd zu uns herüber – half ich meiner Kundin aus dem Anzug. Kleine Schweißperlen glänzten auf ihrer Stirn, und ihr feines graues Haar war ein wenig zerrauft, aber ihre Augen strahlten, als sie mir zur Kasse folgte und zusah, wie ich das *Sinus 36a* für sie einpackte.

Als ich ihr die Tüte und das Wechselgeld hinüberreichte, streckte sie mir über den Tresen hinweg die Hand hin. Vorsichtig legte ich meine eigene hinein. Die Berührung machte mich schaudern.

„Das hat sehr großen Spaß gemacht mit Ihnen", sagte sie lächelnd. „Wirklich, sehr großen Spaß!" Ihre Augen waren so hell, dass sie fast silbrig zu leuchten schienen, und ich konnte nur stumm nicken.

„Auf Wiedersehen“, sagte sie sanft, und dann ging sie hinaus. An der Tür drehte sie sich noch einmal um und winkte zu mir herüber, dann war sie verschwunden.

Versonnen sah ich ihr nach.

„Die war ja cool drauf“, sagte Moritz neben mir leise. „Total verschärft, oder nicht?“

„Allerdings“, sagte ich. „Total verschärft.“

Seitdem denke ich immer wieder an sie. Die Leute sagen, ich sei so frisch und fröhlich in letzter Zeit. So beschwingt. Und das stimmt auch. Ich achte darauf, nicht krank zu werden. Ich möchte ab jetzt keinen Tag fehlen.

Denn irgendwann kommt sie wieder. Irgendwann bestimmt. Schließlich wird sie eines Tages eine Toilettenerhöhung brauchen. Vielleicht auch das *Griffset 2000*. Oder die *Greifhilfe Justus*. Das weiß ich einfach.

Und wenn sie kommt, bin ich hier.

Was ich von dir weiß

„Ich kann das nicht“, sagst du.

Dein Blick flackert, dein Mund ist verzogen. Ganz schwach, jemand anders bemerkte es gar nicht. Aber ich. Weil ich dich will.

„Ich kann das nicht“, sagst du erneut.

Du sagst es jedes Mal, und nicht ein einziges Mal hat es bisher gestimmt.

Du kannst es. Aber das verstehst du immer aufs Neue erst, wenn du später in meinen Armen liegst, deine weiche Wange an meine gepresst, dein Atem an meiner Haut.

Immer wieder kommt sie, die Angst, um dich zu lähmen. Seit so vielen Wochen, dass sie sich langsam zu Monaten summieren.

Steif stehst du vor mir, beobachtest mich.

„Und jetzt?“, fragst du mich leise. „Was soll jetzt passieren? Was willst du jetzt tun?“

„Dasselbe wie immer: dich lieben“, sage ich ebenso leise.

Nein, sage ich nicht. Ohne Worte geht es dir besser. Du wirst ruhiger im Schweigen, Worte machen dich furchtsam, ein jedes kann falsch sein.

Ich sage nichts. Ich berühre dich einfach. Ich strecke die Hand aus, lege meine Finger auf deine Haut, die zarte Haut über deinem Schlüsselbein. Ich spüre dein Blut, das darunter pulsiert, ich spüre dein Herz schlagen, kräftig und gleichmäßig. Gesund.

Ich berühre dich einfach, und du lächelst mich an, erst zaghaft, dann froh. So einfach geht das: nur eine Berührung.

Ich kenne dich noch nicht lange. Es ist nicht viel, was ich von dir weiß. Als Kind bist du einmal beim Versuch, eine Bank zu überspringen, mit den Zehenspitzen beider Füße gleichzeitig an der Oberkante hängen geblieben und schwer auf die Knie gestürzt. Du hast blaue Flecken davongetragen und schmerzende Knie, aber keine ernste Verletzung.

Hätte ich nur damals so viel Glück gehabt, hast du gesagt, als du mir davon erzählt hast, und traurig gelacht. „Ich hätte liebend gerne getauscht – kaputte Knie, meinethalben für immer. Aber dafür kein ... dafür nicht das."

Es ist nicht viel, was ich von dir weiß. Aber das, was ich weiß, reicht mir aus.

Deine Vergangenheit liegt wie in Scherben verstreut auf einem Weg, den ich nur selten betrete. Manchmal erzählst du, nur wenig. Du bist ein Mensch, der nicht viel spricht. Nicht mit Worten; mit allem anderen erzählst du sehr viel. Du sprichst Bände, mit deinem Gesicht, mit deinem Lächeln, mit deinen Tränen, mit deinem Körper.

Ich ziehe dich an mich, lege meine Hände um dich, verschränke sie in deinem Rücken. Einen Moment bist du starr, dann wirst du ganz weich, lehnst dich gegen mich, sinkst wie in mich hinein. Du bist warm, so warm wie der

Wind in einer Wüste, in der ich nie war. Deine Wärme ist die Verheißung von Glück, deine Zärtlichkeit dessen Erfüllung. Jedes Mal, wenn du mich streichelst, könnte ich weinen.

Ich will dich so gerne behalten. Am liebsten für immer.

Als ich dich das erste Mal geküsst habe, hast du geweint. Deine Augen waren ganz nass, du hast salzig geschmeckt. Salz auf deinen dunklen, langen, geschwungenen Wimpern.

Erst viel später habe ich entdeckt, dass sie an den Spitzen ganz blond sind.

Man sieht es nur, wenn man ganz dicht an dich herankommt.

Und dorthin hast du mich gelassen.

„Ich habe Angst", flüsterst du und atmest tief aus.

Ich drücke dich an mich.

Du fürchtest dich selbst. Das, was in dir lebt, sich vermehrt, dann wieder zurückweicht, ablesbar an Zahlen, spürbar an deinem Befinden. Du hast Angst, mich zu infizieren. Fast so sehr, wie zu sterben.

Nicht, dass ich keine Angst hätte. Natürlich fürchte auch ich mich. Aber nicht vor dir.

Sondern vor dem, was vielleicht auf uns zukommt.

Vor Unachtsamkeiten.

Und vor dem, was uns trennt und was es sichtbar macht, wenn auch nur für einen Moment.

Und ich sorge mich um dich.

Nachts träume ich von dir. Ich sehe dich lachen, dann verdunkelt sich dein schmal geschnittenes Gesicht. Wie Narben zeichnen sich deine Ängste in diesen Momenten in deine Haut.

Und doch bist du einer der fröhlichsten Menschen, die ich überhaupt kenne.

Das ist kein Widerspruch.
Das ist das Leben.

Ich ziehe dich aus, streife dein Hemd ab. Du zuckst zusammen, aber du lässt mich dich berühren, ertasten. Früher warst du mal kräftig, das weiß ich von Fotos. Aber jetzt bist du schmal, fast dünn bist du inzwischen geworden, bis auf deinen Bauch, der sich leicht vorwölbt. Ich weiß, dass du dir selbst nicht mehr gefällst. Und doch lässt du zu, dass ich dich entkleide. Dass wir nackt sind, du genauso wie ich.

Das macht mich jedes Mal stumm.

Denn was gibt es für einen größeren Liebesbeweis als den eigenen ungeliebten Körper zu zeigen. In all seiner Nacktheit. Mit all seinen Malen. Mit all seinen Mängeln.

Mängeln, um die man nur selbst weiß. Die kein anderer sieht, die niemand jemals bemerkte. Weil sie nicht existieren, außer im eigenen Denken und Fühlen.

„Was, wenn du es auch kriegst?“, flüsterst du in mein Ohr.

„Ich kriege es nicht“, sage ich, wie eine Beschwörung. „Wir passen doch auf.“ Lass mich nicht los, bitte ich lautlos, lass mich nicht los. Und du lässt mich nicht los.

„Und wenn das nicht reicht?“, fragst du stattdessen.

„Natürlich reicht das“, sage ich leise. „Hab keine Angst. Es passiert nichts. Ganz sicher nicht. Ehrlich.“

Du weißt so gut wie ich, dass ich das nur sage, um dich zu beruhigen. Ganz sicher ist gar nichts. Nur, dass wir sterben. Du vielleicht früher als ich. Vielleicht aber auch nicht.

Du trägst das größte Tabu mit dir herum. Den Makel schlechthin. Alle Aufklärung hat nichts genützt, immer noch gibt es Menschen, die dir nicht die Hand schütteln würden, wüssten sie es.

Bei schwulen Männern ist es anders.

Frauen sind noch mehr Opfer als Männer, sie haben es passiv bekommen und werden dafür missachtet. Männer hingegen bleiben auch damit aktiv. Das macht mich wütend, dich aber nur traurig. Was bei Männern als gefährlich gilt, scheint bei Frauen nur abstoßend zu sein.

Befleckt. Verunreinigt. Wertlos. Grausame Urteile, aus deinem Mund, die erzählen, wie du dich siehst in den Augen der anderen Menschen.

Du hast lange gezögert, mich in dein Leben zu lassen und an dich heran.

Wir sind nicht gleich, nicht gleich stark und nicht gleich schwach und nicht gleichwertig, hast du später einmal gesagt, und ich habe gelächelt und nicht daran geglaubt.

Gleichberechtigt, meinst du wohl, habe ich gesagt. Du hast den Kopf geschüttelt und darauf beharrt. Gleichwertig, hast du gesagt. Und nicht gleichberechtigt, das auch.

Mittlerweile weiß ich, was du gemeint hast.

Wir sind tatsächlich nicht gleich und auch nicht gleichwertig. Du trägst ein Geheimnis, und ich bin privilegiert: weil ich es kenne, aber nicht teile.

Was du aber nicht weißt: Wie sehr ich darunter leide, was mit dir ist und was mit dir geschieht. Und was andere dir antun, ob mit Absicht, aus Gleichgültigkeit oder Unwissenheit.

Was zählt schon der Grund, aus dem eine Verletzung geschieht?

Ich will dich beschützen, verteidigen, jeden zermalmen, der es wagt, dich zu verletzen.

Ich würde so viel für dich tun.

Nur, und das bekenne ich ehrlich, den Virus nähme ich dir nicht ab.

Und deshalb hast du Recht: Wir sind nicht gleichwertig, in den Augen der anderen Menschen. Und gleichberechtigt, das sind wir auch nicht. Ich habe die bessere Position. Denn ich kann wählen.

Und ich habe das Recht zu nehmen und auch zu geben. Du aber darfst mir nicht alles geben.

In unserer Nacktheit jedoch sind wir jetzt gleich, in diesem Moment.

Still stehen wir uns gegenüber, eine Atempause in einem nie endenden Kampf. Einem Kampf um deine Gesundheit, um unsere Nähe, um meine Liebe. Ob du mich liebst, weiß ich noch nicht.

Nur, dass ich es hoffe.

Ich lege meine Hände auf deine Hüften, und du kommst näher und schmiegst dich an mich.

„Hab keine Angst", flüstere ich in dein Ohr.

Ich spüre dich lächeln. Und dann verschränkst du die Arme in meinem Nacken und küsst meinen Hals.

Du kannst es.

Und auch dies ist etwas, das ich von dir weiß, zumindest in diesem Moment: dass du mich auch willst.

Die Parade der Postarbeiterinnen

In meinen ersten zwei Wochen bei der Post war sie nicht da. Ich weiß das; andernfalls hätte ich sie gesehen. Garantiert.

So aber sah ich sie erst zu Beginn der dritten Woche, während der allabendlichen Parade der Postarbeiterinnen, einem Spektakel, das Sigi und ich uns nie entgehen ließen. Die Arme vor der Brust verschränkt, standen wir lässig an die Wand vor dem Eingangsbereich gelehnt da und sahen dem Strom munter schwatzender Frauen zwischen zwanzig und sechzig zu, die in dichten Trauben die Pforte passierten und dabei mechanisch ihre Ausweise in Richtung des Pförtners hielten. Alle trugen sie durchsichtige Taschen oder Beutel, wie es Vorschrift war. Manche davon waren mit kitschigen Mustern verziert, aber alle boten sie freie Sicht auf Geldbeutel, Zigaretten, Obststücke und Wasserflaschen und die obligatorischen Gesundheitsschlappen.

Keine der Frauen würdigte Sigi und mich eines Blickes. Sie waren Festangestellte und wir studentische Aushilfskräfte und damit ihre natürlichen Feinde, so einfach war das.

Sigi und mir machte das wenig aus. Wir standen da, betrachteten unsere Kolleginnen, während wir mit halbem Ohr dem unaufhörlichen Plappern und Schwatzen lauschten, und da, an diesem Abend zu Beginn der dritten Woche, da sah ich sie kommen.

Sie war ein ganzes Stück größer als die anderen Frauen um sie herum, und sie wog um einiges mehr als die meisten von ihnen. Ihr kräftiges Gesicht mit der scharfen Nase war für meinen Geschmack ein bisschen zu sehr höhensonnenverbrannt, aber deswegen stach sie mir nicht ins Auge. Es war ihre Haltung, die mich sofort faszinierte. Sie ging sehr aufrecht, mit hoch erhobenem Kopf, den Blick unbeirrt nach vorne gerichtet, ein kleines, verächtliches Lächeln auf ihren Lippen. Eine der Frauen neben ihr redete mit rauchiger Stimme schnell auf sie ein, aber ob sie zuhörte, konnte ich nicht erkennen. Als sie an mir vorüberging, die gläserne Eingangstür passierte und ihren Ausweis hob, sah ich für einen Moment ein Funkeln in ihren Augen. Ein Funkeln, an nichts und niemanden gerichtet; es war einfach da.

Mit offenem Mund starrte ich ihr nach.

„Es wird Zeit, wir müssen rein“, sagte Sigi und folgte dann meinem Blick. „Was ist denn mit der? Kennst du die?“

„Nein“, sagte ich und stieß mich mit einem Fuß von der Wand ab. „Noch nicht.“

Das Postamt war in einem hohen marmorverkleideten Gebäude aus den zwanziger Jahren untergebracht. Im Erdgeschoss befand sich die Paket- und Päckchen-Zentrale. Im ersten und zweiten Stock wurden Briefe sortiert, im dritten waren die elektronischen Lesegeräte untergebracht, und ganz oben, im Dachgeschoss, lagen die Büroräume und die Kantine.

„Gruppe vier, stecken, zweiter Stock, Gruppe drei, erster Stock“, nuschelte unser Gruppenleiter, als Sigi und ich mit den letzten Nachzüglerinnen aus dem Umkleideraum im Kellergeschoss kamen. Sigi und ich gehörten zu Gruppe drei, die hauptsächlich zum Briefe-Stecken eingeteilt wurde. Briefe stecken bedeutete, stapelweise Briefe und Karten aus grauen Kisten zu greifen und nach Postleitzahlen getrennt in entsprechende Fächer zu sortieren. Die Fächer befanden sich in u-förmigen hölzernen Regalwänden ohne Rücken, Boxen genannt, die in langen Reihen nebeneinander aufgestellt waren. In jeder Box arbeitete eine Frau, auf einem hohen, mehr oder minder unbequemen Drehhocker sitzend.

Während unsere Gruppe langsam die Treppe zum ersten Stock hochstieg, in der es nach Staub und altem Papier roch, sah ich mich um. Mit Sigi und mir schlurften ausnahmslos studentische Aushilfskräfte lustlos die Treppe hinauf. Die Festangestellten waren mit Sicherheit längst auf ihren Plätzen, hatten ihre kleinen Kofferradios auf den schlechtesten Sender weit und breit eingestellt, die schadhaften Stühle auf unsere Seite herübergeschoben und gegen funktionierende eingetauscht. So war es immer.

Und so war es auch diesmal. Als wir die Halle erreichten, waberte uns gedämpfte Schlagermusik entgegen. Die Boxenreihe auf der rechten Seite war von Festangestellten besetzt, die schon eifrig bei der Arbeit waren. Kaum eine von ihnen sah auf, als wir vorbeizogen. Erst, als wir unsere Plätze einnahmen und murrend die schäbigen Drehhocker inspizierten, blickten ein paar der Frauen auf. Ich sah das hämische Grinsen auf ihren Gesichtern durch die leeren Fächer meiner Box hindurch. Neben mir zuckte Sigi cool mit den Schultern und griff sich den ersten Stapel Briefe.

„Auf geht's, Django. Mach bloß nicht so schnell!“

In den beiden Wochen, seit ich hier war, hatte ich jede Nacht meinen eigenen Rekord im Stecken gebrochen, was mich insgeheim mit Genugtuung erfüllte. Aber Sigi fand, dass ich nur meine Kräfte vergeudete.

„Versteh ich nicht, warum du dich so anstrengst! Mehr Lohn kriegst du dafür nun auch nicht. Und die da“ – Sigi deutete mit dem Kopf zu den Festangestellten hinüber – „die da hassen dich höchstens noch mehr, wenn du so schnell bist wie sie.“

Mit Sicherheit war da was dran. Die Feindschaft der Festangestellten gegenüber den studentischen Aushilfskräften war legendär. Sie beruhte einerseits auf ihrer Wut über die Tatsache, dass wir Studentinnen weniger Steuerabzüge hatten und deshalb mehr Lohn herausbekamen als sie, andererseits auf ihrer Furcht, wir könnten sie irgendwann in Zukunft gänzlich ersetzen.

Die offenkundige Feindseligkeit der Festangestellten und ihr felsenfester Zusammenhalt erstickten jeden Anflug von Klagen auf unserer Seite im Keim. Sie waren eine lange verwachsene Gruppe, geschützt von den Aufsehern und Chefs, wir nur ein zusammengewürfelter Haufen. Die Machtverhältnisse waren klar definiert.

Ich steckte mir den grünen Plastikdaumen, den hier alle benutzten, auf, griff in meine Kiste und zog einen Stapel Briefe heraus. Der oberste ging nach Wien, und ich hob den Kopf und suchte das zugehörige Fach. Es befand sich rechts oben, und als ich den Brief hineinschob, fiel mein Blick durch die offene Rückwand auf die Box auf der anderen Seite des Ganges. Sie saß hochaufgerichtet dahinter, den Kopf stolz erhoben, und steckte Briefe, in einer Geschwindigkeit, bei der mir vom bloßen Hinsehen fast schwindlig wurde. Ich starrte sie an, ihr entschlossenes, halb vom Regal verdecktes Gesicht mit dem verächtlichen Lächeln um die Lippen herum, und mein Magen fühlte sich plötzlich merkwürdig an.

Auf einmal hielt sie inne und runzelte die Stirn. Bevor ich den Blick senken konnte, sah sie zu mir herüber und mir direkt in die Augen. Mein Herz fing an zu klopfen. Ihre Miene veränderte sich nicht.

Ich war es, die irgendwann wegsah.

In den nächsten Wochen beobachtete ich sie, sooft ich dazu Gelegenheit fand. Wenn ich sie bei der täglichen Parade der

Postarbeiterinnen entdeckte, fing mein Herz jedes Mal aufgeregt an zu klopfen. Andauernd hielt ich nach ihr Ausschau – in den Boxen, in der Kantine, auf der Toilette –, und wenn ich sie sah, starrte ich sie an, so unauffällig wie möglich. Manchmal fing sie meinen Blick auf, aber wenn sie mich wiedererkannte, so ließ sie sich nichts davon anmerken. Sie sah mich immer nur ausdruckslos an, und das leicht verächtliche Lächeln wich kein einziges Mal von ihren Lippen.

Eigentlich wusste ich nicht, was genau mich an ihr derart faszinierte. Ich wusste nur, dass es so war. Vielleicht lag es an ihrer offenkundigen Dominanz, der sich alle ihre Kolleginnen fraglos unterzuordnen schienen. Im Gegensatz zu den anderen redete sie wenig. Sobald sie aber den Mund aufmachte, verstummte das allgegenwärtige Geschwatze und Geplappere sofort. Ihre Stimme war tief und rauchig und jagte mir einen Schauer über den Rücken, wann immer ich sie hörte.

Ihre Bewegungen waren bedächtig, aber dennoch kraftvoll und flink. Wenn sie den Flur entlangschritt, machten die anderen ihr ungefragt Platz. Nie kam es vor, dass ihr eine Kollegin die Box oder den Drehstuhl streitig machte, was ansonsten andauernd geschah. Mit ihr zankte keine. Sie besaß unzweifelhaft eine gehörige Portion natürlicher Autorität, und nicht nur ihre Kolleginnen reagierten instinktiv darauf. Sondern auch ich.

Dem Äußeren nach war sie allerdings beileibe nicht mein Geschmack. Ihre Kleidung war unter aller Kanone – sie trug mit Vorliebe altbackene Pullover oder Blusen, mit glitzernden Garnen bestickt, und Jerseyhosen, die ihren üppigen Körper straff umspannten –, und mit ihren hässlichen Gesundheitsschlappen hätte man mich jagen können. Auch ihre kunstvoll zusammengesteckte, duttähnliche Frisur war nicht gerade mein Fall, und ihre ewige Solariumbräune schon gar nicht. Außerdem war sie alt.

Trotzdem zog sie mich unglaublich an. Und je öfter ich sie beobachtete, desto mehr faszinierte sie mich. Es war mir egal, dass sie mich nicht beachtete und das auch vermutlich nie tun würde. Sie und ich, wir hatten absolut nichts gemein, das war mir schon klar. Nicht das Geringste. Und schon gar nicht die sexuelle Orientierung.

Und trotzdem zog sie mich an.

Natürlich entging Sigi das nicht.

„Was hast du denn mit der? Findest du die etwa gut?"

Ich zuckte mit den Achseln. Wir nutzten die erste kurze Pause, um unsere mitgebrachten Brötchen zu essen.

Sigi schüttelte verständnislos den Kopf. „Aber hör mal, das ist doch ... Ich meine, so eine? Bei der hättest du doch sowieso keine Chance. Die guckt dich doch nicht mit dem Arsch an, Baby. Die ist doch hetero wie nur sonst was!"

„Weiß ich."

„Und nicht unsere ... unsere Kategorie, wenn du verstehst, was ich meine."

„Klar", sagte ich und schob mir den Rest meines Brötchens in den Mund. „Eine Proletin, wie sie im Buche steht. Das meinst du doch, oder?"

Sigi wand sich unbehaglich. „Ja, na ja ... Sicher, ich weiß, das ist politisch nicht gerade korrekt. Aber trotzdem – erklär mir doch mal, was an der dran ist."

„Ich weiß nicht", sagte ich. „Ich finde sie einfach ... majestätisch." Der Ausdruck war mir einfach so herausgerutscht, aber jetzt, wo ich ihn ausgesprochen hatte, stellte ich fest, dass er hervorragend passte. Sie war majestätisch, ganz ohne Zweifel. Sie besaß eine ganz eigene Würde, und daran konnten weder ihre geschmacklose Kleidung noch ihr sozialer Hintergrund etwas ändern.

„Ja, ich verstehe dich schon", sagte Sigi schließlich und zuckte mit den Schultern. „Aber irgendwie ..."

Dieses „irgendwie" blieb lange Zeit in der Luft hängen. Es war das erste Mal, dass Sigi nicht nachvollziehen konnte, was ich an einer Frau fand, und ich konnte es ihr auch nicht verdenken.

Sigi und ich waren ein altes Gespann. Wir hatten uns zu Beginn unseres Studiums angefreundet, und seit ebenso langer Zeit arbeiteten wir zusammen, so oft es nur ging. Bevor wir für drei Monate von der Post engagiert wurden, hatten wir über ein Jahr als Telefonkräfte in derselben Firma gearbeitet, und davor waren wir zusammen in einem Bioladen beschäftigt gewesen. Wo immer wir jobbten, suchten wir uns unter den anwesenden Frauen jede eine aus, die wir erobern wollten, was uns auch meistens gelang. Es war eine Art Wettstreit zwischen Sigi und mir, den wir jedes Mal beide gewannen. Aber diesmal zog ich nicht mit.

„Mann, jetzt such dir doch mal 'n anderes Weib aus. Hier gibt's doch wirklich genug. Guck mal, die Kleine dahinten", sagte Sigi ein paar Tage danach und nickte zum Ende unserer Boxenreihe hinüber. „Wie wär's denn mit der?"

Ich warf einen flüchtigen Blick zu der blonden Studentin und schnippte meinen Gummidaumen zu Sigi hinüber. „Kein Bedarf, Darling. Du kannst sie haben."

„Gut", sagte Sigi und schnippte den Gummidaumen zu mir zurück. „Danke schön, Baby. Sehr großzügig von dir."

„Hallo, Sie zwei da!", rief unser Gruppenleiter und stürmte zu uns nach hinten. „Lassen Sie bitten den Unfug! Sonst muss ich Sie der Aufsicht melden!"

„Wenn es sich bei der Aufsicht um eine gutaussehende Dame handelt, habe ich nichts dagegen", murmelte Sigi und beugte sich über ihre Kiste. Der Gruppenleiter bremste ab, blieb ein Stück weit von uns entfernt stehen und beobachtete uns voller Argwohn.

Von der anderen Seite des Ganges sahen einige der Festangestellten schadenfroh zu uns herüber. Auch sie blickte mich an. Für einen Moment vertiefte sich das verächtliche Lächeln auf ihren Lippen, dann steckte sie einen Packen

Briefe in das Fach vor ihrem Gesicht und verschwand damit aus meinem Blickfeld.

Anfang Dezember wurden Sigi und ich zum Verwerfen gerufen. Verwerfen bedeutete, Pakete und Päckchen von einem Fließband zu greifen und in ringsum aufgehängte Säcke zu werfen, die mit Postleitzahlen gekennzeichnet waren. Es war eigentlich Männerarbeit, Studentinnen wurden nur selten dafür herangezogen, und Festangestellte so gut wie nie. Verwerfen war anstrengend und mühsam und außerordentlich unbeliebt. Aber Sigi und mir machte es Spaß.

„Platz da!", brüllte Sigi und schleuderte in hohem Bogen ein Päckchen in einen Sack schräg gegenüber. „Treffer, versenkt!"

„Und jetzt ich! In den Sack da ganz hinten!", schrie ich und hob einen gebündelten Stapel Zeitungen.

„Das schaffst du nie!"

„Warum nicht nach den Sternen greifen!", rief ich, zielte und warf. Ich traf direkt in den Sack, und Sigi klatschte begeistert Beifall.

Als ich mich umdrehte, stand sie mir gegenüber, flankiert von zwei weiteren Festangestellten, die mit mürrischen Gesichtern das Fließband beäugten.

Ich starrte sie an, und dann wich ich zurück. Mit dem Hintern stieß ich gegen einen der Säcke. Er war leer und hielt meinem Gewicht leider nicht stand, und so kippte ich haltlos nach hinten. Im letzen Moment griff Sigi nach mir und erwischte mich vorne am Gürtel.

„He, wer wird denn beim Anblick einer schönen Frau gleich umkippen!", trompetete sie, und augenblicklich stieg mir die Schamröte ins Gesicht.

„Arschgeige!", zischte ich, aber Sigi ließ sich nicht stören.

„Stimmt's?", fragte sie und sah herausfordernd zur anderen Seite des Fließbands hinüber. „Stimmt's oder hab ich Recht?"

Sie antwortete nicht. Sie stand unbewegt da und betrachtete mich, ohne Sigi auch nur zu beachten. Ihre Miene war undurchdringlich. Dann senkte sie langsam den Kopf und nahm ein Paket in die Hände.

„Wow“, sagte Sigi später in der Kantine. „Wie die dich angesehen hat! Puh. Also, vor der hätte ich Schiss!“

Ich zuckte mit den Schultern und trank einen Schluck Cola. Dann schielte ich zum Nebentisch, wo die Festangestellten zusammenhockten und lauthals schwatzten. Sie saß ganz am Rand, und einen Moment, bevor ich wegsah, blickte sie auf und mir in die Augen. Ich betrachtete mein Käsebrötchen und schob es zur Seite.

„Weißt du was?“, sagte Sigi, die mich beobachtet hatte. „Die will dich.“

„So ein Quatsch.“

„Wetten wohl? Darf ich?“ Sie lehnte sich tief in ihren Stuhl, schnappte sich mein angebissenes Brötchen und streckte die Beine aus. Im Eingang erschien ein Pulk Studentinnen, darunter die Blonde, die Sigi mir neulich gezeigt hatte.

Sigi sah zu, wie sie herankam. „Die ist süß, diese Kleine, nicht wahr?“, flüsterte sie und beugte sich zu mir herüber. „Aber deine, die ist irgendwie klasse. Ich glaube, ich hab jetzt kapiert, was du an der findest. Die ist echt majestätisch. Nur, wie gesagt – ich hätte Schiss.“

Die blonde Studentin setzte sich neben Sigi und lächelte schüchtern, und Sigi blinzelte mir zu und wandte sich zu ihr um.

Ich sah auf. Die Festangestellten verließen eben den Raum. Sie ging inmitten der anderen, aufrecht, mit hocherhobenem Kopf. An der Tür wandte sie sich um und sah zu mir her. Ich war mir nicht sicher, aber ich glaubte, den Anflug eines Lächelns auf ihren Lippen zu sehen. Aber diesmal war es kein verächtliches Lächeln.

Mein Magen krampfte sich leicht zusammen. Ich würde es Sigi zwar nicht sagen – aber ich hatte auch Schiss.

Anfang Dezember erwischte Sigi die Grippe. Sie war nicht die Einzige. Fast alle Studentinnen fehlten, und auch die Reihen der Festangestellten waren erheblich gelichtet. Unser Gruppenleiter rang die Hände und betrachtete seufzend unser klägliches Grüppchen, das auf vier Studentinnen zusammengeschmolzen war, dann schickte er uns auf die andere Seite der Halle. Unter den feindseligen Blicken der Festangestellten trotteten wir zu ihnen hinüber. Die anderen Studentinnen setzten sich schnell nebeneinander in die ersten drei Boxen, aber für mich war dort keine mehr frei. Langsam ging ich die Reihe entlang.

Ungefähr in der Mitte war ein Platz frei, aber als ich mich setzen wollte, legte die Frau rechts daneben blitzschnell ihre durchsichtige Tasche auf den Hocker.

„Besetzt!", giftete sie und blitzte mich an.

Ich hob besänftigend die Hände und schlenderte weiter. Ganz am Ende der Reihe war noch ein Platz frei, das sah ich von weitem. Und dann sah ich auch, wer davor saß. Ich schluckte, dann ging ich mit klopfendem Herzen weiter nach hinten.

„n'Abend", sagte ich mit heiserer Stimme, als ich mich setzte. Sie nickte mir zu, kurz und knapp, dann steckte sie den ersten Brief in das passende Fach.

Bereits nach einer Stunde wusste ich, dass ich meinen eigenen Rekord auch heute wieder brechen würde. So schnell hatte ich noch nie gesteckt, und vor lauter Eifer fiel mir nach einer Weile ein kleiner Stapel Briefe zu Boden, den ich mit hochrotem Kopf sofort aufhob. Als ich mich wieder auf meinen Hocker schwang, spürte ich, dass mein T-Shirt am Rücken durchgeschwitzt war. Hastig griff ich nach dem obersten Brief, und dabei rutschte mir mein Gummidaumen herunter und schnellte durch die Luft, direkt in den Schoß meiner Nachbarin.

„Oh", sagte ich und errötete tief. „'tschuldigung ..."

Sie nahm den Daumen und hielt ihn mir hin. „Gar nicht so übel, was du da wegsteckst", sagte sie leise. Ich konnte ganz deutlich das Funkeln in ihren Augen erkennen.

„Danke", krächzte ich und machte mich schnell wieder an die Arbeit. Mein Herz pochte heftig.

Sie sprach kein Wort mehr. Schweigend und in rasender Geschwindigkeit steckte sie ihre Briefe und Karten, und ich war mir jeder ihrer Bewegungen nur allzu deutlich bewusst. Ich versuchte mich abzulenken, indem ich tief die Luft einsog, um ihren Duft auszumachen, aber es wollte mir nicht gelingen. Aus einem kleinen Kofferradio irgendwo in der Nähe drang Schlagermusik, und die Frauen auf der anderen Seite meiner Sitznachbarin redeten mit schrillen Stimmen über Diäten.

„Diese Diät da vom Fritz-Planck-Institut für Nahrung oder wie das heißt, die soll jut sein", sagte eine. „Da soll man ja dann drei Jahre nicht mehr zunehmen."

„Haste probiert?"

„Nee, will ick aber bald mal."

„Na, det klappt doch sowieso nicht. Ick hab neulich die Brigitte-Diät gemacht und glatt ein Kilo mehr druff gehabt hinterher!"

Mit jeder Sekunde wurde ich nervöser. Ab und an spürte ich den Blick meiner Sitznachbarin, der mich von der Seite streifte, und dann fing ich sofort an zu zittern. Ich wünschte mir Sigi herbei, oder irgendjemand, mit dem ich mich unterhalten konnte, um mich abzulenken. Schließlich hielt ich die Anspannung nicht mehr aus.

„Ich hab neulich was Interessantes über Diäten gelesen!", sagte ich laut und beugte mich vor, um an meiner Sitznachbarin vorbei zu den Frauen neben ihr sehen zu können. Sie hielten allesamt inne und starrten mich mit versteinerten Mienen an.

„Es hängt nämlich von den Hormonen ab, ob man abnimmt oder nicht", erklärte ich mit unsicherer Stimme. „In der zweiten Hälfte des Zyklus sollte man auf keinen Fall versuchen abzunehmen, da macht der Stoffwechsel nämlich nicht mit."

Eisiges Schweigen antwortete mir. Im selben Moment begriff ich, in welchen Fettnapf ich da soeben getreten war. Die Frauen neben mir waren sämtlich weit über fünfzig. Keine von ihnen brauchte sich noch um Hormone zu scheren. Der weibliche Zyklus und seine Tücken betraf sie schon lange nicht mehr.

Peinlich berührt von meinem Fauxpas wandte ich mich wieder meiner Briefkiste zu. Am liebsten wäre ich im Erdboden versunken, als ich auf einmal ein seltsames Geräusch hörte. Vorsichtig hob ich den Blick.

Sie lachte. Ganz leise nur, aber sie lachte. „Mut hast du ja, Mädchen", sagte sie mit ihrer tiefen, rauchigen Stimme zu mir und lachte noch einmal. „Vielleicht zeigst du mir gleich in der Pause, wie viel." Sie sah mir tief in die Augen, und dann nahm sie blindlings einen Stapel Briefe aus ihrer Kiste.

Ich saß wie erstarrt da.

„Alles klar?", fragte sie leise und durchbohrte mich mit ihrem Blick.

Ich nickte. Sprechen konnte ich nicht.

Als es zur Pause schrillte, glitten unsere Kolleginnen hurtig wie immer von ihren Hockern herunter. Nur sie und ich blieben sitzen. Ich war so aufgeregt und so ängstlich, dass es mir schwer fiel, normal durchzuatmen.

„Kommst du nicht mit?", fragte eine der Diät-Spezialistinnen.

„Nein", sagte meine Sitznachbarin ruhig. „Ich bleibe hier. Bring mir ein Wasser mit, ja?"

„Is' gut."

Die Frauen strömten davon, gefolgt von den drei Studentinnen aus meiner Gruppe. Als die Letzte die Halle verließ und Stille einkehrte, stieg sie langsam von ihrem Hocker.

Forschend sah sie mich an. Der Schweiß brach mir aus, und ich versuchte ein zaghaftes Grinsen.

„Komm mit", sagte sie einfach und ging los. Ich holte tief Luft und rutschte von meinem Hocker.

Auf zittrigen Beinen folgte ich ihr. Ruhigen Schrittes durchmaß sie die Halle, und ich kam mir vor wie ein kleines in Seenot geratenes Boot, das von einem riesigen Schlachtschiff durch stürmische See geschleppt wird. Wir passierten den Ausgang und steuerten auf die Toiletten zu, aber kurz, bevor wir sie erreichten, drehte sie sich nach rechts und öffnete eine kleine Tür, die ich noch nie bemerkt hatte. Wir betraten einen leerstehenden Raum. Durch das Fenster fiel schwaches Laternenlicht vom Innenhof herein und beschien ihr Gesicht, als sie die Tür hinter mir schloss und sich dagegen lehnte. Unsicher blieb ich stehen.

„Komm", sagte sie ruhig und winkte mich zu sich. Ich trat näher. Ihr Geruch stieg mir in die Nase, ein ganz zarter, angenehmer Geruch nach leichtem Schweiß und einem blumigen Parfum. Ich hatte nicht die geringste Ahnung, was sie von mir erwartete.

Sie lachte auf, und dann nahm sie meine Hände und legte sie auf ihre Brüste. „Ich sag dir was, Kleine", sagte sie mit ihrer rauchigen Stimme. „Man soll nicht nur nach den Sternen greifen, man soll sie sich auch holen!"

Ihr draller Körper fühlte sich überraschend fest unter meinen Händen an, und als ich mich ein wenig gegen sie drückte, spürte ich, wie sie erschauerte. Langsam ließ ich meine Finger an ihr hinunter und über ihre Hüften gleiten, und da packte sie mich und zog mich fest an sich.

„Komm jetzt", flüsterte sie rau. „Wir haben keine Zeit für langes Getue." Ihre Augen blitzten mich an, und dann schob sie einen ihrer kräftigen Schenkel zwischen meine Beine und fing an, sich an mir zu reiben. Mit einer Hand griff sie um meinen Nacken, und dann küsste sie mich. Ich zuckte zusammen. Einen Moment verharrte ich reglos, dann küsste ich sie zurück. Blitzartig machte meine ängstliche Anspannung einer wilden Erregung Platz. Ich drängte mich an sie und hielt sie, so fest ich nur konnte, und ihr üppiger Körper erzitterte, als sie nach Luft schnappte.

Die Zeit verging rasend schnell. Die Minuten schmolzen in Windeseile dahin, während wir an die Tür gelehnt standen und uns ungestüm aneinander pressten. Ihre kraftvolle Lust riss mich mit, nahm mir die Angst und die Unsicherheit. Sie dirigierte mich mühelos, leitete mich durch einen Rausch aus Verlangen, Hitze und Schweiß. Ab und zu sah ich ihre funkelnden Augen nahe vor meinen, das verächtliche Lächeln um ihre Mundwinkel, das auch jetzt nicht wich und das ich wegzuküssen versuchte, ohne Erfolg.

Und irgendwann vergaß ich, wer sie eigentlich war. Dass sie mir fremd war, so fremd wie niemals jemand zuvor, nicht nur ihr Körper, sondern alles an ihr. Ich vergaß, dass sie doppelt so alt war wie ich, ich vergaß das Postamt um uns herum, und erst recht vergaß ich die Zeit. Ich hatte die Hand ausgestreckt und nach den Sternen gegriffen, und jetzt holte ich sie mir herunter.

Danach hat sie nie mehr mit mir gesprochen. Ich sah sie auch kaum noch. Gelegentlich saß sie mir gegenüber auf der anderen Seite des Gangs, aber sie beachtete mich nicht im Geringsten. Nur ein einziges Mal spürte ich ihren Blick auf mir ruhen. Als ich den Kopf hob, sah sie mir in die Augen, nur für ein paar Sekunden, dann blickte sie weg. Das Lächeln um ihre Mundwinkel aber war breiter als sonst, und es blieb noch ein Weilchen dort hängen.

Nach Weihnachten lief Sigis und mein Vertrag bei der Post aus, und seit ein paar Monaten arbeiten wir jetzt in einem Buchversand. Manchmal, aber wirklich nur manchmal und nur dann, wenn's zeitlich gerade so hinhaut, fahre ich abends zum Postamt und sehe mir die Parade der Postarbeiterinnen an. Mit vor der Brust verschränkten Armen stehe ich dann an die Wand gelehnt da und beobachte, wie sie herankommt. Sie geht aufrecht, mit hoch erhobenem

Kopf, ein kleines, verächtliches Lächeln auf ihren Lippen. Sie schaut nie zu mir her, aber das Funkeln in ihren Augen sehe ich dennoch. Dieses Funkeln, an nichts und niemanden gerichtet; es ist einfach da.

Ein Funkeln wie das der Sterne am Himmel, nach denen man greifen möchte und es vielleicht manchmal auch tut.

Ich jedenfalls habe mir meinen Stern damals tatsächlich vom Himmel geholt. Und für ein paar kurze Minuten habe ich ihn sogar in meinen Händen gehalten.

Tante Ruth aus Ottawa

Es fing damit an, dass Großonkel Otto achtzig wurde.

Gelegentlich war es mir gelungen, Familienfestivitäten dieser Art erfolgreich auszuweichen, aber diesmal konnte ich es nicht verhindern. Meine Mutter ließ mich nicht.

„Wenn du nicht kommst, dann bin ich ernsthaft gekränkt", rief sie vorwurfsvoll durchs Telefon. „Wir kommen ja schließlich auch, und du weißt, welche Strapazen wir extra dafür auf uns nehmen!"

Allerdings. Meine Eltern wohnen seit mehreren Jahren in Norwegen. Mein Vater hat sich dort seinen Traum vom eigenen Haus am Fjord erfüllt. Was meine Mutter sich dort für einen Traum erfüllt hat, weiß ich allerdings nicht. Sie wirkt jedoch immer sehr glücklich, wenn ich sie spreche, und auch bei den wenigen Gelegenheiten, bei denen ich sie besucht habe.

Ich finde es sehr schön, dass meine Eltern glücklich sind. Ich finde es auch schön, dass sie in Norwegen wohnen, auch wenn das bedeutet, dass ich sie selten zu Gesicht bekomme. Nicht, dass ich meine Eltern nicht liebe, aber beide, insbesondere meine Mutter, neigen sehr zur Bevormundung, und da ist es für mich eben vorteilhafter, wenn sie nicht in unmittelbarer Nähe wohnen, sondern viele hundert Kilometer nördlich. Auch wenn das bedeutet, dass sie mich mit meinem schrecklichen Cousin Harald im Obergeschoss zurückgelassen haben. Dafür haben sie mir immerhin die Hälfte des Hauses vermacht. Die andere Hälfte gehört Haralds Eltern. Aber auch die sind geflüchtet, nach Malle, Mallorca. Kann ich verstehen.

Jedenfalls finde ich es schön, wenn meine Eltern glücklich sind, überhaupt, wenn Menschen glücklich sind. Zu wenige von uns sind das.

Umso mehr wollte ich natürlich vermeiden, meine Eltern ins Unglück zu stürzen, wenn ich beim Familienfest fehlte. Also fuhr ich hin.

Onkel Ottos Fest fand in einem mittelklassigen Restaurant außerhalb Oldenburgs statt. Oldenburg in Holstein, wohlgemerkt. Dort in der Gegend wohnt der Großteil unserer Familie. Harald, mein Cousin, erwartete mich an der Tür.

„He, altes Mädchen, stell dir mal vor, wir haben hohen Besuch!", krähte er vergnügt und machte Anstalten, mich an seine Brust zu ziehen. Als ihm das nicht recht gelang, zog er mich am Haar und versuchte, mir ein Bein zu stellen. Aber ich trickste ihn aus, indem ich behände hinübersprang. Immerhin habe ich jahrelange Übung darin.

Harald ist nämlich der einzige Verwandte, den ich regelmäßig sehe, notgedrungen natürlich. Unser Haus, das mein Vater und sein Bruder seinerzeit gemeinsam erbaut haben, besitzt nur einen gemeinsamen Eingang, und so kann ich es kaum vermeiden, Harald andauernd über den Weg zu laufen. Das ist schade, denn Harald ist nämlich trotz seiner mittlerweile neunundzwanzig Jahre der nervige, vorlaute Typ von früher geblieben. Ich weiß nicht genau, ob er mir als kleiner Junge mit Schmierfingern und Käsesocken lieber war als jetzt – eigentlich hätte ich zu jeder Zeit liebend gern auf ihn verzichtet. Kein Wunder, dass er nicht verheiratet ist.

Ich hätte ihn auch nicht genommen. Aber ich hätte ohnehin keinen Mann genommen, so viel kann ich sagen.

„Ehrlich, Piri, du wirst Augen machen, wenn du siehst, wer da ist!“ Harald eilte hinter mir her und lehnte sich aufdringlich neben mir an den Tresen, als ich meinen Sommermantel bei der Garderobiere abgab.

„Was du nicht sagst, Haraldchen.“

Er hörte die Spitze nicht. Dergleichen hörte er nie. „Ja!“, rief er eifrig. „Unsere Tante Ruth ist gekommen!“

„Wer ist Tante Ruth?“

„Na, Tante Ruth! Die aus Kanada! Die sieht vielleicht aus! Irre!“

„Guck mal einer an“, sagte ich und schenkte der Garderobiere ein freundliches Lächeln. Sie senkte schüchtern den Kopf, und das freute mich sehr. Sonst bin ich nämlich diejenige, die wegsieht, jedenfalls in Haralds Gegenwart. Und zwar nicht unbedingt aus Schüchternheit, sondern vor Peinlichkeit. Daran trägt mein Cousin Harald, mit dem ich meine Kindheit in Ermangelung eigener Geschwister verbringen musste, die Hauptschuld. Nicht, weil ich mich nicht gegen ihn hatte behaupten können – das konnte und kann ich sehr wohl! –, sondern weil ich mich immerzu für ihn geschämt habe. Da sieht man eben peinlich berührt weg, wenn einen jemand anlächelt. Erst jetzt, mit Ende zwanzig, gelingt es mir allmählich, mich dieser Bürde zu entledigen. Mittlerweile ist Harald mir selten peinlich.

Also lächelte ich der Garderobiere noch einmal zu und ließ Harald links liegen, während ich zielstrebig auf die Tür zum Saal zusteuerte, hinter der sich die Geburtstagsgesellschaft vermutlich verbarg.

„Piri, echt!“, rief Harald schrill hinter mir her. „Die sieht total irre aus, geil! Aber wieso bist du eigentlich allein mit dem Auto gekommen? Du hättest mich ruhig mitnehmen können!“

Als ich die Saaltür öffnete, verschlug mir die ohrenbetäubende Geräuschkulisse, gepaart mit dem rauchgeschwängerten Geruch nach Alkohol und fetten Speisen, fast den Atem. Der Saal fasste gut und gern sechzig Personen, er schien bis auf den letzten Platz gefüllt, und mit jedem einzelnen Anwesenden – mit Ausnahme der drei überforderten Kellnerinnen und des beflissen umhereilenden Oberkellners – war ich verwandt. Allerdings, und das muss man dazu sagen, hat meine Verwandtschaft sich offenbar in den letzten Jahrzehnten gemeinschaftlich – und dazu zählen auch Harald und ich – der Fortpflanzung verweigert, und so kommt es, dass ich mit meinen achtundzwanzig die Jüngste von allen bin. Harald ist zehn Monate älter als ich, und der nächstältere Verwandte ist mein Onkel Kurt mit seinen einundvierzig Lenzen. Onkel Kurt ist übrigens auch nicht verheiratet, das nur nebenbei.

„Hallo, Piroschka, Mäuschen!"

„Guckt mal, da ist ja unser Küken!"

„Piri, Piri, hierher!"

Meine Verwandtschaft hatte mich gesichtet, und meine Eltern, die sich wie üblich an einem Tisch in der Mitte niedergelassen hatten, winkten mir zu. Mit einem unaufhörlich auf mich einschwatzenden Harald im Rücken – „Wir hätten ruhig gemeinsam fahren können, die lange Strecke! Benzin ist doch so teuer geworden! Oder wolltest du mich mal wieder nicht dabei haben?" – lavierte ich mich durch die Massen, schüttelte hier eine schwielige Männerhand und küsste dort eine pergamentartige Wange, bis ich endlich bei ihnen angelangt war. Mein Vater stand, formvollendet wie immer, auf und schob seinen Stuhl zurück, um mir erst die Hand zu reichen und dann mit tränenfeuchten Augen lange den Rücken zu klopfen. Meine Mutter blieb sitzen.

„Piri!", hauchte sie. „Da bist du ja endlich! Wir dachten schon, du kommst nicht mehr!" Der leise Vorwurf in ihrer Stimme war nicht zu überhören, aber ich ignorierte ihn. Auch darin habe ich Übung.

„Ich stand im Stau“, sagte ich und hockte mich auf die Stuhlkante. Meine Mutter ist so dünn, da finde ich immer noch mit Platz auf ihrem Stuhl. „Und ihr? Amüsiert ihr euch schön?“

Mutter wedelte mit einer Hand. „Ach, es ist furchtbar laut und geht natürlich mal wieder ganz grob zu, aber was soll man machen? Man ist ja nun mal mit diesen Leuten verwandt!“ Ihr Tonfall wirkte gequält, aber ihre blitzenden Augen sprachen Bände. Seit jeher beklagt sie sich über ihre ungehobelte Verwandtschaft, aber insgeheim genießt sie es, dabei zu sein. Meine Mutter liebt ihre Verwandten, und das ist vermutlich das Einzige, was sie an ihrem Umzug nach Norwegen bereut: dass sie nicht mehr so ohne weiteres an den zahlreichen Feiern teilnehmen kann. Abgesehen davon, dass sie mich nun nicht mehr jederzeit nach Herzenslust bevormunden kann.

„Setz dich doch, mein Kind!“, sagte mein Vater und stieß mit Onkel Robert, seinem Sitznachbarn, an.

„Ich sitze doch schon!“

„Ja, aber nicht richtig! Nun hol deiner Cousine doch mal einen Stuhl, Harald!“

Harald verschränkte beleidigt die Arme und schmollte. „Mensch, immer ich, dabei ...“

„Nun komm schon, Harald, mein Junge!“, brüllte Onkel Robert gut gelaunt. „Sei ein Gentleman!“

„Aber erst will ich ihr was zeigen!“, sagte Harald und stampfte mit dem Fuß auf. Mama verdrehte die Augen, Papa kicherte – wahrscheinlich hatte er schon ein paar Gläschen zu viel –, und ich stand auf.

Ich kenne Harald. Wenn er sich etwas in den Kopf gesetzt hat, dann macht er so lange Theater, bis er sich durchgesetzt hat. Das hat er schon als Kleinkind getan, und offenbar hat er vor, für den Rest seines Lebens bei dieser Strategie zu bleiben. Man kann ihn natürlich in diesen Situationen ignorieren, aber in dem Fall muss man damit rechnen, dass er sich immer schrecklicher aufführt, und an diesem Tag wollte ich das vermeiden. Ich hatte nämlich Onkel Otto erspäht, der direkt auf uns zukam und die Arme ausbreitete.

„Mädchen!“, rief er. „Da bist du ja! Komm, lass dich drücken!“

Ich umarmte ihn vorsichtig und küsste seine mit Leberflecken übersäte Wange, bevor ich ihm gratulierte und sein Geschenk, eine bebilderte Ausgabe des Fußball-Weltmeisterschafts-Atlas, überreichte. „Alles Gute, Onkel Otto! Auf die nächsten achtzig!“

Onkel Otto winkte ab. „Ach was“, sagte er fröhlich. „So lange will ich doch nun wirklich niemandem mehr auf die Nerven fallen. Danke, ein tolles Geschenk! Da wird Tante Sigi sich freuen!“ Er zwinkerte mir zu. Tante Sigi, seine Frau, meckert nämlich immer, wenn Onkel Otto Fußball einschaltet, aber ich bin ganz auf seiner Seite. Ich gucke nämlich selbst gerne Fußball. Reiner Eigennutz also, das Ganze.

Onkel Otto tätschelte mir mit zittrigen Fingern die Wange, dann beugte er sich vor und brachte seinen Mund dicht an mein Ohr. „Hast du denn nun schon einen Freund?“, fragte er interessiert.

Ich brachte nun meinerseits meinen Mund dicht an sein Ohr. „Nein!“, flüsterte ich zurück. „Du weißt doch, Onkel Otto, ich stehe auf Frauen!“

„Ach ja“, sagte er. „Das hatte ich wieder vergessen. Nun, dann feier doch erst mal schön, Kind! Und ihr hier“, er wandte sich zu meinem Vater und Onkel Robert, „ihr habt für mich wohl auch einen Schnaps, oder nicht?“

Ich beugte mich zu meiner Mutter hinunter, die mittlerweile mit ihrer Nachbarin, Tante Jutta, ins Gespräch vertieft war. „Ich gehe und hole mir etwas zu essen, ja, Mutter?“

„Nur zu“, sagte meine Mutter. „Und bring mir doch bitte noch eine Grünkernbulette mit, wenn du schon dabei bist!“

„Den Lachs kannst du ruhig essen, den habe ich selbst gefangen!“, warf mein Vater mit stolzgeschwellter Brust ein.

„Selbst gefangen, ach ja?", grölte Onkel Robert und stieß klirrend mit seinem Glas an das von Onkel Otto. „Als wenn du irgendwas fängst außer Mücken, da oben!" In diesem Moment lief ein kleines Mädchen an mir vorbei, ein kleines Mädchen von vier oder fünf Jahren, in einem weißen Kleidchen und dazu passenden Schnallenschuhen.

„Huch!", sagte ich verdutzt und sah ihm hinterher. „Ein Kind? Wo kommt denn das Kind her?"

Mama lächelte verklärt. „Das ist Emily, die Großnichte von Jürgens zweiter Ehefrau", erklärte sie und legte den Kopf schief, um mich forschend zu mustern. „Niedlich, die Kleine, was?"

„Ja, doch, ganz niedlich."

Meine Mutter seufzte theatralisch. „Hach, wenn ich doch auch nur Großmutter wäre!"

„Tja", sagte ich. „Mutter, da kann ich leider nicht mit dienen. Aber ich bringe dir eine Grünkernbulette, versprochen!"

Harald stand immer noch mit Schmollmund und verschränkten Armen hinter mir, als ich mich umdrehte. „Los", sagte er, „komm mit, ich will dir was zeigen!"

„Was denn?"

„Tante Ruth", sagte Harald mit blitzenden Augen. „Los jetzt, komm mit! Du hast es versprochen!"

„Ich hab gar nichts versprochen", sagte ich, aber ich ging trotzdem hinter ihm her. Immerhin kannte ich Tante Ruth aus Ottawa noch nicht, meine anderen Verwandten hingegen schon mein ganzes Leben lang. Und etwas Abwechslung konnte, das weiß jedes Kind, ja schließlich nicht schaden.

„Komm schon, die musst du dir ansehen, die sieht total schräg aus!", rief Harald und führte mich durch die Menge, geradewegs auf einen Tisch ganz am Rande des Saals zu.

„Ja, wie denn?", fragte ich desinteressiert und winkte erst Tante Margot und dann Cousine Petra zu. Aber Harald hörte mich nicht. Er stapfte unbeirrt geradeaus und blieb vor einem Stuhl stehen, auf dem eine Frau mit dem Rücken zu uns saß, zwischen Detlef und Jochen, zwei unserer anderen kinderlosen Cousins. „Hallöchen!", rief er. „Tante Ruth! Ich will dir wen vorstellen!"

Ich sah nur dunkle Locken, im Nacken zu einem wilden Pferdeschwanz gebändigt. Und dann drehte sie sich zu uns um und stand langsam auf. Und mir blieb die Luft weg.

Warum ich meine Tante Ruth noch nicht kannte? Tja, die Vorsehung hat es so eingerichtet, dass meine Eltern sich erst spät im Leben begegnet sind und sich noch sehr viel später – kurz nach Haralds auch nicht mehr ganz taufrischen Eltern – entschlossen haben, ein Kind in die Welt zu setzen. Das Ergebnis bin ich, ausgestattet mit einem zierlichen Körper, hellbraunen Augen und goldblonden Locken.

Zwanzig Jahre vor meiner Geburt hatte sich der ältere Bruder von Großonkel Otto nach Kanada abgeseilt, um dort Geschäfte zu betreiben, welcher Art auch immer sie waren. Zehn Jahre später, im stolzen Alter von knapp Mitte fünfzig, vermählte er sich, mit einer Angestellten, wie man munkelte, und wurde noch Vater. Und so kommt es, dass meine Tante Ruth aus Ottawa nur zehn Jahre älter als ich ist.

Und schön wie sonst keine.

Na ja, jedenfalls so interessant wie sonst keine.

„Also, Tante Ruth, das hier ist Piri", sagte Harald wichtigtuerisch und kratzte sich das Ziegenbärtchen, das er sich in den letzten Monaten hatte stehen lassen. „Meine Cousine. Und deine ... äh, deine ..." Hilflos sah er erst mich an und dann Tante Ruth, aber keine von uns machte Anstalten, ihm bei der Suche nach der richtigen Verwandtschaftsbezeichnung beizustehen. Stattdessen sahen wir uns an. Das heißt, ich sah zu ihr auf. Sie war nämlich ein ganzes Stück größer als ich und auch als Harald.

Mein Blick wanderte über ihre wilde Lockenpracht hinunter zu ihrem leicht dunkelhäutigen Gesicht mit den vollen Lippen, der schmalen Nase und der asiatisch geschwungenen Augenpartie. Ihre Augen selbst aber waren hell. Bernsteinfarben, könnte man sagen. Solche Augen hatte ich noch nie im Leben gesehen.

„Äh, hallo", sagte ich schließlich und streckte die Hand aus.

Tante Ruth verzog ihren Mund zu einem halb amüsierten, halb spöttischen Lächeln und nahm meine Hand zwischen ihre. „Hallo, Piroschka. Freut mich, dich kennen zu lernen. Ich habe schon viele Fotos von dir gesehen." Sie sprach perfekt deutsch, mit einem leichten, weichen Akzent, ihre Stimme klang trotzdem rau, und in meinem Bauch begann es zu kitzeln.

„Ich von dir leider nicht." Das stimmte, ich hatte nicht mal ein einziges Foto von ihr gesehen. Keiner von uns. Deshalb waren wir ja auch so überrascht. Nicht nur Harald und ich, sondern auch Jochen und Detlef, die die ganze Zeit über interessiert zu uns aufsahen.

Tante Ruth lachte ein fröhliches Lachen, und eine Unzahl von niedlichen Fältchen verzierten ihr ohnehin schönes Gesicht. „Das macht nichts", sagte sie. „Aber du bist auf jeden Fall in natura noch hübscher als auf den Bildern."

Ich schwieg überrascht, ich konnte einfach nichts sagen.

Auch Harald starrte mit offenem Mund von Tante Ruth zu mir und wieder zurück. Dann klappte er ihn zu. Und machte ihn wieder auf. „Ja, stimmt", sagte er und wiegte sich angeberisch in den Hüften. „Ich sag auch immer: Schade, Piri, dass du meine Cousine bist!"

Jochen und Detlef klopften sich grölend auf die Schenkel, aber Tante Ruth ließ mich nicht aus den Augen. „Ich glaube, mein lieber Harald, auch wenn es anders wäre, würde es dir nichts nützen", sagte sie mit einem sarkastischen Unterton. „Nicht wahr, liebe Piri?"

Ich lächelte schwach. Ich konnte noch immer nichts sagen. Mein Herz schlug viel zu schnell, mir war schon ganz übel davon.

„Was?", fragte Harald irritiert. „Was meinst du damit?"

Tante Ruth richtete ihren bernsteinfarbenen Blick auf ihn. „Blutschande", raunte sie. „Verstehst du?"

Harald lachte albern. „Also wirklich, Tante Ruth!", rief er entrüstet. „Das interessiert doch heute keinen mehr!"

„O doch", nickte sie ernst. „Und ob. Außerdem, weißt du, lieber Harald, die Anziehungskraft zwischen eng miteinander aufgewachsenen Familienmitgliedern ist in der Regel gleich null. Das ist als ein natürlicher Schutz vor Inzest anzusehen, vor missgebildeten Kindern. Es gibt da sehr interessante Untersuchungen: In Indien zum Beispiel werden viele Kinder zusammen aufgezogen, die einander versprochen sind. Und diese Ehen halten dann in der Regel nicht lange." Sie sah zu mir. „Wenn verwandte Kinder miteinander aufwachsen, dann führt das eher zu sexueller Feindseligkeit. Zu tiefer Abneigung und unglücklichen Ehen." Sie zog die Brauen hoch und lächelte mich an. „Oder findest du Harald begehrenswert?"

„Öh", sagte ich überrumpelt. „Nein, absolut nicht."

Jochen und Detlef grölten schon wieder, diesmal allerdings eine Spur leiser. Harald kniff grimmig die Lippen zusammen. „Pöh", sagte er dann beleidigt. „Pöh, du hast ja gar keine Ahnung, Piri!"

Tante Ruth sah ihn wieder an. So lange, bis er den Kopf senkte und seine Schuhspitzen betrachtete.

„Komm, Harald!", rief Jochen. „Komm, trink mal einen Schnaps! Wir drei Junggesellen zusammen!"

„Und wir", sagte Tante Ruth weich, „wir gehen jetzt zum Buffet, liebe Piri."

Das war der erste Befehl, den Tante Ruth mir erteilte. Und er klang göttlich in meinen Ohren.

Ich trottete wie betäubt hinter ihr her zum Buffet. Tante Ruth häufte sich gnadenlos auf, aber mir war der Hunger vergangen. Irgendwie war mir nämlich immer noch übel. Und so legte ich nur eine Grünkernbulette auf meinen Teller. Tante Ruth drehte sich zu mir um, und ihr bernsteinfarbener Blick fiel auf mein Gesicht.

„Meine liebe Piroschka", sagte sie und biss in eine Olive. „Ich komme bald einmal nach Osnabrück."

„Nach Osnabrück?", wiederholte ich dümmlich, und meine Stimme zirpte wie eine schlecht gestimmte Violine. „Was für ein Zufall!"

Tante Ruth sah mich an und schüttelte langsam den Kopf, während sie schluckte. „Zufälle gibt es nicht, Piri", sagte sie ernst. „Du musst wissen, dass ich einen Job in Osnabrück angeboten bekommen habe und mich mit dem Gedanken trage, in die Stadt überzusiedeln. Aber dazu müssen natürlich erst mal die Bedingungen stimmen."

Unter ihrem Blick wurde ich sofort nervös. „Und welche?", fragte ich und lachte albern. „Ich meine, was für Bedingungen bräuchtest du da?"

„Das sollten wir am besten gemeinsam klären", sagte Tante Ruth ruhig. „Wie auch immer, ich hoffe, du führst mich herum. Du, und nicht Harald!" Und dann lachte sie herzlich.

Den Rest des Abends saß ich ziemlich stumm da, sah zu, wie meine Mutter die Grünkernbulette verzehrte und dann eine zweite, und errötete jedes Mal wieder von neuem, wenn Tante Ruths samtener Blick auf mich fiel.

Onkel Ferdinands bullerndes Gelächter, Mamas Gekichere, Papas beschwipstes Lachen, alles flog an mir vorbei. Meine Verwandtschaft kennt mich seit jeher als vorlaute Göre, die mit Harald um Aufmerksamkeit buhlt, wenn nötig mit Schreien, Kreischen und Weinen, aber an diesem Abend war ich ausnehmend still.

Sogar Harald fiel das auf. Ein paar Mal kam er vorbei, er hatte längst wieder gute Laune und die Kränkung vergessen; nachtragend ist er nicht, das muss man ihm lassen.

Überhaupt, so übel ist er im Grunde ja gar nicht. Nur eben nervig, das schon.

„Ist dir nicht gut?“, fragte er schließlich besorgt, als ich auf seine Späßchen nicht einging.

„Doch.“ Mir war gut. Mir war nur komisch.

Und als Tante Ruth schließlich ging und mir winkte, von weitem, da war mir erst recht komisch zu Mute.

„Komm, trink einen Schnaps!“, rief mein Vater, und das war in der Tat eine gute Idee.

Zwei Wochen später kam sie tatsächlich nach Osnabrück. An einem diesigen Oktobermorgen hielt ihr Mercedes vor meinem Haus, und ich lief ihr eilig entgegen.

„Hallo, Tante Ruth!“

„Das Tante“, sagte sie und stieg aus dem Wagen, „kannst du von nun an ruhig lassen. Und jetzt zeig mir doch erst mal die Stadt!“

„He, Tante Ruth!“, brüllte Harald aus seinem Fenster im Obergeschoss. „Wie geht's denn so? Bist du gekommen, weil du Sehnsucht nach mir hattest?“

Tante Ruth sah zu ihm auf und lächelte breit. „Nicht nach dir“, rief sie hinauf. „Sondern nach ihr!“, und sie zeigte auf mich.

Harald klappte verschnupft sein Fenster zu, und ich musste grinsen. Tante Ruth lächelte auch. „Aber weißt du, mein Schätzchen, das meinte ich ernst“, sagte sie, und ihre bernsteinfarbenen Augen durchbohrten mich fast.

Eine gute Stunde später war unser Rundgang schon beendet, so groß ist die Stadt schließlich nicht. An der alten Stadtmauer blieben wir stehen. „Übrigens hat Osnabrück genauso viele Einwohner wie Halifax“, sagte ich und nickte gewichtig. „Nicht so viele wie Ottawa, aber so viele wie Halifax. Sogar ein bisschen mehr!“

„Nein!“, rief Tante Ruth.

„Doch. 280.000, genauer gesagt. Halifax hat nur 276.000. Also, ohne die Gemeinden drumrum. Nur die reine Stadt Halifax." Ich hatte mich extra erkundigt.

„Sag bloß", sagte Tante Ruth und klatschte in die Hände. „Das sollten wir feiern!"

Verlegen wand ich mich ob ihres fast spöttischen Lächelns. „Jetzt hast du, glaube ich, alle Sehenswürdigkeiten gesehen." Ich zuckte mit den Schultern.

„Das glaube ich nicht", sagte Tante Ruth und starrte mich an. „Die wichtigste, die fehlt noch."

„Die wichtigste?" Ich lachte nervös und betrachtete verlegen meine Handflächen, bevor ich sie sittsam zusammenschlug. „Ich weiß nicht. Welche sollte das sein?"

Tante Ruth beugte sich vor und nahm meine Hände in ihre. „Die wichtigste Sehenswürdigkeit in dieser Stadt, in diesem Land, auf diesem Erdteil bist du", sagte sie ruhig und beugte sich noch weiter vor. „Und jetzt will ich dich sehen."

Und das war ihr zweiter Befehl.

Seitdem sind wir zusammen. Tante Ruth wohnt jetzt bei mir, im Obergeschoss, Platz ist ja genug. Denn Harald ist fortgezogen, nach Malle, zu seinen Eltern, und hat mir seine Haushälfte verkauft.

„Ich kann das nicht ertragen", hat er beleidigt gesagt. „Das ist doch Blutschande, was ihr da treibt! Das halt ich nicht aus!"

Ich bin jetzt glücklich. Mit Tante Ruth. Offiziell nenne ich sie Ruth, aber insgeheim nicht. Und manchmal, wenn wir zusammen im Bett liegen, nenne ich sie ebenfalls so, mit zärtlicher Stimme. Dann lacht sie und freut sich.

Und manchmal frage ich sie: „Ist das nicht Blutschande, was wir hier treiben?"

„Nein, Piri", sagt sie dann. „Das mit uns, das ist Anziehungskraft. Das ist Liebe. Und dagegen kann man nichts tun. Nicht das Geringste. Und ich will das auch gar nicht."

Und dann schmunzelt sie und schlingt ihre langen Arme um mich, und ich schmiege mich an sie.

Onkel Otto hat schallend gelacht, als ich ihm erzählt habe von mir und Tante Ruth. Beim Fußballgucken vorm Fernseher natürlich. „Ach, stimmt ja, du stehst ja auf Frauen! Na siehst du, das passt doch zu unserer Familie!“, hat er gerufen. „Denn ihr kriegt nun bestimmt keine Kinder! Das passt doch!“

Und das, Großonkel Otto, finde ich auch.

Frühauff, Gronbach und Partner

Klar war das vorauszusehen. So was kann ja nicht gut gehen, und das wusste ich auch. Aber ich hab's eben trotzdem getan.

Wer mit dem Feuer spielt, der kommt darin um, heißt es. Ich bin nicht darin umgekommen. Aber ich habe mich gehörig verbrannt.

Und trotzdem – ich würde es jederzeit wieder tun.

„Gut", sagte sie und klappte meine Mappe zu. „Sie möchten also unser Team komplettieren, Frau Schott."

Die Art, wie sie meinen Namen aussprach, ließ mir einen kleinen Schauer die Wirbelsäule hinunterlaufen. Es lag eine gewisse Bestimmtheit in ihrem Tonfall, aber zugleich auch etwas Weiches, Verführerisches – wie das Schnurren einer Katze, die einen zum Streicheln auffordert und dennoch zum Kratzen bereit ist.

„Ja, das würde ich gern.“ Ich sah ihr nicht ins Gesicht, sondern auf meine Mappe. Wenn ich sie ansähe, würde sie merken, was los war.

Ihre gepflegten Hände lagen ordentlich über der Mappe gefaltet. Sie hatte kurze, sorgfältig gefeilte Fingernägel. Während ich die perfekten Halbmonde betrachtete, ging mir auf, dass meine Chancen eventuell gar nicht so schlecht waren.

Frauen mit langen Fingernägeln sind schwerer rumzukriegen als Frauen mit kurzen. Das ist so. Ich weiß es. Frauen mit langen Fingernägeln sind einfach nicht gewohnt, andere Frauen zu berühren. Ich wette, sie denken noch nicht mal daran. Frauen mit kurzen Fingernägeln mögen vielleicht ebenfalls nicht daran denken, aber ich glaube, unbewusst sind sie eher dazu bereit.

Das alles ging mir durch den Kopf, während ich Dorothee Gronbachs gepflegte Fingernägel betrachtete. Und dann hob ich langsam den Blick.

Sie sah mich prüfend an. Und sie lächelte. Ganz leicht nur. Aber es war eindeutig ein Lächeln.

Sie drückte einen Knopf auf der Gegensprechanlage und beugte sich vor, ohne mich aus den Augen zu lassen.

„Ja?“, flötete die Sekretärin aus dem Vorzimmer.

„Frau Holz, bitte seien Sie doch so nett und zeigen Sie Frau Schott ihren künftigen Arbeitsplatz.“ Dorothee Gronbachs dunkle Augen glitten an meinem Oberkörper hinab und wieder hinauf. Ich wusste, dass mir mein weißes Hemd ausnehmend gut stand. Ich sah klasse aus, und das stellte sie offensichtlich in diesem Moment auch gerade fest.

„Aber natürlich, Frau Gronbach“, gurrte Frau Holz.

Meine neue Chefin richtete sich auf und faltete die Hände wieder über meiner Mappe. Aus den Augenwinkeln sah ich, dass ihre Daumen leicht über den glatten Pappdeckel strichen. Wieder rann ein Schauer meine Wirbelsäule hinunter.

„Ich freue mich“, sagte ich ruhig.
„Ich freue mich auch.“

Um es gleich vorwegzunehmen: Ich bin nicht gerade die große Nummer in meinem Beruf. Ständig vergesse ich die neuesten Paragraphen und wichtige Gesetzesänderungen, nur selten fallen mir konstruktive Vorschläge ein, und wenn, dann kann ich sie schlecht erklären und noch schlechter durchsetzen. Aber ich habe in Ermangelung einer besseren Idee nun mal Betriebswirtschaft studiert, und bis mir eine gute Alternative einfällt, bleibe ich wohl oder übel dabei. Außerdem hat der Job ja auch Vorteile: Ich verdiene nicht schlecht. Und ich komme herum, dank zahlreicher Fortbildungen und Strategieseminare. Und außerdem lernt man manchmal hochattraktive Frauen kennen. Frauen wie Dorothee Gronbach.

Frühauff, Gronbach und Partner, Management Consulting GbR residieren in einem aufwendig restaurierten Jugendstilhaus neben dem Breitenbachpark und gelten als eine der nobelsten und am meisten angesehenen Firmen der Branche. Meinen ehemaligen Kommilitonen blieb fast die Spucke weg, als sie hörten, wo ich gelandet war. Ich für meinen Teil denke, ich habe den Job nur bekommen, weil ich zum richtigen Zeitpunkt anrief, ein gutes Zeugnis vorlegen konnte und Dorothee Gronbach gefiel. Das Zeugnis war übrigens selbst geschrieben, aber das wusste kein Mensch. Mein vorheriger Arbeitgeber war Pleite gegangen, und kurz vor dem Konkurs hatte ich mir selbst ein Zeugnis ausgestellt und von Hübner unterschreiben lassen, der damals bereits vollkommen den Überblick verloren hatte.

Neben Dorothee Gronbach gab es noch zwei weitere Chefs: Herrn Frühauff, einen hochgewachsenen Mittfünfziger, der ausschließlich Armani-Anzüge trug, und Herrn Hauck, der seinen leicht ausgeprägten Klumpfuß durch besonders schnelles Gehen zu kaschieren versuchte. Herr

Frühauff war nahezu ausschließlich im Außendienst unterwegs, und bei den wenigen Gelegenheiten, bei denen ich ihn zu Gesicht bekam, grüßte er wortlos und bedachte mich mit einem ernsten, nachdenklichen Blick. Herr Hauck wiederum schien sich nie so recht erinnern zu können, wer ich eigentlich war.

Obwohl ich offiziell eigentlich Herrn Frühauff unterstand, war Frau Gronbach diejenige, die mich eingestellt und eingeladen hatte, mich mit offenen Fragen an sie zu wenden. Ich hatte versichert, bei Bedarf darauf zurückzukommen. Und das würde ich auch mit Sicherheit tun. Ich musste mir nur noch die passende Frage einfallen lassen.

Wenn Frau Gronbach im Flur an mir vorbeirauschte, hielt ich jedes Mal für einen Moment inne, um mich zu sammeln. Ihr Parfum, das vielleicht eine Spur zu blumig duftete, aber dennoch gut zu ihr passte, war so intensiv, dass ich es noch lange, nachdem sie einen Raum verlassen hatte, riechen konnte.

„Mein Gott, nun bleib doch nicht ständig einfach so stehen", sagte Kolja, mein Schreibtischnachbar, eines Tages verärgert zu mir, nachdem er im Flur gegen mich geprallt war. Das war der Moment, in dem ich zu handeln beschloss.

Eigentlich bin ich der Meinung, dass man sich möglichst an seinesgleichen halten sollte. Vorausgesetzt, man weiß, wer seinesgleichen sind. Was mich angeht, zählte Dorothee Gronbach jedenfalls bestimmt nicht dazu. Sie war genau der Typ Frau, um den ich normalerweise einen großen Bogen mache: gutaussehend, schlank, mit langen Gliedmaßen, elegant gekleidet, äußerst gepflegt und ziemlich gesittet. Hinter einer derart ansprechenden Fassade vermute ich stets eine mehr oder minder ausgeprägte Biederkeit, die sich nicht zuletzt in einer Art geistiger Enge ausdrückt, und das stößt mich ab.

Aber bei ihr steckte etwas anderes hinter dieser Fassade, und ich wollte herausfinden, was. Und ich wollte es nicht nur herausfinden – ich wollte es spüren. Deshalb tat ich das, was ich tun wollte. Und das ist ein verdammt großer Unterschied zu dem, was ich tun sollte.

„Sie müssten sich in dieser Frage eigentlich an Herrn Frühauff wenden. Herr Frühauff ist für alle Klienten in Süddeutschland der maßgebliche Ansprechpartner, Frau Schott." Dorothee Gronbach lehnte sich zurück und musterte mich, wieder ein unergründliches Lächeln auf den Lippen.

„Ich komme lieber zu Ihnen." Ich saß leicht vornübergebeugt und grinste sie an. Voller Befriedigung sah ich, dass sie ein wenig errötete.

„Warum?"

„Aus persönlichen Gründen."

Sie lachte auf, ein kurzes, glasklares Lachen, und mein Herz fing an, schneller zu klopfen.

Sie fasste sich schnell. „Ich beobachte Sie", sagte sie leise. Ihre dunklen Augen fixierten mich scharf. „Ich beobachte Sie ganz genau."

Es war ein heikler Moment, und ich ließ ihn langsam verstreichen. Ich saß einfach da, die Hände locker im Schoß, und erwiderte ihren bohrenden Blick. Ich war unangemeldet hereingekommen und hatte ihr eine fadenscheinige Frage im Hinblick auf einen Klienten gestellt, und wenn sie nicht völlig beschränkt war, musste ihr klar sein, was los war.

Natürlich war sie nicht völlig beschränkt.

„Wissen Sie eigentlich, dass ich ..." Sie zögerte kurz, dann fand sie das richtige Wort. „... dass ich liiert bin?"

„Das stört mich nicht", sagte ich und grinste sie noch breiter an. Nach einer Weile grinste sie auch.

„Sie sind ziemlich zielstrebig. Kann das sein?", fragte sie leise und klopfte mit ihrem Stift auf ihr Knie.

„Kommt ganz darauf an."

„Und worauf kommt es in diesem Fall an?"

„Auf das, was Sie daraus machen.“

Sie warf den Stift auf den Tisch und verschränkte die Hände darüber. Mit hochgezogenen Brauen starrte sie mich an.

Es war dieser winzige Augenblick in der Schwebe zwischen Lassen und Tun.

Ich hab’s getan.

„Auf Wiedersehen, Frau Gronbach“, sagte ich und stand langsam auf. „Ach ja – eins noch. Manchmal, wenn schönes Wetter ist, gehe ich nach Feierabend gerne die Hofmeisterstraße hinunter und quer durch den Park zum Anlegesteg. Nur so zur Information.“

Sie holte mich mitten im Park ein. Ihr erstauntes Lächeln, als sie mich begrüßte, schien so echt, dass ich für einen Moment irritiert war. Aber dann, als sie mich von unten herauf ansah, gewann ich die Fassung zurück.

„Erst einen Kaffee?“, fragte ich.

Sie schüttelte den Kopf, und ihre Augen leuchteten vor unterdrückter Erregung.

Der Fußweg vom Park zu mir nach Hause dauerte knapp zehn Minuten, und in diesen zehn Minuten sprachen wir kaum. Sie ging lässig neben mir her, mit weit ausholenden Schritten, wobei ich mich fragte, wie ihr das gelang, bei den hohen Absätzen. Einmal hörte ich sie leise vor sich hin summen, aber sie verstummte sofort, als ich ihr einen Blick zuwarf.

Sie schwieg, als ich die Haustür aufschloss, und sie schwieg auch, während wir die Treppe hinaufstiegen, ich vorneweg und sie hinter mir, und ihr Blick brannte Löcher in meinen Nacken.

Drinnen setzte sie sich auf das Sofa und verschränkte die Hände über den Knien, genauso souverän wie im Büro, und das gefiel mir. Ich bot ihr Kaffee an, den sie ablehnte, und Wasser, das sie dankend annahm, aber ich ließ sie nicht zu Ende trinken.

Ich nahm ihr das Glas aus der Hand, beugte mich vor und küsste sie, und die Heftigkeit, mit der sie mich ebenso unvermittelt an sich zog, brachte mich schlagartig aus dem Konzept. Sie riss mich an sich und warf sich rücklings aufs Sofa, und dann lag ich schon auf ihr. Ihre Hände zerrten an meinem Hemd, und sie stöhnte in meinen Kragen.

„Komm schon, komm!", murmelte sie und biss mich im nächsten Moment in den Hals. Ich musste alle Kraft aufbieten, um sie festzuhalten, und einen Moment lang fragte ich mich, ob ich mich nicht überschätzt hatte. Ich hatte Dorothee Gronbach für sexy und attraktiv und eine potentiell heiße Nummer im Bett gehalten, aber sie war weitaus mehr. Sie war ein Orkan, der zunehmend an Intensität gewann und mich glatt überrollen würde, wenn ich nicht aufpasste. Und das war leichter gesagt als getan.

Sie zog mich vom Sofa auf den Boden, und als ich kurze Zeit später nackt über ihr lag, merkte ich, dass ihre Nägel doch nicht ganz so kurz waren, wie ich gedacht hatte. Es tat weh, als sie ihre Finger in meinen Rücken krallte, und als ich zusammenzuckte, lachte sie auf.

„Das hast du nicht erwartet, wie?", flüsterte sie, und so war es ja auch.

Als ich an diesem Abend erschöpft in mein Bett fiel, fühlte ich mich nicht gerade wohl. Mein zerkratzter Rücken tat mir weh, meine Armmuskeln zitterten, und überhaupt war mir flau zumute. Dorothee Gronbach hatte mich über alle Maßen strapaziert, sie hatte mich zu Höchstleistungen angespornt und gelacht, wenn ich schlappzumachen drohte.

„Du wolltest doch, oder? Dann mach auch", sagte sie ein-, zweimal zu mir, und jedes Mal rann mir ein Schauer den Rücken hinunter. Allerdings nicht vor Behagen.

Ich hatte mich tatsächlich überschätzt. Oder vielleicht hatte ich Dorothee Gronbach auch unterschätzt. Jedenfalls beschloss ich, als sie endlich gegangen und ich mit letzter Kraft in mein Bett gekrochen war, dass es bei diesem einen Mal bleiben sollte. Ich hatte bekommen, was ich wollte. Ich hatte das Spielchen gewonnen. Und das reichte mir.

Aber ihr nicht.

Am nächsten Tag bestellte sie mich zu sich ins Büro.

„Gehst du zu Frühauff?“, fragte Kolja, als ich an seinem Schreibtisch vorbeikam.

„Nein“, sagte ich und hoffte, dass er mir meine Verlegenheit nicht ansah. „Zu Frau Gronbach. Frühauff ist doch verreist, oder?“

„Ich dachte, ich hätte ihn vorhin gesehen. Wie ist es, kommst du heute mal mit in die Kantine?“

Nahezu die ganze Belegschaft ging mittags in der Kantine des gegenüberliegenden Finanzamtes essen, aber ich war selten mit von der Partie. Das firmeninterne Geschwätz langweilte mich unsagbar. Mich interessierte einfach nicht, ob Frühauff Probleme mit seiner Frau hatte und was Haucks Sekretärin mit dem Abteilungsleiter Ausland trieb. Meistens sah ich dabei nur aus dem Fenster, und wenn ich mal zuhörte, war mir kaum einer der Namen, die fielen, geläufig.

Aber diesmal nahm ich Koljas Einladung dankend an. Und sei es auch nur, um Dorothee Gronbach entfliehen zu können, falls nötig.

Mit langsamen Schritten ging ich aus unserem Büro hinaus, nickte Herrn Frühauff zu, der mir mit finsterer Miene aus dem Vorzimmer entgegenkam, und holte tief Luft, bevor ich zu Dorothee Gronbach hineinging.

Ich würde ganz ruhig bleiben, schwor ich mir. Ich würde mir anhören, was sie zu sagen hatte, ihr für die schönen Stunden danken und erklären, dass wir das Ganze am besten dabei belassen sollten und basta.

Und dann würde ich gehen.

Aber so einfach war es dann doch nicht.

Als ich die Tür zu Dorothee Gronbachs Büro öffnete, hockte sie gespannt hinter ihrem Schreibtisch und sah mir erwartungsvoll entgegen. Ihre Augen blitzten, als sie sich vorbeugte.

„Bitte die nächsten zwanzig Minuten nicht stören, Frau Holz", sagte sie in die Sprechanlage, schaltete sie aus und stand auf. Sie ließ mich nicht aus den Augen, während sie begann, sich langsam die Bluse aufzuknöpfen. Ich sah, wie ihr BH zum Vorschein kam und der obere Rand ihres Slips, als sie den letzten Knopf ungeduldig aufriss.

„Komm her", flüsterte sie drängend.

In diesem Augenblick hätte ich noch ablehnen können. Aber ich hab's nicht getan. Weiß der Teufel, warum.

„Bist du sicher?", fragte ich vorsichtig.

„Halt den Mund und komm her", sagte sie leise. Ihre Lippen waren feucht und glänzten, und als sie sich mit der Zunge darüberfuhr, setzte ich mich in Bewegung.

Noch während ich auf sie zuging, wurde mir klar, dass ich im Begriff war, einen Fehler zu machen. Dies hier war eine Nummer zu groß für mich. Dies hier war ein Spiel, dessen Regeln ich nicht mehr bestimmte.

„Hör mal ...", begann ich, aber dann verstummte ich wieder. Einen halben Meter vor ihr blieb ich stehen. Ich wusste nicht mehr, wie ich sie ansprechen sollte. Dorothee? Doro? Oder lieber Frau Gronbach? Für den Fall, dass die Sprechanlage doch noch eingeschaltet war?

„Mach dein Hemd auf", sagte sie grob.

Ich erstarrte.

Sie trat einen Schritt nach vorne, packte mich am Kragen und zerrte mich zu sich heran. Reflexartig stieß ich sie weg. Ihre Hand zitterte unter meinem Griff, und auf ihren Wangen erschienen rote Flecken.

„Komm schon", zischte sie. „Wir haben nur zwanzig Minuten." Ihre dunklen Augen fixierten mich.

Ich wusste einfach nicht, was ich tun sollte, geschweige denn, was ich tun wollte. Der Unterschied hatte sich verwischt. Dorothee Gronbach war zweifellos eine heiße Nummer. Nur – mir war sie entschieden zu heiß.

Aber das sah sie anders.

„Komm schon", zischte sie erneut, beugte sich vor und biss mich in den Hals, und ihr heißer, feuchter Mund auf meiner Haut machte mich wehrlos. Ich presste sie an mich. Mit einer Hand fuhr ich unter ihren BH, mit der anderen in ihren Slip, und bereitwillig öffnete sie die Beine und schob ihr Becken nach vorne.

Ich bugsierte sie näher an den Schreibtisch, damit sie sich abstützen konnte, und dann legte ich los.

Ich glitt so schnell und mühelos mit drei Fingern in sie hinein, dass sie nach Luft schnappte.

„Ja, mach", keuchte sie und hob den Kopf. Ihre Augen waren wie dunkle, scharf geschliffene Pechsteine. Ich stieß zu, und dann noch mal, und dann ballte ich meine Finger zur Faust. Sie lachte, und dann zog sie ein Bein an, um mir Platz zu schaffen, und im nächsten Moment passierte alles auf einmal.

Dorothee Gronbach verlor das Gleichgewicht und kippte nach hinten, und mich zog sie mit sich. Mit einem Riesengetöse warfen wir den Schreibtisch, ein elegantes Chromgebilde, um. Die Glasplatte zerbrach zwar nicht, dafür aber die Lampe, die darauf gestanden hatte, und der Scherbenregen unterlegte das dumpfe Gekrache mit einem hellen Geklirr, in dem auch das Knallen der Tür unterging.

Als ich mich aufgerappelt und umgedreht hatte, stand ich Herrn Frühauff gegenüber. Hinter ihm lugte Frau Holz verwirrt in den Raum.

Dorothee Gronbach setzte sich schwer atmend in ihren Bürostuhl und zog ihre Bluse über dem offenen BH zusammen, ohne mich anzusehen. Herr Frühauff schwieg, während er das Chaos betrachtete und seine Augen schließlich auf seine Geschäftspartnerin richtete. Seine Lippen waren fest zusammengepresst.

„Frau Holz", sagte er schließlich, ohne sich zu ihr umzudrehen. „Seien Sie doch so nett und schließen Sie die Tür. Aber von außen."

Frau Holz zuckte zusammen und zog leise die Tür hinter sich zu. Dann herrschte Stille.

Ich als Kompagnon wäre in einer derart kompromittierenden Situation sofort wieder gegangen, um meine Partnerin nicht noch mehr in Verlegenheit zu bringen, aber Herr Frühauff blieb da. Er starrte Dorothee Gronbach an, und sie starrte zurück. Keiner von beiden beachtete mich.

Ich stopfte mein Hemd in die Hose, so unauffällig wie möglich, und trat näher zur Tür.

„Frau Schott, Sie gehen am besten zu Tisch", sagte Dorothee Gronbach schließlich. Herr Frühauff starrte sie immer noch an, und sie starrte immer noch unbewegt zurück. Die beiden schienen ihr ganz persönliches Ding miteinander laufen zu haben, und ich war heilfroh, dass ich mich davonmachen konnte. Obwohl ich fand, dass Dorothee Gronbach mich durchaus eines Blickes hätte würdigen können. Immerhin hatte sie mich ja quasi verführt, wenn man das so sehen wollte.

Und ich zumindest wollte es so sehen.

„Sag mal, hast du nicht eigentlich noch Probezeit?", fragte Kolja und biss in seine Ofenkartoffel.

„Ja, noch drei Wochen." Die anderen aus unserer Abteilung waren schon in die Kantine gegangen, als ich aus Dorothee Gronbachs Büro gekommen war, aber Kolja hatte netterweise auf mich gewartet. Ich hatte allerdings keinen Appetit. Auf meinem Tablett stand nur ein Kaffee, und auch den hatte ich noch nicht angerührt.

Kolja unterdrückte ein Rülpsen. „Und – wie sieht's aus? Möchtest du bleiben?"

„Och“, antwortete ich und sah aus dem Fenster. „Vielleicht.“ Bis vor einer Stunde hätte ich diese Frage auf jeden Fall mit ja beantwortet, aber jetzt war ich mir nicht mehr so sicher.

Kolja kümmerte sich nicht weiter um meine vage Antwort. „Hast du Frühauff gerade gesehen?“, fragte er weiter. „Mann, der hat ja gedampft!“

Frühauff war im Flur grußlos an uns vorübergestürmt. Schon der Gedanke an ihn machte mich nervös, und deshalb hob ich die Tasse und nippte am Kaffee, um mich abzulenken.

„Ich glaube, die haben einen heftigen Ehekrach“, sagte Kolja und schob sich ein Stück Kotelett in den Mund.

Ich verschluckte mich fast an meinem Kaffee. „Ehekrach? Wieso Ehekrach?“

Kolja blickte ungläubig auf. „Na, Frühauff ist doch mit der Gronbach verheiratet“, sagte er. „Wusstest du das denn nicht?“

„Wie ... aber wieso heißt sie denn Gronbach?“

„Mein Gott“, sagte Kolja und sah mich mitleidig an. „Noch nie was vom Namensrecht gehört, wie? Kann doch jeder bei der Heirat seinen Namen behalten. Na, ist ja der Hammer, dass du das mit den beiden nicht wusstest! Kommt davon, wenn du nie mit uns in der Kantine sitzt.“

Ich schluckte die Spitze, und dann stand ich auf und ging einfach weg. Meinen Kaffee ließ ich stehen.

Auf meinem Schreibtisch lag ein gelber Notizzettel: „Herr Frühauff wünscht Sie unverzüglich im Büro von Frau Gronbach zu sprechen.“

Die anderen waren alle noch in der Kantine. Leise schloss ich die Tür, setzte mich auf meinen Platz, schaltete den Computer ein und fing an zu schreiben. Eine Viertelstunde später verließ ich das Büro. Meine Tasche nahm ich gleich mit.

Frühauff lehnte an der Wand, und Dorothee Gronbach saß mit gefalteten Händen hinter ihrem Schreibtisch. Von dem Chaos, das hier noch vor einer guten halben Stunde geherrscht hatte, war fast nichts mehr zu sehen. Der Schreibtisch schien bis auf ein paar Kratzer an den Beinen unversehrt, die zerbrochene Lampe war fort und der Teppichboden ordentlich gesaugt.

Das Schweigen im Raum war so dicht, dass mir das Atmen schwer fiel.

Dorothee Gronbach wich meinem Blick aus. Ihr Haar saß nicht ganz richtig – die linke Außenwelle war verstrubbelt und am Ansatz ein wenig eingedellt –, und außerdem war es ihr nicht gelungen, sich wieder perfekt zu schminken. Ihr Lippenstift war am rechten Mundwinkel verschmiert, und wenn die Situation nicht derart angespannt gewesen wäre, hätte ich mit Sicherheit darüber gegrinst.

„Ich sehe, Sie haben Ihre Tasche dabei", sagte Herr Frühauff.

„Da sehen Sie richtig."

„Darf ich das so deuten, dass Sie *Frühauff, Gronbach und Partner* in beiderseitigem Einvernehmen verlassen?"

„Sie dürfen. Der Laden gefällt mir nicht, wissen Sie. Zu spießig hier."

Frühauff sah säuerlich drein, aber ich beachtete ihn nicht weiter und wandte mich Dorothee Gronbach zu. „Aber mit Ihnen, Frau Gronbach, hat's Spaß gemacht."

Als ich das Aufleuchten in ihren Augen sah, ahnte ich, dass die Ehekrise noch längst nicht vorbei war. Und selbst wenn, sie würde immer wieder aufflackern.

Keine Ahnung, ob ich die Erste für Dorothee Gronbach gewesen war. Die Letzte würde ich mit Sicherheit nicht sein.

„Wenn Sie mir noch diese letzte Anweisung unterschreiben würden. Ich lege sie dann auf Kolja Michelbergs Schreibtisch." Ich schob ihr das Blatt hin, und sie überflog den Text. Irritiert hob sie die Brauen, unterschrieb aber widerspruchlos.

An der Tür drehte ich mich noch einmal um.

„Eins noch ...“

Frühauff und Dorothee Gronbach sahen mich ausdruckslos an.

„Ihr Haar sitzt nicht ganz richtig, Frau ... Frühauff.“

Letzte Woche haben *Liebst & Renken* mich eingestellt. *Liebst & Renken* gehören zu den renommiertesten Firmen der Stadt, und sie haben mich mit Kusshand genommen. Herr Liebst war sehr angetan von meinen Zeugnissen, vor allem von dem von *Frühauff, Gronbach und Partner.* Es ist in der Tat das beste Zeugnis, das ich mir je ausgestellt habe, und noch dazu ist es original unterschrieben. Dorothee Gronbachs Unterschrift ist ein wenig verwischt, genau wie ihr Lippenstift beim Unterzeichnen.

Meine neue Chefin, Frau Renken, habe ich noch nicht kennen gelernt. Aber sie soll verdammt attraktiv sein – und ledig, wie meine Kollegen erzählen.

Ich hab extra danach gefragt.

Meine Welt

Ich habe noch nie gern renoviert. Diese scheußlichen Dämpfe, überall Schmutz und Farbtropfen, die einem genau ins Auge klecksen, wenn man gerade nach oben blickt – nein, das ist nicht meine Welt. Meine Welt ist eher das Denken. Die Sprache, das Feingeistige. Ich bin, so könnte man es sagen, vermutlich die klassische Intellektuelle.

Und das bin ich immer noch, auch wenn sich sonst alles verändert hat. Mein Leben. Die Dinge, die mir etwas bedeuten. Die Menschen, mit denen ich mich umgebe. Kurz gesagt: Meine Welt hat sich verändert. Und ich mich wahrscheinlich auch.

Es begann an einem ziemlich trüben Tag Anfang November in der Wohnung, in der ich jetzt lebe. Damals hatte ich sie gerade von Renate, einer entfernten Bekannten, übernommen und beschlossen, sie frisch streichen und renovieren zu lassen, bevor ich einzog. Eine weitere Freundin hatte mir einen Malerbetrieb empfohlen, der auch – das war mir wichtig – Frauen beschäftigte, und nach ein paar

Telefonaten war ich mit dem Chef handelseinig geworden. Er schickte mir eine Angestellte, die verschiedene kleine Schönheitsreparaturen und die Malerarbeiten erledigen würde. Ich hatte höchstens eine Woche dafür veranschlagt, denn ich hatte vor, tatkräftig mit anzupacken und mir dafür extra freigenommen.

An einem Montag im November kam sie also die Treppe hinauf, morgens um acht. Ich erwartete sie bereits an der offenen Wohnungstür, und als ich ihren dichten, dunklen Haarschopf über dem Treppenabsatz auftauchen sah, straffte ich die Schultern.

„Guten Morgen“, rief ich ihr entgegen. „Sind Sie die junge Dame von der Firma Zeske?“

Sie sah zu mir auf und stieg gemächlich weiter die Treppe hoch, und ich konnte sehen, dass sie saubere Arbeitskleidung trug – ein Flanellhemd mit einer Weste darüber, schwere dunkle Cordhosen und Stiefel –, dazu einen Werkzeugkasten in der linken Hand und Farbeimer samt Zubehör in der rechten. Wie ein Packesel beladen kam sie die Treppe hinauf und lächelte mich dabei schief an, und etwas in diesem Lächeln brachte mich aus der Fassung.

„Ja, klar, det bin ick“, sagte sie, als sie oben angekommen war, und stellte ächzend ihre Last ab. „Reckner, mein Name, von der Firma Zeske. Und Sie sind Frau Willen?“ Ich heiße Villain, aber sie sprach meinen Namen, der von hugenottischen Einwanderern abstammt, falsch aus, das heißt auf die typische Berliner Art: „Willen“ statt französisch langgezogen „Wi-jähn“. Trotzdem verbesserte ich sie nicht. Sonst korrigiere ich die Leute immer; täte ich es nicht, dann wüsste bald niemand mehr, wie man diesen altehrwürdigen Namen, der ja auch für Geschichte und Verfolgung steht, ausspricht. Aber bei ihr traute ich mich nicht recht. Sie sah so ... so imposant aus.

Also nickte ich bloß und reichte ihr die Hand, und sie nahm sie und drückte sie fest, fast ein bisschen zu fest. Zum Glück ließ sie schnell wieder los.

„So, was steht denn an?“, fragte sie und griff wieder nach ihrem Werkzeugkasten.

Ich trat einen Schritt zurück, um sie vorbeizulassen. Der Eingang war eng, und ihre Schulter stieß leicht gegen meine, als sie sich an mir vorbeizwängte. „So, denn woll'n wa mal zusehen, dat wir uns jut vertragen, wir zwee beede“, sagte sie, ging in die Küche und stellte ihre Werkzeugkiste mit Schwung auf die Fensterbank. „Immerhin müssen wa nu ne janze Woche miteinander auskommen.“ Sie lächelte erneut, und diesmal entblößte sie dabei eine ziemlich große Lücke zwischen den Vorderzähnen.

„Richtig“, sagte ich. „Das ... äh ... das ist richtig.“

Sie nickte und enterte mit forschen Schritten das Wohnzimmer. Mit fachmännisch in die Hüften gestützten Fäusten betrachtete sie die Fensterbänke, auf denen sich alte Farbschichten wie Miniaturgebirge erhoben, die verzogenen Türen und die verschlissene Tapete. Dann trat sie zu meinem zukünftigen Schlafzimmer und lugte hinein. „Sieht schlimm aus, aber ach, det kriegen wir schon“, sagte sie. „Is ja nich so ville, wa?“

„Nee, is nich so ville.“ Noch während ich mir verlegen auf die Lippen biss, drehte sie sich um und betrachtete mich nachdenklich von oben bis unten. Ich spürte, wie mir warm wurde. Und als sie wieder lächelte, wurde mir noch schwindlig dazu. „Denn würd ick mal sagen, wir besprechen jetzt mal janz in Ruhe, wat Sie vorhaben, und denn legen wa los“, sagte sie.

Wir verfuhren, wie sie vorgeschlagen hatte. Zunächst legten wir die notwendigen Tätigkeiten und ihre Reihenfolge fest, dann klärten wir gemeinsam, welche Aufgaben ich als nicht sonderlich versierte Handwerkerin erledigen konnte. Viel blieb für mich nicht übrig: Tapetenreste von der Wand zupfen, Ecken und Zierleisten streichen. Und putzen natürlich. „Det müssten Sie ooch schaffen“, sagte sie zufrieden und zog ihre Cordhose hoch, „det kriegen in der Regel sogar Kinder janz jut hin.“

Ich nickte eifrig. Ich war einverstanden, natürlich war ich einverstanden. Erstens war sie die Fachkraft, und zweitens ... zweitens wäre ich vermutlich mit allem einverstanden gewesen, was sie mir aufgetragen hätte.

Als sie dann ihre Jacke auszog, die Hemdsärmel aufkrempelte und begann, ihre Werkzeuge auszupacken, konnte ich nicht umhin, sie verstohlen zu beobachten.

Unter ihrem Flanellhemd trug sie ein gelbes T-Shirt, unter dem sich ihre Armmuskeln deutlich abzeichneten. Solche Muskeln hatte ich noch nie bei einer Frau gesehen. Überhaupt war sie sehr kräftig, fast stämmig, mit einem im Grunde nicht sonderlich ansprechenden Gesicht, das von einer ziemlich großen Nase mit einem Höcker in der Mitte dominiert wurde, die überdies aussah, als wäre sie mehrfach gebrochen gewesen. Sie hatte Aknenarben auf den Wangen, und ihre Augen waren braun, einfach ganz normal braun, langweilig braun eben. Die Haare trug sie vorne und oben kurz, wohingegen sie sich im Nacken ringelten. Früher hätte man so etwas als Vokuhila-Frisur – vorne kurz, hinten lang – bezeichnet. Nur Proll-Lesben hatten solche Frisuren getragen.

Trugen sie wahrscheinlich immer noch; ich hatte keine Ahnung. Mit solchen Frauen hatte ich nichts zu tun, nie zu tun gehabt, prollige Lesben existierten nicht in meiner Welt, das waren Frauen, die ich gelegentlich beim Ausgehen entdeckte und geflissentlich übersah, laute, ungeschlachte Gestalten mit schlechtem Geschmack, dafür ohne Manieren und politisches Bewusstsein. Frauen, die andere Frauen schamlos anglotzten, dumme Witze rissen und Schlägereien anzettelten. Frauen, die auf Demos Schnapsflaschen schwenkten statt Banner mit gesellschaftskritischen Parolen. Frauen, die in Stadtteilen wie Wedding oder Neukölln wohnten, in die ich nie im Leben gezogen wäre, in spießig ausstaffierten Wohnungen, die ich niemals freiwillig betreten hätte. Frauen, die in Fitnessstudios ihre Muskeln trainierten und Skat spielten und mit einem Fanschal um den

Hals im Olympiastadion Hertha-Spiele besuchten. Frauen, die Berufe ausübten wie Verkäuferin oder Autoschlosserin oder eben Handwerkerin. Frauen, die abends auf ihren blumengemusterten Sofagarnituren über dümmliche Serien im Fernsehen lachten und dabei Chips futterten. Frauen, die anderen Frauen hinterherpfiffen und in Diskotheken schamlos herumknutschten. Frauen, die sich Knutschflecken machten und die auch noch stolz herzeigten. Frauen, die auf festen Rollenverteilungen beharrten und ihre Freundinnen an der Hand hinter sich herzogen und sich nicht scheuten, ihnen auf den Hintern zu klatschen und sie „Schatzi" oder „Mausi" oder „Püppchen" zu rufen. Frauen, die auf der Tanzfläche ungeniert Fickbewegungen machten und mit ihren Freundinnen auf der Toilette Sex hatten, Frauen, die ...

„Ist noch was?"

Erschrocken zuckte ich zusammen. Meine Handwerkerin sah mich fragend an. Ich starrte wie hypnotisiert in ihre braunen Augen und schüttelte stumm den Kopf. Schließlich fand ich die Sprache wieder.

„Nein", sagte ich. „Nein, ich ... ich fang dann mal an. Wenn was ist, rufen Sie mich einfach."

Sie verzog ihren breiten Mund zu einem amüsierten Lächeln und zuckte mit den Schultern. „Ja, genau", sagte sie, und ich wusste nicht, worüber sie eigentlich lächelte, „wenn was ist, rufe ick Sie. Aber es wird schon nichts sein."

In den nächsten Stunden arbeitete sie in der Küche, zog alte Tapete von der Wand, kratzte Farbreste ab und strich die Wände, während ich mich im Wohnzimmer bemühte, einigermaßen nasenfreie Ecken zu streichen.

Es war, als würde in meiner Küche ein fremdartiges Wesen herumspringen, das ich heimlich belauschte. Ab und zu warf ich einen Blick zu ihr hinein, und jedes Mal lächelte sie freundlich zu mir auf.

„Na, allet klar?"

„Ja, doch, geht schon", antwortete ich und zog mich rasch wieder zurück.

Ich hatte keine Ahnung, worüber ich mich mit ihr unterhalten sollte. Worüber redete man denn auch mit so einer Person?

Nach einer Weile ertappte ich mich dabei, dass ich angefangen hatte, auf die Geräusche zu hören, die aus der Küche kamen. Wenn sie pfiff, verharrte ich mitten in der Bewegung, wenn sie beim Abhobeln der Fensternuten ächzte, durchfuhr mich ein wohliger Schauer, und wenn sie gähnte, zitterte ich. Und als ich hörte, wie sie geräuschvoll aus einer Wasserflasche trank, musste ich die Augen zumachen.

Schließlich, um kurz nach sechzehn Uhr, kam sie zu mir herein. „Ick mach jetzt Feierabend“, sagte sie und betrachtete ausdruckslos mein Werk. Die Ecken waren fertig gestrichen, fast ganz ohne Nasen, und auch die Zierleisten hatte ich halb übermalt. „Sieht doch jut aus“, sagte sie, und dann zog sie die Brauen hoch. „Ick würde nur vorschlagen, dat Sie den Pinsel lieber über den Farbeimer halten. Oder 'ne Zeitung unterlegen. Sonst müssen Sie nachher so viel wischen.“ Verständnislos sah ich sie an, und sie zuckte mit den Schultern, griff leicht nach meiner Hand, in der ich den Pinsel hielt, und schwenkte sie behutsam zur Seite. Verlegen betrachtete ich die Farbspur, die mein tropfender Pinsel auf dem Fußboden hinterlassen hatte.

„Danke“, sagte ich, und meine Kehle war merkwürdig trocken.

Sie hatte mich berührt. Sie hatte mich angefasst. An der Hand. Am liebsten hätte ich sie gebeten, es noch einmal zu tun.

„Ich ... ich mache dann auch Schluss für heute“, sagte ich stattdessen.

Sie nickte. „Sagen Sie mal, ick muss noch wohin. Kann ick meine Arbeitssachen mal hierlassen?“, fragte sie. „In der Ecke da, wo sie nicht stören?“

Erst jetzt bemerkte ich, dass sie nicht mehr ihre Arbeitsklamotten trug, sondern klobige Sportschuhe, überweite

Jeans und eine olivgrüne Bomberjacke, unter der ein Pullover mit dem Logo eines Sportartikelherstellers hervorlugte. Nicht eines dieser Kleidungsstücke hätte ich freiwillig angezogen, auch nicht für viel Geld. Das, was sie da trug, war reinster Neukölln-Schick. So liefen die türkischen Jungs rum. Aber doch keine Frau in den Dreißigern! Fehlte nur noch das Basecap.

„Nein, das ist ... das geht in Ordnung." Ich machte Anstalten, den Pinsel auf den Farbeimer zu legen, aber sie nahm ihn mir aus der Hand, streifte die überschüssige Farbe sorgfältig am Eimerrand ab und wickelte den Pinsel dann mit einer schnellen Bewegung in ein Stück Frischhaltefolie ein. „So ist det besser, denn trocknet die Farbe nicht ein und morgen jeht et denn frisch ans Werk."

Ich nickte wortlos. Jetzt, wo sie so dicht vor mir stand, konnte ich sehen, dass ihre Augen gar nicht normal braun waren. Und langweilig braun schon gar nicht. In ihrer Iris tanzten nämlich kleine goldene Flecken. Wie Feuerfunken, winzige Feuerfunken.

Sie legte den Kopf schief und lächelte schon wieder dieses seltsame Lächeln, dann trat sie zurück. „Jut, bis morgen denne! Um achte, oder?"

„Genau. Ich bin um acht hier."

Ich begleitete sie zur Tür und sah zu, wie sie ein Basecap mit einem asiatischen Schriftzug darauf aus der Tasche zog, es verkehrt herum aufsetzte und dann mit polternden Schritten die Treppe hinuntersprang. Auf dem Absatz drehte sie sich noch einmal um und winkte mir zu, dann war sie verschwunden. Ich schloss die Tür hinter ihr, lehnte mich dagegen und betrachtete die staubigen Fußabdrücke, die ihre Arbeitsstiefel auf den rissigen Dielen hinterlassen hatten.

Mir war seltsam zu Mute. Als ich die Augen schloss, sah ich sie vor mir, wie sie die Treppe hinuntersprang, in ihrer prolligen Kleidung.

Aber Tatsache war, dass diese Klamotten ihr standen.

Ich ging zurück in die Küche und betrachtete den Kleiderhaufen, den sie fein säuberlich auf der Fensterbank gestapelt hatte. Dann hob ich das gelbe T-Shirt auf, das sie unter dem Flanellhemd getragen hatte, und hielt es mir an die Nase. Es roch gut, nach Weichspüler mit Frühlingsduft. Wenn ich mich ganz stark anstrengte, vermeinte ich einen Hauch frischen Schweißes zu riechen, aber vielleicht täuschte ich mich auch. Seufzend legte ich das T-Shirt zurück. Wohin sie jetzt wohl unterwegs war? Zu einer Verabredung mit ihrer Freundin? Oder vielleicht war sie ja auch gar nicht lesbisch, vielleicht war sie verheiratet und hatte zu Hause einen ganzen Stall voller Kinder?

Ich hatte keine Ahnung. Aber eins wusste ich: Ich wollte es herausfinden.

Abends ging ich zum Frauenstammtisch, zu unserer politischen Runde. Seit Jahren trafen wir uns, eine lose Gruppe von ca. 25 Frauen in wechselnder Besetzung. Viele von uns leben in Frauenzusammenhängen, und so bleibt es nicht aus, dass sich die eine oder andere Paarkonstellation im Laufe der Jahre gebildet und auch wieder aufgelöst hat.

Ich saß neben Pia, mit der mich seit Wochen ein leiser Flirt verband. Im letzten Sommer hatten wir uns bei einem Standardtanzkurs kennen gelernt, den sie mit ihrer damaligen Partnerin besucht hatte. Vor ein paar Wochen waren wir tanzen gewesen und beim zweiten Mal auch miteinander nach Hause gegangen, aber viel war nicht passiert, nur ein – wie soll ich es nennen – ein vorsichtiges Geschmuse. Pia hatte sich schließlich behaglich seufzend von mir gelöst, mit den Worten: „Wir haben ja noch viel Zeit, es eilt ja nicht“, und ich hatte das selbstverständlich bejaht.

Aber an diesem Abend konnte ich mich nicht konzentrieren, weder auf den Stammtisch noch auf Pia oder die anderen Frauen.

Ich dachte an meine Handwerkerin, an ihre großen Hände und die Art, wie sich ihr Kinn gestrafft und wie sie die Augen zusammengekniffen hatte, um über eine technische Frage nachzudenken, und ich spürte, wie ich erschauerte.

„Warum lächelst du denn so?", fragte Pia zärtlich neben mir.

Erschrocken sah ich auf. „Ich war in Gedanken woanders."

„So hast du auch ausgesehen", säuselte Pia und warf mir einen tiefen, wissenden Blick zu.

Aber sie wusste gar nichts.

Ich allerdings wusste auch nicht viel mehr.

Am nächsten Morgen war ich schon eine Stunde in der neuen Wohnung, als meine Handwerkerin endlich die Treppe hinaufkam. Wo sie wohl den Abend verbracht hatte, und vor allem mit wem? Oder sogar die Nacht? Unauffällig suchte ich ihren Hals nach etwaigen Knutschflecken ab, aber ich konnte keine Spuren entdecken.

„Hab ick da wat?", fragte sie und rieb sich über die Seite.

„Nein, nein!"

„Na, denn", sagte sie. „Denn werd ick mal wieder an die Arbeit jehn!"

Atemlos hörte ich zu, wie sie sich in der Küche umzog und dann zu rumoren begann, während ich versuchte, eine offenbar jahrzehntealte Schicht Tapete von der Wand zu lösen. Meine Finger schienen mir an diesem Morgen nicht zu gehorchen, und irgendwann gab ich es auf. Eine Weile saß ich still da und lauschte auf die Geräusche, die meine Handwerkerin machte, dann stand ich auf und lugte um die Ecke. „Ich gehe rasch etwas einkaufen. Soll ich Ihnen etwas mitbringen – ein Bier oder so?"

Sie war gerade dabei, die Decke zu streichen, trotzdem hielt sie inne und sah zu mir herüber, ohne die Teleskopstange auch nur verrutschen zu lassen. „Nein, danke, ick trinke keinen Alkohol während der Arbeitszeit."

„Kann ich Ihnen sonst etwas mitbringen?"

Die Muskelberge unter ihrem T-Shirt zitterten, als sie die Teleskopstange langsam sinken ließ und auf dem Boden abstützte. „Wenn Sie so fragen", sie zuckte mit den Schultern, „dann gern eine Cola. Am liebsten 'ne Afri-Cola, wenn's det jibt. Aber sonst isset ejal – kann ooch 'ne River-Cola sein, wenn Sie zum Aldi rüberjehn."

Ich brauchte fast eine Stunde, bis ich ein Geschäft gefunden hatte, das Afri-Cola verkaufte, und als ich zurück war, hatte sie die Küche fertig und war ins Schlafzimmer übergewechselt, wo sie bereits begonnen hatte, die Wände zu streichen.

Triumphierend reichte ich ihr die Colaflasche und eins der beiden Gläser, die ich auf dem Rückweg schnell aus meiner alten Wohnung geholt hatte. „Bitte sehr!"

„Wow, Afri, is ja cool!" Sie stellte das Glas ab und öffnete die Flasche mit einem Zischen, um sie in einem Zug halb leer zu trinken. „Super, danke schön!", sagte sie und rülpste verhalten. „Ach Gottchen, Entschuldigung!" Für einen Moment sah sie betreten aus, dann lachte sie herzhaft, und die Lücke zwischen ihren Vorderzähnen tauchte auf.

Etwas in mir schmolz dahin, und ich griff nach meiner eigenen Flasche und trank daraus, in gierigen Zügen. Erst als ich sie abstellte, fiel mir auf, dass ich gar kein Glas genommen hatte.

Meine Handwerkerin setzte sich mit einer Hinterbacke auf die Fensterbank und verschränkte ihre muskulösen Unterarme vor der Brust, während sie mich neugierig betrachtete. „Wat machen Sie denn so beruflich?", fragte sie, und auf einmal hatte ich das Gefühl, dass sie mich in diesem Moment zum ersten Mal wirklich wahrnahm.

Und zwar nicht als Auftraggeberin.

Sondern als Frau.

Ich brauchte einen Moment, bis ich sprechen konnte. „Ich bin Dozentin an der Humboldt-Universität“, sagte ich dann und bemühte mich um einen neutralen Gesichtsausdruck. „Im Fachbereich Wirtschaftswissenschaft.“

Sie nickte und musterte mich ungerührt, und zwar einen Moment zu lange. Plötzlich fühlte ich mich schutzlos, wie ich dastand, in meiner hellen Bluse, der dunklen Hose und den marineblauen italienischen Slippern. Natürlich hatte ich mich vor dem Einkaufen umgezogen, das war ja klar. Unwillkürlich zog ich die Schultern hoch und verschränkte die Arme, und auf ihren Lippen tauchte schon wieder dieses merkwürdige Lächeln auf. Dann hob sie erneut ihre Flasche. „Wirtschaftswissenschaft? Na denn. Prost!“ Sie trank aus, stellte die Flasche ab und klopfte sich die Hände an ihren Hosen ab, ohne mich aus den Augen zu lassen.

Staub flog auf und wirbelte durchs Zimmer, tanzte um ihre stämmige Gestalt und auch um mich, die ich immer noch bewegungslos dastand, mitten im Zimmer, gebannt von ihrem Blick. Schließlich lachte sie leise, griff mit ihren kräftigen Händen nach dem Farbeimer und hob ihn an. „Dann werd ick mal wieder“, sagte sie ruhig und nickte mir zu. „Soll doch fertig werden, die Bude, nicht wahr?“

Der Moment, sie nach ihrem Privatleben zu fragen, war eindeutig verstrichen. Aber ich hätte mich ohnehin nicht getraut. Wie auch immer, noch hatte ich Zeit.

In dieser Nacht träumte ich von ihr. Ich träumte, dass sie meine Arme gepackt hielt, mit beiden Händen, im eisernen Griff. „Los, leg dich hin“, flüsterte sie mit rauer Stimme, und ihr heißer Atem fuhr mir ins Gesicht. „Keinen Ton mehr, los, leg dich hin.“ Ich spürte die plüschbezogenen Knöpfe ihrer buntgemusterten Schlafcouch an meinem Rücken, erzitterte, als sie meine Bluse aufriss, meinen BH mit den Zähnen packte und zur Seite zerrte, bis meine Brüste freilagen, und sie senkte den Kopf und öffnete die Lippen, und ihre Beine zwängten sich zwischen meine, spreizten sie weit auseinander, und dann berührte mich ihre Zunge, umschloss meine steil aufragende rechte Brustwarze, ein süßer Schmerz durchfuhr mich, ich stöhnte, und sie lachte rau, ein heiseres Gurren tief aus der Kehle, und dann biss sie leicht zu ...

Ich erwachte von meinem eigenen Stöhnen. Verlegen setzte ich mich auf und zog mein Nachthemd wieder herunter.

Danach lag ich lange Zeit wach und dachte an die Lücke zwischen ihren Vorderzähnen.

Jemand hatte mal gesagt, dass derartige Lücken für Geiz oder Sinnlichkeit standen.

Ihre Zahnlücke, da war ich mir sicher, stand für Sinnlichkeit.

Am nächsten Morgen war ich erneut früher da. Ich hatte mein tragbares Radio mitgebracht und auf *Klassik-Radio* eingestellt.

„Radio, cool!", sagte sie, als sie hereinkam. Sie stellte einen neuen Farbeimer ab und rieb sich die Hände, während sie ihre wunderschönen braunen Augen auf mich richtete. „Aber sagen Sie, gehen da auch andere Sender rin oder nur det jepflegte Zeugs hier?"

Ich überließ ihr das Radio fürs Schlafzimmer, und den ganzen Morgen über hörte ich, wie sie die gängigen Popsongs von *RS2, 104.6* und dann *Energy* mitpfiff, erstaunlich gekonnt, wie ich feststellte. Ab und zu hörte es sich sogar an, als ob sie tanzte, aber ich konnte nicht feststellen, ob das stimmte, weil ich es nicht wagte, ins Zimmer zu sehen. Mit jeder Minute, die wir zusammen verbrachten, wurde ich befangener. Das ärgerte mich. Schließlich war ich bekannt für meinen Sprachwitz und meine Wortgewandtheit. Sonst hätte ich es ja auch niemals beruflich so weit gebracht. Aber mit ihr – mit ihr war es anders. Mit ihr war ich auf einmal ein ganz anderer Mensch.

Gegen Mittag klingelte es.

„Erwarten Sie Besuch?", fragte ich, als ich meinen Pinsel weglegte. Sie tauchte im Türrahmen auf, mit einem farbbekleckten, roten Basecap auf dem Kopf und dem Farbroller in der Hand.

„Nee", sagte sie. „Ick wohn ja nicht hier. Oder?" Sie grinste mich aufgeräumt an und bewegte die Schultern im Takt der Musik, und dann noch die Hüften. Sehr gekonnt sah das aus, und schnell drehte ich mich um und ging zur Tür hinüber, damit sie nicht sah, dass ich rot geworden war.

Leute, die gut tanzen können, sind gut im Bett, so heißt es doch immer. Wenn das also stimmte, dann musste sie eine fantastische Liebhaberin sein.

Pia hielt mir einen halben Laib Brot und einen Designer-Salzstreuer hin, als ich die Tür öffnete. „Alles Gute zum Einzug!", rief sie und küsste mich auf beide Wangen. „Ich weiß, es ist ein wenig verfrüht, aber ich wollte unbedingt die Erste sein! Oh, du hast dich überanstrengt, nicht wahr, du bist ja ganz rot im Gesicht!"

„Nein, nein, gar nicht", brummte ich. Am liebsten hätte ich sie gar nicht hereingelassen, aber sie war schon an mir vorbei. „Wie nett!", rief sie, blickte nickend in die Küche und drehte sich dann im Wohnzimmer einmal um die eigene Achse. „Das ist ja ein tolles Ambiente! Hier kannst du ja sicher deinen schönen, großen Kirschholztisch hinstellen, und dann die acht Stühle drumrum, und dann ist immer noch Platz für die Sitzecke! Ach, da werden wir bezaubernde Abende verbringen! Nein, und die Sprossenfenster, das ist ja umwerfend! Und wo ist das Schlafgemach? Ach, da ... sieh an, da ist ja deine kleine Hilfe!"

Ich stellte den Salzstreuer ab und rannte alarmiert hinter Pia her. Sie stand mitten im Schlafzimmer und betrachtete meine Handwerkerin, die gerade dabei war, die letzte Wand zu streichen.

„Das ... das ist Frau Reckner", sagte ich verlegen. „Und das ist Pia Kinziger. Eine Kollegin", fügte ich hinzu. Ich weiß auch nicht, warum ich das sagte. Pia war überhaupt keine

Kollegin von mir. Sie war nur eine Freundin. Oder vielleicht auch, ja gut, vielleicht auch meine Geliebte. Aber nur fast.

Pia sah mich mit hochgezogenen Augenbrauen an und blickte dann zu meiner Handwerkerin hinüber, die nun aufgestanden war und Pia zunickte, während sie das Radio leiser drehte.

„Tachchen."

„Guten Tag", sagte Pia gestelzt. „Und Sie ... Sie helfen also ein bisschen aus?"

„Eher ein bisschen mehr", sagte meine Handwerkerin trocken. Dann deutete sie auf das Brot in meiner Hand. „Und det? Unser Mittagessen, wa? Jibtet jetzt trocken Brot?" Sie lachte vergnügt, aber auf Pias Stirn bildete sich eine kleine zornige Falte.

„Nein", sagte sie spitz. „Das habe ich zum Einzug mitgebracht. Das macht man so. Ein traditioneller Brauch."

„Ach wat. Und det darf man dann nich essen oder wie?", fragte meine Handwerkerin trocken.

Pia runzelte irritiert die Stirn. „Ich ... ich denke, dass kann jeder selbst entscheiden." Sie warf einen forschenden Blick von meiner Handwerkerin zu mir, dann ging sie mit wiegenden Schritten zum Fenster und blickte hinaus. Schließlich strich sie mit einem Finger über die Fensterbank und drehte sich dann um, wobei sie sich geziert mit beiden Händen rücklings an der Fensterbank abstützte. „Sehr hübsch, Sabi", sagte sie. „Das war eine gute Entscheidung, diese Räume zu nehmen."

„Mmhm, ja." Ich spürte, wie meine Handwerkerin mich ansah, aber ich hielt den Blick stur auf Pia gerichtet. Wie schlank sie war! Fast zu schlank eigentlich. Aber vielleicht lag das ja auch an ihrer tailliert geschnittenen Bluse und der eng anliegenden Hose, die ihre zierliche Figur betonte. Komisch, sonst hatte mir Pias feminin-eleganter Stil immer gut gefallen, schließlich trug ich selbst ähnliche Kleidung, und die anderen Frauen aus unserem Bekanntenkreis auch, alle trugen diese Blusen und Hosen und diese flachen, schmal geschnittenen italienischen Schuhe. Obwohl sie ja genau genommen ein bisschen spießig aussahen. Bürgerlicher Chic, könnte man sagen. Manche von diesen Schuhen waren auch gar nicht bequem, aber ich trug sie trotzdem, weil ... weil alle sie trugen. Weil man solche Schuhe eben trug, wenn man eine erfolgreiche Frau in den Vierzigern war und aus feministischen Gründen eben keine Pumps tragen wollte. Es war schon okay, irgendwann waren wir eben umgestiegen – von Stiefeln zu Outdoorschuhen und dann eben zu italienischen Slippern, so wie Pia sie trug.

Ich hatte mir nie groß Gedanken darüber gemacht, aber jetzt, wo ich hier stand, in meinem zukünftigen Schlafzimmer, zwischen Pia und meiner Handwerkerin, jetzt fand ich diese Art Schuhwerk plötzlich abgrundtief spießig und hässlich.

„Na", sagte Pia, spitzte die Lippen und stieß sich von der Fensterbank ab. „Auf einen Espresso darf ich wohl noch nicht hoffen?" Ihre winzigen Brüste wippten herausfordernd unter der Bluse, und ich sah rasch zu meiner Handwerkerin hinüber, ob sie das etwa bemerkt hatte.

Aber meine Handwerkerin beachtete Pia gar nicht. Sie sah mich an, und in ihrem Blick lag etwas, das ich nicht recht deuten konnte, eine Mischung aus Verwunderung, Amüsiertheit und ... Zuneigung? War das Zuneigung? Oder bloß Neugier?

Und auch Pia sah mich an. Ihr Blick wanderte langsam von mir zu meiner Handwerkerin und wieder zurück. Vielleicht sah sie das, was ich noch nicht wusste, ich habe keine Ahnung. Auf jeden Fall schüttelte sie schließlich den Kopf. „Also, wenn es keinen Espresso gibt ..."

Ich riss mich zusammen. „Tut mir Leid, ich habe meine Küchengeräte noch nicht hier."

„Na gut, das verstehe ich. Muss ja auch nicht sein. Das holen wir aber nach, ja?" Pia strahlte mich an, dann wandte sie sich meiner Handwerkerin zu. „Also auf Wiedersehen, Frau ... Wie war noch der Name?"

„Reckner."

„Reckner, ja." Pia lachte gekünstelt. „Also, frohes Schaffen dann noch. Bringst du mich zur Tür, Sabi?"

Ich trottete hinter ihr her zum Ausgang. „Hu, die ist ja Furcht einflößend!", flüsterte Pia mir zu. „Bist du sicher, dass die dir nichts tut?" Sie lachte gackernd, dann drückte sie mir einen spitzen Kuss auf die Wange, sah mir tief in die Augen und zog die Tür hinter sich zu.

Ich atmete tief durch, dann ging ich ins Wohnzimmer zurück und blieb im Türrahmen zum Schlafzimmer stehen.

Meine Handwerkerin strich gerade mit Schwung die letzte Ecke, dann lehnte sie pfeifend den Farbroller an die Wand und lächelte mir zu. Hinter ihr dudelte das Radio, ein Popsong, einer von diesen langsamen, zu denen Frauenpaare gern auch mal einen Foxtrott tanzen.

„Und das war also Ihre Kollegin, ja?", fragte meine Handwerkerin und bückte sich, um ein paar Farbkleckse von der Zierleiste zu wischen.

„Na ja", sagte ich und zupfte verlegen an meinem Overall. „Eigentlich kennen wir uns vom Tanzen."

„Ach wat. So wat Schlimmet machen Sie?"

Ich musste lächeln. „Ja, ich hab einen Tanzkurs besucht. Letztes Jahr." Wagemutig fügte ich hinzu: „Und Sie? Können Sie tanzen?"

„Icke?" Sie lachte, ließ den Lappen fallen, hob die Hände in Schulterhöhe und machte ein paar tänzelnde Schritte, wobei sie sich flott in den Hüften bewegte. „So wat? Na klar kann ick tanzen. Kann doch jeder!"

Meine Kehle fühlte sich auf einmal staubig an. „Ich hatte eigentlich eher an Standard gedacht", sagte ich leise.

„Ach Gottchen, Standard!" Sie lachte. „Einen Schieber kriege ich hin, und einen Discofox auch, wenn's unbedingt sein muss. Aber eigentlich – nee, det ist nicht meine Welt!" Plötzlich sah sie mich mit einem listigen Gesichtsausdruck an, bevor sie zum Radio griff und aufdrehte. Ein melodischer Discobeat schallte durch mein zukünftiges

Schlafzimmer. „Dat hier, dat jefällt mir! Justin Timberlake, cool! Ist zwar ooch schon 'ne olle Kamelle, die Scheibe, aber trotzdem – kommt jut!", sagte sie fröhlich und wippte rhythmisch mit dem Oberkörper. „So, jetzt muss ick aber mal wieder ran! Schließlich soll ich ja fürs Ambiente sorgen. In Ihren Räumen!" Sie zwinkerte mir zu, dann bückte sie sich und hob den Lappen auf, um weiterzuputzen.

Ich betrachtete ihren Hinterkopf und die Löckchen, die sich über ihren karierten Kragen ringelten, und einen Moment lang überlegte ich, ob Standard denn überhaupt noch meine Welt war.

Wenn ich ehrlich war – Justin Timberlake war auch gar nicht so übel.

Abends rief Pia an. „Hallöchen, Darling! Wie geht's dir?"

„Gut", sagte ich und drehte die neue CD, die ich auf dem Heimweg erstanden hatte, in meiner freien Hand.

„Das ist schön! Ich dachte schon, dieses proletenhafte Geschöpf in deiner Wohnung da hat dich gefesselt und geknebelt", lachte Pia.

Ich schloss die Augen und spürte, wie ich bei der Vorstellung erschauerte. „Nein", sagte ich nüchtern. „Nein, alles in Ordnung."

„Sag mal, wollen wir uns heute Abend treffen?", gurrte Pia. „Ich hätte Zeit und könnte Gesellschaft vertragen. Vielleicht könnten wir ja auch da weitermachen, wo wir neulich aufgehört hatten, du weißt schon!" Sie lachte vergnügt und seufzte verführerisch.

Ich starrte aus dem Fenster, auf die Brandmauer des Hauses gegenüber. „Nein", sagte ich und riss die knisternde Zellophanhülle der CD auf. „Nein, tut mir Leid, leider geht es nicht." Pia schwieg konsterniert, und ich setzte hinzu: „Ich bin so müde vom Renovieren, weißt du. Mit mir ist heute einfach nichts los."

Pia lachte spitz. „Schon gut, dann sehen wir uns ja morgen bei Anjas Party."

„Genau“, sagte ich. „Bei Anjas Party.“ Und damit schaltete ich aus, legte die CD in meinen Player und schob die Regler nach oben. Als Justin Timberlakes Stimme erklang, stand ich schon mitten im Zimmer und drehte mich langsam im Kreis.

Am nächsten Morgen hatte ich das Radio bereits auf *Energy* eingestellt, als sie kam. Madonna sang „Hung up“ durch die Wohnung, und meine Handwerkerin lächelte breit, als sie hinter mich trat, um mein Werk zu begutachten. „Disco hier, wa? Na, schon fleißig?“

„Es geht so“, sagte ich und betrachtete mit leichter Verzweiflung die Farbschlieren auf der Fensterbank. „Ich weiß nicht, warum das bei mir einfach nie gut aussieht!“

„Geben Sie mal her!“ Sie nahm mir den Pinsel aus der Hand, beugte sich über mich und strich mit satten Bewegungen meine Farbschlieren glatt.

Ich konnte ihren Duft riechen. Sie roch nicht nach Schweiß, sondern sehr sauber. Und ein bisschen nach Farbe und Staub.

„Sehen Sie, schon fertig!“ Sie blickte auf und mir direkt in die Augen. Dann lächelte sie, und ich fiel fast in Ohnmacht.

Halt suchend trat ich seitwärts und stieß gegen den Farbeimer, der neben mir auf dem Fußboden stand. Mit einem satten Knall kippte er um, und fünf Liter weiße Ökowandfarbe platschten auf den Fußboden.

Meine Handwerkerin sprang geistesgegenwärtig zur Seite, aber aus meinem Mund kam nur ein kleiner, spitzer, abgrundtief femininer Schrei, für den ich mich, das wusste ich sofort, noch jahrelang schämen würde. Hilflos stand ich mitten in der Lache und starrte fassungslos auf meine farbbespritzten Schuhe.

„Na, warten Sie mal! Det ham wa gleich“, sagte sie, umfasste meine Hüften mit festem Griff und hob mich hoch. Ein Blitz durchzuckte mich bis in den Unterleib, und mir blieb der Atem weg. Ihr Gesicht war dicht vor meinem. Die Adern traten hervor, ihre Halsmuskeln schwollen an, als sie mich vorsichtig herumschwenkte und sicher auf einem Stück Zeitungspapier absetzte. „Stehen bleiben!“, befahl sie, bückte sich und löste meine Schnürsenkel. Ich blickte verwirrt auf ihren Kopf hinab, dann schloss ich die Augen. Für einen Moment wünschte ich mir, dass sie mir nicht nur die Schnürsenkel lösen würde, sondern auch die Knöpfe meiner Bluse, meinen BH, den Reißverschluss meiner Hose ... Ich zuckte zusammen. Als ich die Augen öffnete, hielt sie mir ihren kräftigen Arm hin. „Festhalten!“

Ich umklammerte ihren Arm, spürte die sehnigen Muskeln unter meinen Fingern und trat mit ihrer Hilfe vorsichtig aus meinen beschmierten Schuhen auf das staubige Parkett. Einen Moment blieben wir stehen und sahen uns an. Ihre dunklen Augen musterten mich ernst, und wieder blieb mir der Atem weg. Dann lächelte sie, aber das machte es auch nicht besser.

„Ist ja grade noch mal jut jegangen!“, sagte sie und schenkte mir ein breites Grinsen.

Ich konnte nicht grinsen. Ich konnte noch nicht einmal lächeln. Ich konnte sie nur anstarren.

Sie sah mich neugierig an.

Und dann nahm ich all meinen Mut zusammen. „Frau Reckner“ – es kam mir absurd vor, sie mit diesem Namen anzusprechen, aber einen anderen Namen hatte ich ja nicht für sie –, „Frau Reckner, haben Sie eigentlich Kinder?“

Sie starrte mich verblüfft an. „Kinder? Icke?“

„Ja“, sagte ich unglücklich, aber das, was ich eigentlich wissen wollte, verschwieg ich natürlich. *Haben Sie einen Mann? Eine Geliebte? Sind Sie überhaupt lesbisch? Und wenn ja, würden Sie auch mal mit mir schlafen wollen?*

„Nee“, sagte sie. „Nee, ick hab keene Kinder. Wie kommen Sie denn uff die Idee?“

Ich zuckte mit den Schultern. Und dann nahm ich ein zweites Mal meinen Mut zusammen. „Sagen Sie, würden

Sie mal mit mir essen gehen?“, fragte ich und spürte, wie ich schamhaft errötete ob meiner Courage.

Meine Handwerkerin betrachtete mich nachdenklich, dann schüttelte sie den Kopf. „Tut mir ja herzlich Leid, aber det jeht nicht“, sagte sie. „Ick hab da so 'ne Devise, wissen Se: nicht mit Kundinnen.“

„Ja, verstehe ich, das war dumm von mir, dass ich gefragt habe.“ Ich lachte noch ein kleines dämliches Lächeln, aber sie lächelte nicht.

„Nein, das war nicht dumm“, sagte sie ernst. „Das war nett.“ Dann zog sie die Brauen herunter. „Moment mal, kann et sein, dass ick Sie falsch verstanden hab? Wahrscheinlich haben Sie nur jemeint, dat wir mal 'ne Kleinigkeit zusammen essen sollten, wa? So heute Mittag, in der Pause?“

„Nein, ich ...“

Sie unterbrach mich. „O doch. Det haben Sie jemeint! Jute Idee! Ich schlag vor, ick hole uns nachher mal zwee Pizza vom Imbiss um die Ecke, und denn essen wa zusammen!“

„Also gut“, sagte ich und lächelte zittrig. „Also gut, gern, machen wir's so.“

Für den Rest des Vormittags beauftragte sie mich mit Putzarbeiten, bei denen ich nichts falsch machen konnte. Der größte Teil der Wohnung war ohnehin fertig gestrichen, und die letzten noch ausstehenden Arbeiten würde sie alleine erledigen können. Traurig betrachtete ich meine frisch gestrichene Küche und das frisch geweißte Bad. Dann nahm ich einen Lappen zur Hand und befreite die Fliesen über der Badewanne von einigen Farbspritzern. Pias Designer-Salzstreuer stand auf der Ablage, und ich schob ihn nachdenklich beiseite.

Bald würde das gemeinsame Renovieren vorbei sein. Und dann würde ich einziehen und Gäste empfangen. Pia womöglich und die anderen Frauen. Zu Wein und gepflegten Gesprächen. Im neuen Ambiente.

Ich schüttelte mich, dann nahm ich den Salzstreuer, drehte ihn auf und kippte Pias mitgebrachtes Salz mit Schwung in den Abfluss.

Mittags holte meine Handwerkerin zwei Pizzas vom Imbiss und dazu zwei Flaschen Cola. Einträchtig saßen wir zusammen auf dem Fußboden im Wohnzimmer, sie auf einem umgedrehten Farbeimer, ich auf einem Stapel Zeitungen.

„Hmm, lecker! Jut, wa?“ Sie wischte sich zufrieden die Finger an einer Serviette ab und klopfte sich den Bauch. „Jute Idee, mit den Pizzas, muss ick schon sagen. Also zum Wohl!“ Sie hob ihre Flasche, und ich griff nach meiner.

„Zum Wohl. Sagen Sie, was machen Sie eigentlich so?“, fragte ich. „Ich meine, abends?“

„Icke? Abends?“ Sie nahm einen großen Schluck Cola. „Na, Fernseh kieken, mal wat trinken gehen, ins Kino, so wat halt. Machmal jeh ick ooch tanzen, mit ein paar Freundinnen, denn machen wa immer jut eenen druff. Und ab und zu hau ick mir janz jemütlich in die Wanne und les wat, ein Buch oder so. Und Sie?“ Sie trank ihre Cola aus und stellte die Flasche ab. „Wat machen Sie so?“

Ich wusste plötzlich keine Antwort. Mein Leben kam mir auf einmal so abgrundtief langweilig vor, dass ich es kaum über mich brachte, davon zu erzählen. „Na, auch so ähnliche Dinge“, sagte ich schließlich.

Sie schwieg einen Moment. „Ach wat“, sagte sie dann und betrachtete mich nachdenklich mit ihren wunderschönen, braunen Augen. „Denn haben wir ja wat jemeinsam.“

„Und einmal die Woche gehe ich zum Frauenstammtisch“, setzte ich eilig hinzu.

„Nee, ehrlich?“ Interesse loderte in ihren Augen auf. „Spielen Sie da Skat oder wat? Nee, warten Sie mal, Doppelkopp vielleicht, was? Det spielen so Frauen wie Sie doch immer jerne, oder?“

„Nein, wir spielen nicht“, sagte ich beleidigt. „Wir treffen uns zum Diskutieren.“

Sie schlug sich prustend die Hand vor den Mund. „Diskutieren!“, rief sie. „Na, det is ja zum Brüllen! Wat diskutieren Sie denn da? Wie man die Welt verbessert oda wie?“

„Ja, so ähnlich“, sagte ich.

„’tschuldigen Sie, ich wollte Ihnen ja nicht zu nahe treten“, beteuerte sie und wischte sich die Lachtränen aus den Augen. „Aber det klang uff eenmal so urkomisch!“

„Schon gut“, sagte ich.

Aber das Merkwürdige war: Eigentlich fand ich auch, dass es urkomisch klang.

War es doch auch, oder nicht?

Gegen neun, eine Stunde zu spät, ging ich zu Anjas Party. Das heißt ich zwang mich dazu. Im Grunde hatte ich keine Lust. Lieber wäre ich zu Hause geblieben, hätte Justin Timberlake in den CD-Player geschoben und den Rest des Abends in melancholischen Träumereien geschwelgt.

Morgen war unser letzter gemeinsamer Tag. Die Wohnung war fast fertig, meine Handwerkerin, Frau Reckner – mein Gott, dieser Name! Warum hatte ich sie denn noch nie nach ihrem Vornamen gefragt? Oder ihr das Du angeboten? –, Frau Reckner hatte zügig und sauber gearbeitet, mit meiner zweifelhaften Hilfe natürlich.

Und so stand ich lustlos in der Ecke herum und nippte an meinem Weinglas. Anja hatte eine Standard-CD aufgelegt, und an die zehn Paare drehten in mehr oder minder perfekter Harmonie auf dem polierten Wohnzimmerparkett ihre Kreise. Angewidert betrachtete ich die gebügelten Blusen und ausgestellten Hosen, die an mir vorbeizogen. Wie mir das allgegenwärtige glockenhelle Lachen auf die Nerven ging, die brave Sprache, die Witze, die keine waren!

Schließlich steuerte Pia im Verbund mit Astrid und Melanie auf mich zu. „Wir sprechen gerade über Weihnachtsplätzchen!“, krähte sie und schob ihren Arm unter meinen. „Melanie hat schon Weihnachtsplätzchen gebacken, stell dir vor!“

Melanie und Astrid gackerten begeistert.

„Hast du denn etwa auch schon Weihnachtsplätzchen gebacken?“, rief Astrid kichernd.

„Ach was!“, sagte Pia. „Sabi hat doch so viel mit ihrer Wohnung zu tun, dafür hat sie gar keine Zeit.“ Sie tätschelte meinen Arm. Pias eigener Arm fühlte sich dürr an, und fast meinte ich, durch den dünnen Blusenstoff ihre Sehnen zu spüren. Ich dachte daran, wie knochig sie sich angefühlt hatte, als wir die Nacht miteinander verbracht hatten. Und dann dachte ich an die kräftigen Hände und muskulösen Arme meiner Handwerkerin und löste mich von Pia. Sie merkte es gar nicht. „Aber zum Glück hat Sabi ja tatkräftige Hilfe! Stellt euch vor, Sabi hat eine Handwerkerin eingestellt, ein Wahnsinnskaliber! Hu, hab ich mich erschrocken, als ich die gestern gesehen habe! Ein richtiges Monster, breit wie ein Schrank und mit riesigen Muskelpaketen!“

Melanie und Astrid rissen die Augen auf. „Wirklich?“, fragte Melanie ehrfürchtig.

Ich schüttelte grimmig den Kopf, aber die drei Damen bemerkten es gar nicht. „Doch, ehrlich!“, schrie Pia vergnügt. „Tüchtig ist die ja wohl, was, Sabi, aber prollig bis zum Gehtnichtmehr! Also, wo solche Frauen immer herkommen, ist mir ein Rätsel!“

„Ja, man hat mit denen aber auch wenig zu tun“, sagte Astrid altklug. „Das ist einfach ein anderes Niveau, das muss man so sagen. Die haben natürlich eine ganz andere Sozialisation.“ Sie und Melanie nickten verständig, aber Pia hörte nicht zu.

„Die wusste auch nicht, dass man zum Einzug Brot und Salz schenkt!“, rief sie und grölte fast vor Lachen. „Ob man das isst, hat sie gefragt! Huhaha!“

Melanie und Astrid gickerten ebenfalls mit. Ihre Münder klappten auf und zu, und ich stand versteinert in ihrer Mitte, unfähig, etwas zu sagen.

„Apropos essen“, sagte Pia schließlich, als sie sich wieder einigermaßen beruhigt hatte. „Wisst ihr, was ich immer in meine Weihnachtskekse tue? Auf jeden Fall Koriander! Und eine Messerspitze Kurkuma!"

„Nein!", rief Astrid und schlug die Hände zusammen.

„Doch! Ja, und natürlich Zimt. Das zusammen mit der Gewürzkuchenmischung von Dr. Oetker, das ist ein Traum! Aber ich kaufe meine Kekse eigentlich lieber im KaDeWe. Und du?" Pia drehte sich zu mir um. „Wo kaufst du deine Kekse?"

Drei Augenpaare sahen mich an.

Ich räusperte mich und machte den Mund auf. Dann klappte ich ihn wieder zu. Und dann setzte ich erneut an. „Ich kaufe überhaupt keine Kekse", sagte ich. „Kekse, das ist nicht meine Welt."

Der letzte Tag verging viel zu schnell. Meine Handwerkerin pfiff vergnügt die Radiomelodien mit, während sie Klebestreifen abriss, ihr Werkzeug säuberte und benutzte Malerplane aufrollte. Traurig half ich ihr dabei. In meinem Hals steckte ein Kloß fest, und zu sagen hatte ich auch nichts.

„Na, Sie sind mir ja still heute!", sagte sie kopfschüttelnd und betrachtete mich nachdenklich mit ihren wunderbaren, braunen Augen. „Allet okay mit Ihnen?"

Ich lächelte schwach und nickte kraftlos. „Ja, doch. Alles in Ordnung."

„Na denn isset ja jut", sagte sie, aber sie wirkte nicht überzeugt.

Schließlich war alles fertig, und sie ging in die Küche, um sich umzuziehen. In einem Sportsweatshirt, weiten Cordjeans und Bomberjacke kam sie wieder hinaus, ein Beanie mit großem Logo tief in die Stirn gezogen. „Kann ick den eenen Sack Müll da lassen? Is nicht schwer. Ick krieg's jetzt bloß nicht mehr getragen mit all dem Werkzeug."

„Sicher, selbstverständlich, kein Problem."

„Danke schön. Na, denn also – war nett jewesen."

Sie streckte mir ihre große Hand entgegen, und ich legte meine hinein. Ihre Hand fühlte sich warm an, kräftig und warm, und ich spürte, wie mir weich in den Knien wurde. Am liebsten hätte ich sie festgehalten, mich an ihre Hand geklammert, sie angefleht, hier zu bleiben, nur noch ein bisschen, einen Tag, eine Stunde, am liebsten für immer!

„Ja, denn, vielleicht sieht man sich ja mal wieder", sagte sie und blickte mich ernst an. „Montag früh kommt ja der Chef zur Abnahme. Wenn noch wat is, rufen Sie einfach in der Firma an, ja?"

Ich nickte und versank in ihren Augen. Sie sah mich an, und einen Moment lang hatte ich den Eindruck, dass sie etwas sagen wollte, aber dann ließ sie bloß meine Hand los und winkte mir zu. „Also, bis denne!" Sie bückte sich nach ihrem Werkzeug und den Mülltüten, hob ihre Last ächzend an und ging hinaus.

Ich schloss langsam die Tür hinter ihr, und dann war ich allein in meiner schicken, neuen Wohnung. Traurig ging ich in die Küche und betrachtete den Müllsack, den sie zurückgelassen hatte. Als ich ihn ein wenig anhob, um sein Gewicht zu prüfen, blitzte etwas Gelbes darunter auf. Ich bückte mich und zog daran.

Es war ihr T-Shirt, das gelbe T-Shirt, das sie an den ersten beiden Tagen getragen hatte. Ein wenig verstaubt war es, und am Hals hatte es einen Schmutzfleck. Vorsichtig strich ich mit beiden Händen über den Stoff, dann hob ich es langsam an die Nase und schloss die Augen.

Drei Tage später ließ ich mir von ihrem Chef ihre Handynummer geben. Das Herz schlug mir bis zum Hals, als ich das ferne Klingeln hörte. Dann nahm sie ab.

„Ja, hier Reckner?"

„Frau Reckner", sagte ich, und meine Stimme zitterte fast überhaupt nicht. „Ich bin's, Frau Willen. Ich habe Ihr T-Shirt gefunden."

„Mein T-Shirt?"

„Das gelbe."

„Oh", sagte sie und lachte leise. „Denn komm ick wohl besser mal bei Ihnen vorbei."

„Gern", sagte ich. „Am liebsten bei mir zu Hause. Ich geb Ihnen nur rasch die Adresse durch."

Sie kam noch am selben Abend. Ich bebte am ganzen Körper, als ich sie hereinbat.

„Tachchen", sagte sie ernst und nickte mir zu. Der Eingang zu meiner alten Wohnung war breit, aber ihre Schulter berührte trotzdem die meine, als sie an mir vorbei in den Flur trat. „Nett, dass Sie anjerufen haben. Zu Hause hab ick mir schon jewundert – nanu, wo isset denn, mein T-Shirt, hab ick mir jedacht, Tatsache."

„Ich hab mir erlaubt, es zu waschen", sagte ich und bat sie ins Wohnzimmer, wo ihr T-Shirt frisch gebügelt auf dem Wohnzimmertisch lag. Justin Timberlake perlte leise aus den Boxen, und ich hatte zwei Flaschen Bier und eine Schale Chips bereitgestellt, für alle Fälle. „Setzen Sie sich doch!" Ich deutete auf das Sofa, aber sie blieb stehen.

„Ach, det wär nicht nötig jewesen", sagte sie und deutete auf das T-Shirt. „Aber ist nett, danke schön. Und, alles in bester Ordnung?" Sie kam einen Schritt auf mich zu, und ich erstarrte.

„Ja, alles wunderbar."

„Die Abnahme war schon?"

„Ja", sagte ich. „Alles fertig. Sagen Sie, wollen wir uns nicht endlich duzen? Ein bisschen spät, aber ..." Ich zuckte mit den Schultern.

Sie lächelte mich an und kam noch einen Schritt näher. Ihre braungoldenen Augen schienen fast zu leuchten, als sie ihr Beanie vom Kopf zog. „Wieso spät? Fängt doch gerade erst an, det mit uns beeden Hübschen, wa? Also, ick bin die Jasmina. Und du bist Sabi?"

Ich schüttelte den Kopf. „Nein", sagte ich mit heiserer Stimme. „Ich heiße Sabrina."

„Klingt jut", sagte sie und sah mich unter ihren Wimpern hervor nachdenklich an. „Da ham wa ja fast ähnliche Namen, wa? Sabrina und Jasmina." Sie lächelte mich an.

Ich konnte mich für einen Moment nicht rühren. Dann schluckte ich mühsam und nickte. Justin Timberlake seufzte aus den Boxen, Jasminas dunkle Augen musterten mich eindringlich, die Luft schien zu flimmern, und alles um mich herum begann sich zu drehen.

Jasmina legte ihre Hände auf meine Hüften. „Na, denn", sagte sie und lächelte breit. „Denn können wir ja endlich! Denn jetzt biste ja keene Kundin mehr, oder?" Und damit zog sie mich an sich.

Zum Frauenstammtisch gehe ich nicht mehr, und Pia habe ich auch nicht wiedergesehen. Sie hat noch ein paar Mal angerufen, aber beim dritten Mal habe ich ihr gesagt, dass sie nicht meine Welt ist, und seitdem herrscht Ruhe.

„Na, wenn du meinst, du hast was Besseres zu tun!", hat sie gegiftet und aufgelegt.

In der Tat, ich habe Besseres zu tun. Und zwar mit Jasmina.

Nein, sie hat keinen Stall voller Kinder zu Hause, keinen Mann und auch keine Freundin. Aber lesbisch, das ist sie. Und wie!

Ihre Wohnung will sie fürs Erste behalten, aber manchmal, eigentlich ziemlich oft, schläft sie bei mir, und dann wasche ich abends ihre Arbeitsklamotten und hänge sie auf, im Wohnzimmer, neben dem Esstisch mit den zwei Hockern. Meinen Kirschholztisch mit den acht passenden Stühlen habe ich verkauft.

„Wat denn, meine Kleene, du bist ja 'n echtet Goldstück!", sagt Jasmina dann immer und legt ihre kräftigen Arme um mich, und ich kichere beglückt und kuschele mich an sie.

Jasmina, das ist meine Welt.

Und das Schönste ist: Ich bin auch ihre.

Stille Beute

Ich glaube, es war ihre Ahnungslosigkeit, die mich reizte. Nicht, dass nicht auch andere ahnungslos waren und sind, aber sie war es auf eine besondere Art. Vielleicht, weil sie immer so cool daherkam mit ihrem kühlen, fast arroganten Blick, dem kräftigen Körper, den lässigen Gesten, den fast leuchtend hellgrauen Augen. Sie war eine dieser seltenen gutaussehenden Frauen, die sich ihrer Ausstrahlung durchaus bewusst sind, sie aber nicht um jeden Preis nutzen – oder nur sehr gezielt.

Ihr gefielen stets feminin wirkende Frauen, willig, sich dominieren zu lassen. Die umwarb sie charmant. Alle anderen ließ sie links liegen. Und dennoch zog sie auf Schritt und Tritt einen Rattenschwanz von kleinen, devoten Verehrerinnen hinter sich her, die sie mit einem einzigen beiläufig zugeworfenen Lächeln tagelang glücklich zu machen vermochte. Andererseits war sie durchaus imstande, allzu Aufdringliche darunter mit einem einzigen Blick zum Schweigen zu bringen. Sie war einfach cool. Cool und unnahbar.

All das sah ich natürlich, aber dahinter sah ich noch mehr. Ich sah die Verletzlichkeit, die manchmal in ihrem Lächeln auftauchte, die Verträumtheit in ihrem Blick in den wenigen Momenten, da sie sich unbeobachtet glaubte, und die Weiblichkeit in ihren Bewegungen, notdürftig durch die weiten, fast martialisch wirkenden Klamotten kaschiert.

Andere konnten nicht sehen, was ich in ihr sah. Em zum Beispiel.

„Klar, gut sieht sie aus", sagte Em und betrachtete sie über den Rand ihrer Bierflasche hinweg. „Aber die ist doch gar nicht dein Typ. Viel zu kerlig, findest du nicht?"

„Nein, finde ich nicht", sagte ich, stützte mich mit einem Ellbogen auf den Tresen und griff nach meinem Bier. „Ich finde sie absolut perfekt. Für das, was ich von ihr will."

Em betrachtete mich zweifelnd. „Tja, wenn sie's denn unbedingt sein soll", sagte sie dann achselzuckend und hob ihre Flasche, wobei sie unauffällig nach der neuen, ziemlich attraktiven Barfrau Ausschau hielt. Aber die war am anderen Ende des Tresens beschäftigt.

„Genau. Sie soll es sein", sagte ich und stieß mit ihr an.

Drüben an der Wand ließ sich mein dunkelhaariger Schwarm vom Hocker gleiten. Em und ich sahen zu, wie sie sich zwischen einem Pulk Lederschwuler hindurchschob und direkt auf uns zukam. Arglos ging sie dicht an Em und mir vorbei, ohne unsere lauernden Blicke zu bemerken. Sie war mir so nah, dass ich sie fast riechen konnte, und ich beugte mich vor und schnupperte ihr hinterher. Em starrte mich an und zog eine Braue hoch.

„Benimm dich, Becky. Wenn man dich so sieht, muss man ja denken, dass du pervers bist."

„Bin ich ja auch", sagte ich und winkte der neuen Barfrau mit meiner Flasche. Sie kam sofort zu mir herüber. „Zwei Bier, bitte."

„Aber gern", sagte die Barfrau und sah mir tief in die Augen. Bevor ich sie anlächeln konnte, trat Em mir unter dem Barhocker gegen das Schienbein, und ich zuckte zusammen.

„Ist was nicht in Ordnung?“, fragte die Barfrau besorgt.

„Doch, doch“, sagte ich und musste grinsen. Die Barfrau errötete leicht, und Em trat mir ein zweites Mal gegen das Schienbein. Ich lachte und schwang mich herum, und genau in diesem Moment kam die Dunkelhaarige auf dem Weg von der Toilette an mir vorbei. Schlagartig wurde ich ernst. Sie fing meinen Blick auf und etwas darin hielt sie fest.

Einen Augenblick lang verharrte sie und sah mich irritiert an, und ich kniff langsam die Augen zusammen, bevor ich zu lächeln begann. Sie gab mir einen abschätzigen Blick zurück und ging weiter, mit hoch erhobenem Kopf. Aber ich hatte das Zucken von Neugier in ihren Augen bemerkt, und ich sah die leichte Röte in ihrem Nacken, die ihren akkurat rasierten Haaransatz hinaufzukriechen begann. Sie hatte mich registriert.

Und das war der Moment, in dem ich beschloss, sie wirklich zu jagen.

„Hallo, Becky? Bist du noch da?“, fragte Em und rüttelte mich am Arm.

Em heißt eigentlich Emma und ist meine beste Freundin, schon lange, seit vielen Jahren. Ich weiß viel über Em und sie weiß viel über mich. An diesem besonderen Abend, lange nachdem mein dunkelhaariger Schwarm gegangen war, erzählte ich ihr von meinen heimlichen Wünschen, ausführlich sogar. Em war so verdutzt, dass sie tatsächlich für ein paar Minuten vergaß, die neue Barfrau gierig zu beäugen.

„Du spinnst“, sagte sie und schüttelte den Kopf. „Also ehrlich, Becky, ich finde, das ist nicht normal. Das hat was Morbides.“

„Stimmt“, sagte ich lächelnd.

Em lächelte auch, aber sie blieb skeptisch. „Aber ausgerechnet mit der! Dazu kriegst du die nie!“

„Wollen wir wetten?“, fragte ich.

„Ich wette aus Prinzip nicht, das weißt du doch, Becky“, sagte Em und beugte sich über den Tresen zur Barfrau hinüber. „Ich hätte gerne zwei Bier!“

Die Barfrau nickte, stellte zwei Bier auf den Tresen und wandte sich ab. Ems Miene verfinsterte sich, und ich musste schmunzeln. Und diesmal war ich schneller als Em. Mein Schienbein dankte es mir.

Ein paar Tage später lieh Em mir ein Buch, einen Thriller genauer gesagt. Stille Beute hieß er. Der Mörder darin fand besonderen Gefallen daran, seine Opfer bewusstlos zu machen, bevor er sich an ihnen verging. Um sein Vergnügen zu intensivieren, brachte er die reglosen Frauen am Ende dann um.

„Spannend“, sagte ich zu Em, nachdem ich es zur Hälfte gelesen hatte. „Aber nicht ganz mein Ding.“

„Trotzdem! Siehst du, wohin solche komischen Wünsche, wie du sie hast, führen können?“, fragte Em drohend, aber dann musste sie lachen.

Em kannte zwar meine Wünsche, aber nicht einmal sie wusste, wie besessen ich mittlerweile von ihnen war. Welche merkwürdigen Fantasien mich seit langem verfolgten, Fantasien, die ich nicht abschütteln konnte. Erst recht nicht, seit ich Katha entdeckt hatte.

Auch ich wollte eine Beute. Auch ich wollte sie ganz für mich allein. Und das mit ihr tun, was ich seit langer Zeit wollte.

Wenigstens ein einziges Mal.

„Sie wird genau das machen, was ich will. Und wenn es nur ein einziges Mal ist“, sagte ich eine Woche später zu Em. Wir saßen draußen, vor einem dicht bevölkerten schwullesbischen Café.

„Wer? Deine Flamme da?“, fragte Em und nickte zu Katha hinüber, die drei Tische weiter saß, ins Gespräch mit einer hübschen Blondine vertieft, die aufgeregt an ihren Lippen hing. Ein Trupp glatzköpfiger Junglesben hockte am Nachbartisch und warf verstohlen schmachtende Blicke zu ihr hinüber.

„Katha heißt sie. Eigentlich Katharina."

„Woher weißt du denn das nun schon wieder?", fragte Em mich verwundert.

„Aus gut unterrichteten Kreisen." Ich nickte zur Kellnerin rüber, die gerade an unserem Tisch vorbeikam und mir ein strahlendes Lächeln zuwarf.

„Du Schwein", sagte Em und grinste widerwillig in sich hinein. „Lass mir doch auch mal eine übrig."

„Bitte sehr. Nimm, wenn du willst. Außer Katha natürlich. Die gehört mir."

„Wie großzügig du wieder bist", sagte Em.

„Aber das bin ich doch immer."

Katha sah auf und zu mir herüber. Einen Moment lang hielt sie meinem Blick stand, dann griff sie mit ausdrucksloser Miene nach ihrem Bier und wandte sich wieder ihrer blonden Begleitung zu, die wie gebannt zu ihr aufsah. Ich bemerkte, wie Katha eine dunkle Strähne ins Gesicht fiel. Eines Tages würde ich es sein, die sie ihr aus der Stirn blies.

Weil ich es so wollte.

Mir gefallen aktive Frauen durchaus, Frauen, die mitmachen, mit Begeisterung bei der Sache sind. Klar, das ist cool. Aber besonderen Reiz empfinde ich meistens, wenn meine Geliebte sich kaum mehr bewegt. Weil sie nicht mehr kann. Weil ich sie nicht lasse.

Ich fessele ausnehmend gern, und ich kann es auch gut. Manche zurre ich fest, bis sie endgültig bewegungsunfähig sind. Dann befriedige ich sie nach allen Regeln der Kunst.

Devote Frauen mögen das gern, und mir macht es Spaß; natürlich, und wie.

Aber es war nie vollkommen. Es war nie perfekt.

Mit Katha aber würde es perfekt sein. Auch wenn sie noch nichts davon ahnte.

Zwei Wochen später spürte ich sie auf dem Klo auf. Ich passte den Moment ab, in dem Katha sich bei ihrer Begleitung, einem älteren Schwulen, entschuldigte, vom Barhocker rutschte und in dem schmalen Gang zwischen Tresenraum und Hinterzimmer verschwand. Mit schnellen Schritten folgte ich ihr. Eine Punkfrau kam hinterher, aber ich schob sie wieder hinaus.

„Hier ist besetzt“, sagte ich knapp und zog die Tür zu. Ihr protestierendes Grummeln verstummte abrupt.

Als Katha aus der Toilettenkabine kam, stellte ich mich ihr in den Weg. Ihre Augen wurden ganz schmal, und sie steckte ihre Hände in die Hosentaschen und ballte sie zu Fäusten.

„Entschuldigung, darf ich bitte mal durch?“, fragte sie ruhig. Ihre Stimme, so nah, so deutlich, gefiel mir. Zum ersten Mal hörte ich sie ohne Hintergrundgeräusche, den ewigen Klangteppich aus Musik, anderen Stimmen, Verkehrslärm von der Straße.

„Darf ich jetzt bi...“, setzte Katha ein zweites Mal an. Ich schob sie nach hinten und drückte sie gegen die Wand, so schnell, dass sie ein paar Atemzüge lang brauchte, um zu registrieren, was mit ihr geschah.

„Und ob du darfst“, sagte ich leise. Ich presste ihre Arme knapp oberhalb der Ellbogen gegen die Wand, ihre Hände steckten gefangen in ihren Taschen. Ihre wehrhafte Pose hatte sich ins Gegenteil verkehrt, war zur Falle geworden.

„Was ... was soll das? Was willst du von mir?“ Ihre Augen verengten sich noch weiter. Jetzt, aus der Nähe, konnte ich den dunklen Ring sehen, der sich um Kathas hellgraue Iris schloss. Daher also kam das eigentümliche Leuchten in ihren Augen. Ich spürte ihr Herz an meiner rechten Hand schlagen, die sich immer noch fest um ihren Oberarm spannte.

„Das weißt du doch“, flüsterte ich und lächelte, bevor ich sie losließ. Dann drehte ich mich um, ging zum Waschbecken hinüber und wusch mir die Hände. Im Spiegel sah ich Kathas zorniges, nachdenkliches Gesicht, das vorgeschobene Kinn, die zusammengebissenen Kiefer. Meinem Blick wich sie aus.

Schweigend wartete sie hinter mir, bis ich mir die Hände abgetrocknet hatte. Erst als ich ging, hob sie den Kopf. Ich sah das aufkeimende Begreifen in ihren Augen.

Natürlich dauerte es ein bisschen, bis Katha wirklich verstand, worum es ging. Die ungeschriebenen Gesetze sind so einfach und klar, wie gut gepflasterte Wege, auf denen es sich zügig und forsch voranschreiten lässt, ohne zu stolpern. Gleich und Gleich gesellt sich gern, Gegensätze ziehen sich an – keiner von uns kann daran so einfach vorbei. Einmal festgelegt, geht es sich in sicheren Bahnen. So auch bei mir: Mein Beuteraster war klar, die Jagd spannend und einfach zugleich. Ich lernte dazu. Doch meine Wünsche wurden spezieller. Und dann hatte ich Katha entdeckt. Und gewusst, dass sie perfekt war. So paradox es auch schien.

Und genau deshalb brauchte sie eine Weile, bis sie meine Blicke richtig deutete. Ich machte ihr ihre Rolle streitig, und das ging ihr nicht gleich auf. Normalerweise war auch Katha diejenige, die die Fäden in der Hand hielt, die ihre zukünftigen Geliebten aussuchte, umwarb und eroberte, wozu nie viel gehörte: ein Blick, ein vielsagendes Lächeln, ein paar flüsternd geraunte Sätze, dicht am Ohr, die eine Gänsehaut machten. Die Frauen standen auf Katha, und wie. Alles war klar, für Katha genauso wie für mich: Kerle als Kumpels, Frauen als Beute. Hübsch und devot.

Natürlich hätten wir Konkurrentinnen sein müssen, Katha und ich. Aber das waren wir nicht. Und allmählich fing auch Katha an, das zu begreifen.

Ein paar Wochen vergingen, in denen ich sie nicht sah. Vergebens hockte ich in den einschlägigen Bars und Cafés und hielt nach ihr Ausschau, mal mit Em, mal ohne. Ich redete nicht weiter darüber, aber Em spürte meine Ungeduld deutlich. Und sie ahnte auch, woher sie kam.

„Was willst du denn ausgerechnet mit der? Guck dich doch mal um, Becky. So viele Frauen, und du willst diese kerlige Butch!"

„So kerlig ist sie gar nicht. Im Gegenteil, Em."

Em war nicht überzeugt. Sie sah sich noch einmal nach der Barfrau um, die zwar immer noch attraktiv, aber mittlerweile nicht mehr neu war, und fuhr sich schnell über ihren frisch rasierten Schädel. „Wenn du dich mal nicht täuschst."

„Ich täusche mich nicht."

„Na gut, wenn du meinst. Sag mal, hast du das Buch eigentlich schon durch?"

„Stille Beute? Nee, noch nicht ganz."

„Sag Bescheid, wenn's so weit ist."

„Mach ich", sagte ich und lehnte mich langsam zurück. Em sah mich an.

„Ach, Becky", sagte sie leise. „Ich könnte fast glauben, dich hat's erwischt. Aber das ist es nicht richtig, nicht wahr?"

„Nee", sagte ich. „Nicht richtig. Aber so ähnlich."

Kurz danach sah ich sie mit einer anderen. Es war keine von ihren kleinen Verehrerinnen; die störten mich ohnehin nicht, waren keine Konkurrenz, egal was Katha mit ihnen trieb. Aber es war auch keine Femme. Es war eine Butch, fast so eine wie Katha – groß, kräftig, mit verwegenem Blick und blitzenden Stiefeln. Die beiden lehnten lässig nebeneinander an der Wand und unterhielten sich leise. Ich roch mehr, als dass ich sah, was die andere wollte. Katha war ahnungslos, ganz offensichtlich. Sie hatte mich noch nicht bemerkt, und ich sorgte dafür, dass das fürs Erste so blieb. Ich stellte mich ganz in die Ecke und sah ihnen zu. Mein Zorn wuchs mit jeder Sekunde.

Nach einer halben Stunde ging ich an ihnen vorbei. Mein Blick ließ Katha verstummen.

Den Rest des Abends sprach sie kaum noch mit ihrer Begleitung und wenn, dann nur stockend. Ich saß gelassen auf meinem Hocker am Tresen und sah zu, wie ihrer beider Gespräch nach und nach vollends versiegte. Kathas kühler Blick flog mehrfach zu mir herüber und über mich hinweg, aber ich bemerkte das Flackern in ihren Augen. Die Butch neben ihr wurde zusehends nervöser. Witternd drehte sie sich um, hielt Ausschau nach ihrer femininen Rivalin, dem Grund für Kathas plötzliches Desinteresse. Auch ihr Blick streifte mich wiederholt. Sie reckte das Kinn, aber sie begriff nicht, dass ich es war, die ihre Pläne zunichte gemacht hatte. Mit einem einzigen Blick.

Schließlich gab sie klein bei und ging, hocherhobenen Hauptes. Auch Katha ging wenig später, mit nachdenklicher Miene, ohne mich noch einmal anzusehen.

Solche Macht haben Blicke.

Ich saß noch lange auf meinem Hocker. Draußen färbte der Himmel sich rosa, als ich beschloss, dass es jetzt so weit war.

„Leihst du mir dein Auto?", fragte ich Em ein paar Abende später.

Em seufzte tief in den Hörer. „Wenn's sein muss."

„Es muss sein."

„Na gut. Dann komm vorbei."

„Danke, Em, du bist ein Schatz."

Em lachte in sich hinein. „Wenn ich so ein Schatz bin, warum fragst du mich eigentlich nicht, ob ich mitkommen will auf die Frauenparty heut Abend?"

Ich antwortete nicht, und Em lachte noch einmal. „Schon gut, keine Angst", sagte sie dann. „Du darfst ruhig allein auf die Jagd. Aber ich brauch es morgen früh zeitig wieder. Spätestens um zehn."

„Geht klar", sagte ich und zog die Hörerschnur lang. „Also, ich komm jetzt vorbei."

„Okay. Ach ja, und Becky – hast du mein Buch denn jetzt endlich durch?"

„Stille Beute? Fast. Mir fehlt nur noch das Ende."

„Na dann", sagte Em.

In Ems Auto roch es nach Eukalyptusbonbons. Ich parkte direkt gegenüber vom Eingang des Clubs und rutschte tief in den Sitz. Drei Zigaretten später kam Katha um die Ecke und ging auf die Tür zu. Ich beobachtete, wie sie stehen blieb, ihre Workerjeans hochzog und sich durchs Haar fuhr, bevor sie im Eingang verschwand. Langsam schloss ich die Augen und legte den Kopf an die Lehne. Im Wageninnern war ein merkwürdiges Geräusch. Erst nach ein paar Sekunden begriff ich, dass es mein eigener Atem war, schnell und gepresst. Ich zählte bis dreißig, dann stieß ich die Tür auf.

Ich musste zweimal die Runde durch den Laden machen, bis ich sie entdeckte. Sie stand hinten an der Tanzfläche neben einer Box und sprach mit zwei Frauen. Ihre Wangen waren schon jetzt, nach so kurzer Zeit, von der Hitze gerötet. Ich sah eine feuchte Strähne in ihrer Stirn, und mein Magen fühlte sich plötzlich sehr klein an und seltsam verknotet. Mit schweren Schritten ging ich zum Tresen zurück.

„He, Becky", sagte die Barfrau und lachte mich an. „Was kriegst du?"

„Ein Bier, bitte."

Sie sah mir tief in die Augen, als sie es mir reichte. Ich nickte förmlich und gab ihr ein saftiges Trinkgeld, statt mit ihr zu flirten.

Rasch wurde es noch voller, die Luft dick wie Rauch. Katha konnte ich nicht sehen, aber sonst hatte ich alles im Blick: Ein Meer aus tanzenden Körpern, nervöse Gestalten, angespannt lachende Gesichter, und der Weg nach draußen führte an mir vorbei. Rhythmen hämmerten durch meine Ohren; Hände, Ellbogen, Knie streiften mich, Bekannte sprachen mich an, machten sich wieder davon. Ich stand wie ein Denkmal, das Bier in der Hand, ein Daumen im Gürtel, manchmal eine Zigarette im Mund.

Irgendwann kam Katha von hinten und zuckte zusammen, als sie mich sah. Ich starrte sie an. Sie ging weiter, zum Klo und dann wieder zurück. Nicht viel später kam eine der beiden Frauen, mit denen sie zusammengestanden hatte, und orderte Bier. Sie musterte mich, aber nicht unauffällig genug. Ich legte den Kopf in den Nacken und kniff die Augen zusammen, und sie hastete fort.

Ein paar Minuten danach gab sie dann die Vorhut. Vom Anfang der Tanzfläche sah sie verstohlen zu mir hinüber, kurz darauf folgte ihr Katha.

Ich wartete einen Moment, dann stieß ich mich vom Tresen ab. Zielstrebig scheuchte ich ein paar Junglesben zur Seite und ging an Katha vorbei. Sie erwiderte meinen Blick, ohne im Gespräch zu verstummen. Aber ich sah, wie schwer es ihr fiel.

Ihre Freundinnen tuschelten nervös. Katha stand still. Ich blieb stehen und drehte mich ganz zu ihr um. Jemand ging zwischen uns vorbei. Ein schriller Ton war in meinem Kopf.

„Ich. Will. Dich. Jetzt“, sagte ich lautlos. Kathas Augen weiteten sich. Dann straffte sie die Schultern und schob das Kinn vor. Ich setzte mich in Bewegung. Dicht vor ihr blieb ich stehen. Ihre Freundinnen traten zurück.

„Was willst du?“, fragte sie ruhig.

„Weißt du doch“, sagte ich.

Ich sah ihr Lächeln, ganz kurz nur. Dann war es verschwunden. Wir maßen uns mit Blicken.

„Okay“, sagte sie. „Gehen wir zum Tresen und trinken etwas.“

„Ich lade dich ein“, sagte ich rasch.

Sie sah mich nachdenklich an. Erst als sie nickte, wusste ich, dass es gelang. Ich würde sie kriegen. Einmal nur, ein einziges Mal, aber ich würde sie kriegen.

Das Bier war eiskalt, genau wie der Blick der beleidigten Barfrau. Katha stützte einen Ellbogen auf und stieß mit mir an.

„Was machst du denn so?“, fragte sie.

„Ich bin Jägerin.“

Ihr Gesicht verhärtete sich. „Jägerin?“, fragte sie angewidert. „Das finde ich widerlich.“

„Keine Tiere. Frauen. Ich jage Frauen.“ Ich zog eine Braue hoch.

Nach einem Moment begann Katha zu lächeln. „Du siehst eigentlich gar nicht so aus“, sagte sie schließlich. „So dominant, wenn du weißt, was ich meine.“

„Ich weiß. Aber ich bin’s“, sagte ich ruhig.

Ich bin unauffällig, das stimmt. Ich trage keine Docs und keine schweren Jacken wie Katha und mein Haar ist länger als ihres. Katha dagegen ist auffällig schön und sie ist cool.

Ich trank einen Schluck Bier. „Wenn du willst, beweise ich es dir.“ Ich sah Katha nicht ins Gesicht, ich sah auf ihre Kehle, die samtweiche Haut, die sich über den Schlüsselbeinen spannte, den Tropfen Schweiß, der sich in der kleinen Mulde dazwischen gesammelt hatte.

Sie brauchte ein Dutzend Atemzüge und zwei Schlucke Bier, um sich zu entscheiden.

„Gut“, sagte sie heiser. „Einverstanden. Beweise es mir.“

Ich blickte auf. Ihre Augen waren sehr dunkel. Sie hatte verstanden, was ich von ihr wollte. Und sie wollte es auch.

„Es riecht nach Menthol“, sagte Katha, als ich den Motor anließ.

„Eukalyptus“, stellte ich richtig. Katha lachte.

„Ist das nicht das Gleiche?“

„Fast“, sagte ich und gab Gas. „Aber nur fast.“

Schweigend saßen wir nebeneinander. Ich war jetzt sehr ruhig, auf jeden einzelnen Handgriff bedacht. Die Straßen waren frei. Laternenlicht glänzte auf feuchtem Asphalt, es hatte vor Stunden geregnet. Katha musterte mich von der Seite, und mit jeder Sekunde wuchs meine Erregung. Mein Herz schlug wie verrückt.

„Alles okay?", fragte sie.

„Klar", sagte ich. „Und bei dir?"

Sie zögerte einen Moment. „Das weiß ich noch nicht", sagte sie dann.

Katha ging vor mir her durch den Flur, am Bad und der Küche vorbei, genau auf das Licht zu. Sie ging lässig und ohne zu zögern, und ich folgte ihr langsam, mit trockener Kehle. Als sie die Tür zum Zimmer ganz aufstieß, blieb sie kurz stehen, und ich kniff die Augen zusammen. Verschwommen sah ich den dunklen Umriss ihres Körpers, das warm schimmernde Licht dahinter, das ihre Konturen verstärkte.

Sie war meine Beute. Und jetzt konnte sie mir nicht mehr entkommen. Denn sie war in meiner Wohnung. Sie war endlich bei mir.

„Nett hier", sagte sie ruhig, als sie mein Bett sah. Ich ging an ihr vorbei und bog die Schreibtischlampe nach unten. Warmes Licht bündelte sich auf der Tischplatte, Schatten schoben sich über die Kissen und Laken, den hölzernen Rahmen, die glänzenden Schrauben. Katha bückte sich und hob eines der Seile vom Fußende auf.

„Das soll wohl ein Scherz sein?", fragte sie schmunzelnd. Ihr Blick wurde dunkel, eine Strähne teilte ihre Stirn in zwei ungleiche Hälften.

Ich schüttelte einfach den Kopf.

Sie stand da, das Seil in den Händen, und musterte mich. Ich ließ meine Jacke aufs Sofa fallen und gab ihr ihren eigenen Blick wieder zurück. Wir maßen erneut unsere Kräfte. Sekunden verstrichen, Minuten. Schweigen füllte den Raum, presste ihn fast aus den Fugen.

Schließlich schnaubte Katha und warf das Seil hin. „Gibt's auch was zu trinken?"

Ich holte Bier aus dem Kühlschrank und Wasser, und Katha nahm beides. Sie stand immer noch mitten im Raum, und als sie das Bier in der einen Hand hielt und das Wasserglas in der anderen, stieß ich die Luft aus. Dann war ich schon hinter ihr, sog ihren Duft ein, glitt ihr unter die Jacke. Katha zuckte zusammen, das Wasser in ihrer Hand schwappte über, ein Tropfen fiel auf die Dielen. Wir hörten ihn beide. Ich schob meine Hände weiter unter ihr Hemd.

„Lass das", sagte Katha rau und drehte den Kopf. Ihre Lippen waren erst hart, dann ganz weich, so wie ihre Hüften, die Haut über den Rippen, in der Kuhle dazwischen. Mit den Fingerspitzen fuhr ich am Rand ihres BHs entlang bis nach hinten. Als ich ihn öffnete, sah ich nach unten. Mein Hosenlatz bebte dicht vor ihrem Hintern, ich spürte die Feuchtigkeit in meinen Boxershorts. Schon jetzt war ich nass, nicht nur feucht, sondern nass.

„Ich lass das Zeug fallen", sagte Katha und starrte auf die Getränke.

„Das tust du nicht", flüsterte ich und nahm ihre Brüste in meine Hände. Sie waren schwer, voller, als ich vermutet hätte; Katha tarnte sich gut. Ich wölbte die Finger. Kathas steife Brustwarzen stießen gegen die Kuppen.

„Ich lass das Zeug fallen", flüsterte Katha und stöhnte.

Natürlich tat sie das nicht. Sie stand da, verwundert und überrumpelt, und ließ alles mit sich geschehen, an jeder Bewegung gehindert durch die Getränke in ihrer Hand. Ich öffnete ihren Gürtel, zog ihn heraus und warf ihn mir über die Schulter. Das scharfe Surren des Leders, das durch die Laschen zischte, hallte mir in den Ohren. Ich machte Kathas Reißverschluss auf und zerrte ihr die weite Hose mitsamt ihrem Slip über die Hüften. Mit einem Rascheln fielen sie auf ihre Stiefel hinab. Katha stand immer noch wie erstarrt, als ich ihr das Hemd aufknöpfte, das Bier aus der Hand nahm und abstellte, um ihren Arm nach hinten zu führen und von jeglichem Stoff zu befreien. Dann fing ich ihr Handgelenk ein. Mit ihrem Gürtel.

„Du spinnst", murmelte Katha. Ich griff nach ihrem Wasser und trank es rasch aus. Katha, jetzt endlich frei, drehte sich um, aber zu spät. Einen Moment später schimmerte ihr nackter Oberkörper weich in dem dämmrigen Licht. Ihre Arme bildeten ein sehniges V auf ihrem Rücken, am Schnittpunkt glänzte die Gürtelschnalle. Ich hatte lange dafür geübt.

Katha zitterte leicht. Ihr Slip war verrutscht, die nackte Rundung ihrer Arschbacken trieb mir ein heißes Gefühl in den Bauch. Ich sog scharf die Luft ein, dann wieder.

„Du spinnst", sagte Katha noch einmal. Ich trat um sie herum und hockte mich hin. Langsam löste ich ihre Schnürsenkel und lockerte sie. Ich verkniff mir ein Grinsen, als Katha folgsam aus den Stiefeln hinausstieg. Mit zwei Griffen zog ich ihr die Socken herunter. Dann sah ich an ihr hoch.

Ihr Lächeln trug Spuren von Furcht.

„Dir passiert schon nichts", flüsterte ich. „Und wenn, dann nur Gutes."

Katha drehte den Kopf unwillig zur Seite. Ich glitt an ihr hoch und legte die Arme um sie. Mit einem Ruck hob ich sie an und trug sie zum Bett. Überrascht stieß Katha die Luft aus. Vielleicht, wahrscheinlich, war ich die Erste, die sie so trug. Sonst hatte sie stets die anderen getragen.

Sie war schwer; ein kräftiger, weiblicher Körper mit vielen Muskeln und nahezu üppigen Formen. Als sie versuchte, sich zu befreien, biss ich sie leicht in die Schulter. Katha fluchte dagegen an, aber ich ging in die Knie und beugte mich vor, und schon lag sie vor mir, auf ihren eigenen Armen. Bevor der Schmerz kam, drehte ich sie zur Seite und dann auf den Bauch.

„He, was soll das!" Katha stemmte sich gegen den Gürtel. Ich kniete mich auf ihre strampelnden Beine, nahm die Seile zur Hand und öffnete blitzschnell den Gürtel. Kurz darauf waren Kathas Hände hoch über ihrem Kopf rechts und links am Rahmen gefesselt.

Katha trat zweimal nach mir, als ich ihre Beine auf dieselbe Weise am unteren Rahmen verschnürte. Wütend drehte sie schließlich den Kopf auf die Seite und blitzte mich an.

„Was willst du eigentlich? Lass uns über die Spielregeln reden."

Ich schüttelte langsam den Kopf.

Katha kniff die Augen zusammen. „Das muss jetzt schon erst klar sein, sonst mach ich nicht mit. Ein paar Spielchen, die ganz harte Nummer, oder was soll das jetzt werden?"

Ich schüttelte wieder den Kopf. „Ich will nur, dass du stillhältst", sagte ich leise.

„Das ist nicht mein Ding", antwortete Katha nach einem Moment, aber ich konnte sehen, dass sie log. Vor Überraschung über ihre eigenen Wünsche. Die sich mit meinen deckten.

Ich nickte. „Nur ein einziges Mal", sagte ich ruhig.

Katha starrte mich an. Für einen Moment kam ihr kleines Lächeln zurück, aber jetzt ohne Angst. „Du spinnst ja", flüsterte sie wieder.

Sie schloss die Augen.

Und dann lag sie still.

Stille Beute, dachte ich schaudernd.

Ich saß lange da und betrachtete Katha, ihren wehrlosen, mir ausgelieferten Körper, seine rundlichen Formen, die Muskeln, die schimmernde Haut. Ich fuhr mit dem Finger ihren Schenkel entlang. Dann drückte ich langsam hinein, spürte, wie festes Fleisch dem Hüftknochen wich und sich dahinter wieder erhob.

Ich fand sie wunderschön. Sie war nicht ganz schlank, mit einem Bauchansatz, etwas Speck auf den Hüften und ein wenig zu vollen, hängenden Brüsten. Ihre Schultern aber waren makellos, ihr Rücken genauso. Sie war ganz mein Geschmack. Ich hatte das vorher gewusst.

Als ich meine Hose auszog und mein Hemd und mich vorsichtig auf sie legte, stöhnte sie auf. Sie fing an, sich zu bewegen, aber ich hielt sofort inne.

„Beweg dich nicht", sagte ich ruhig.

Nach einem Moment schloss sie die Augen, und ich glitt an ihren Armen empor und schlang meine Hände um ihre. Dann fing ich meinerseits an, mich zu bewegen. Kathas Arschmuskeln spannten sich an und ich spürte sie unter mir beben. Die Lust schlug wie eine Woge über mir zusammen und riss mich mit.

Tatsächlich hatte ich zuerst tausend Pläne mit ihr, Unmengen von Wünschen, in langen Nächten ersonnen, aber dann, nach und nach, hatte sich der einzig wahre herauskristallisiert und alle anderen verdrängt: Ich wollte mich an ihr berauschen. Sie sollte nichts tun. Nur still liegen und da sein.

Unter dem Bett lag der Dildo bereit, Handschellen, ein Knebel, aber all diese Dinge blieben dort liegen. Ich brauchte sie nicht. Was ich brauchte, war Katha, ihren Körper, ihre Hitze, ihren Duft. Und dass sie stillhielt.

Und das tat sie.

Sie lag still, während ich mich auf ihr bewegte, langsam erst, dann immer schneller. Ich zog ihre Arschbacken auseinander und drängte mich dazwischen, und Katha keuchte auf. Ihr Unterleib wölbte sich mir entgegen, und sofort hörte ich auf.

Nach einem Moment begriff sie und hielt still, und ich machte weiter.

Als meine Hände ihre nackte Haut entlangfuhren, sich unter ihre Hüftknochen schoben und sie gegen mich pressten, spürte ich, wie Katha vor Lust erzitterte. Ihr Atem wurde jetzt schneller, und ich drängte meine Knie zwischen ihre und spreizte so ihre Beine. Von unten griff ich dazwischen. Katha bäumte sich auf.

Ein paar Sekunden war alles ganz ruhig. Ein Rauschen war in meinen Ohren, dann Kathas Stimme.

„Bitte", flüsterte sie. „Komm schon, fick mich."

Und sie hielt still, als ich in sie eindrang, mit zwei Fingern, drei, dann mit vier.

Mein Schweiß vermischte sich mit ihrem. Meine Hand auf ihrem schweißnassen Rücken rutschte ab. Ich griff nach, meine Finger krallten sich tief in ihr Fleisch. Katha wimmerte auf.

Ich brachte mein Gesicht dicht neben ihres. Katha starrte mich an, aus hellgrauen Augen. Erneut maßen wir unsere Kräfte. Ich spürte die Gefahr, die in mir lauerte. Tief, ruhig und abwartend. Ich konnte ihr etwas vormachen, sie mir aber nicht. Und darin lag meine Macht.

Schließlich stieß Katha die Luft aus, und ich presste sie fest auf die Matratze, mit meinem ganzen Gewicht. Ich hatte Lust, sie zu küssen, ihren Mund, die feine Wölbung, mit der sich ihre Oberlippe in der Mitte rundete, die gerade Nase darüber.

Aber ich tat es nicht. Noch nicht. Stattdessen glitt ich von ihr hinunter und machte sie los, erst einen Arm, dann den anderen, dann ihre Füße.

Katha drehte sich auf den Rücken und rieb sich die Handgelenke. Nachdenklich sah sie mich an. Ich erwiderte ihren Blick, ohne mich zu rühren.

Und dann war da plötzlich ein Lächeln auf ihrem Gesicht, wie hingezaubert.

Ich beugte mich vor und blies ihr eine dunkle Strähne aus der Stirn. Langsam glitt ich mit einem Finger über ihren Wangenknochen, und Katha drehte den Kopf und leckte über meinen Daumen, bevor sie ihn in den Mund gleiten ließ und daran zu saugen begann.

Ein schmerzhafter Stich zog durch meinen Unterleib. Erst als das Geräusch verklungen war, merkte ich, dass ich aufgestöhnt hatte.

„Komm schon, jetzt fick mich doch endlich“, sagte Katha und breitete die Arme aus. Reglos lag sie da und sah mir entgegen. Ich konnte nicht sehen, was sie dachte. Aber ich wusste trotzdem, dass sie meine Wünsche erkannt hatte. Und zu erfüllen gedachte.

Und sie hielt tatsächlich still, als ich mich auf sie schob und erneut in sie eindrang, mit zwei Fingern, drei, dann mit vier. Und sie hielt immer noch still, als ich kurz aufhörte, nach dem Gleitgel griff und es mir über die Faust spritzte.

Katha lachte mich an, aus hellgrauen Augen, nervös und wissend zugleich. „Du hattest Recht", sagte sie ruhig. „Du bist tatsächlich dominant."

Ich ballte die Faust und senkte den Kopf. Meine eigenen Wimpern waren wie Schleier, hinter denen Kathas schönes Gesicht verschwamm.

Ich hatte nur dieses einzige Mal. Und ich würde es nutzen, so gut ich es konnte.

Draußen dämmerte es bereits, als ich viel später auf Kathas zitternden, schweißnassen Körper herabsank. Ihr dunkles Haar war zerzaust und feucht und duftete köstlich. Ich schob meine Wange auf ihre, roch unseren gemeinsamen Duft, hörte sie atmen. Mein Herz schlug heftig an ihrer Brust. Ich zählte bis dreißig, um mich zu beruhigen. Dann glitt ich von ihr hinunter.

Meine Boxershorts waren fast völlig durchnässt. Ich sah die glänzende Spur, die ich auf Kathas glattem Schenkel hinterlassen hatte.

Katha sah sie auch. Sie griff sofort nach unten, aber meine Hand fing ihre auf halbem Weg ein.

„Nein!", sagte ich rau.

„Aber du bist doch noch nicht ..."

„Nein", sagte ich wieder und drückte zu. Katha stöhnte auf und ich drückte ihre Finger noch fester zusammen. Ihr Körper bog sich unter mir hoch, diesmal nicht vor Lust, sondern vor Schmerz.

„Nein", flüsterte ich noch mal.

Einen Moment zögerte Katha. Dann lächelte sie.

„In Ordnung", sagte sie weich.

Und dann legte sie die Arme um meine Schultern, und ich presste meine Wange an ihre. Das war es, dachte ich mit flatterndem Atem. Mein einziges Mal. Mein einziges Mal mit Katha.

„Alles okay?“, flüsterte ich.

„Alles okay“, sagte sie lächelnd.

Mein Herz klopfte wie wild. Ihres hörte ich nicht. „Gehst du jetzt?“, fragte ich leise.

Katha zögerte einen Moment. Dann sagte sie: „Nein. Ich möchte bleiben. Bei dir.“

Ich schloss die Augen. Jetzt war nur noch ihr Duft da, der mich einhüllte, genau wie ihr heißer, bebender Körper, unter mir, über mir, um mich herum.

„Becky?“, fragte Katha. Ich stützte mich hastig auf dem Ellbogen auf und sah sie an. Sie kannte meinen Namen, so wie ich ihren gekannt hatte, schon vorher.

Kathas Augen waren verhangen. „Küss mich mal“, flüsterte sie. Und als ich es tat, waren ihre Lippen weicher denn je.

Und ich war es auch.

Danach schlief sie fast sofort ein. Eine Weile lag ich neben ihr und lauschte ihrem regelmäßigen Atem und den kleinen Seufzern, die sie dann und wann von sich gab, und schließlich löste ich mich aus ihrer Umarmung, kroch aus dem Bett und ging zum Sofa hinüber.

Eine Weile sah ich Katha beim Schlafen zu, während ich zwei Zigaretten hintereinander rauchte und spürte, wie mein Herz sich nach und nach ein wenig beruhigte, dann sah ich zur Uhr und stöpselte das Telefon ein. Em war sofort dran.

„Es ist halb zehn. Ich bring dir gleich den Wagen“, sagte ich und schirmte den Hörer mit einer Hand ab. „Und dein Buch, Stille Beute, das bring ich dir auch.“

„Aber ich dachte, dir fehlt noch das Ende?“, fragte Em erstaunt.

„Jetzt nicht mehr", sagte ich und drehte mich um. Katha hatte die Augen geöffnet. Reglos lag sie da und sah mich an. Ihr Körper, der die Spuren meiner Lust trug, schimmerte weich im Licht der Lampe, das sich mit dem des einfallenden Morgens vermischte.

Nach einem Moment lächelte sie. „Kommst du gleich wieder?", flüsterte sie.

Ich nickte. Und dann musste ich schlucken. Und noch mal. Und wieder. Und dann war da plötzlich ein Brennen in meiner Kehle.

„Becky, bist du noch da?", fragte Em.

Quellenangaben

„Ich weiß, was ich kann“, Erstveröffentlichung

„Cora kennt sich aus“, erstmals erschienen in: *Gute-Nacht-Geschichten für Frauen, die nicht einschlafen wollen*, hg. von Michaela Kenklies, Piper 2002

„Lesen in Leipzig“, erstmals erschienen in: *Hot‘n Holy – der erotische Weihnachtskalender*, hg. von Susanne Frank und Timothy Sonderhüsken, Knaur 1999

„Einfach zu jung“, Erstveröffentlichung

„Abenteuer und Frauengeschichten“, erstmals erschienen in: *Übernachtung mit Frühstück*, hg. von Nora Dechant, Knaur 2000

„Ein Haus steht dort, wo man es hinbaut“, Erstveröffentlichung

„Fühlen wie mit siebzig“, Erstveröffentlichung

„Was ich von dir weiß“, Erstveröffentlichung

„Die Parade der Postarbeiterinnen“, erstmals erschienen in: *Geschichten zum Rotwerden*, Piper 2000

„Tante Ruth aus Ottawa“, Erstveröffentlichung

„Frühauff, Gronbach und Partner“, erstmals erschienen in: *Augenblicke*, Krug & Schadenberg, 1999

„Meine Welt“, Erstveröffentlichung

„Stille Beute“, erstmals erschienen in: *Bisse und Küsse 2*, hg. von Anna Maria Heller und Regina Nössler, Querverlag 2002

Karen-Susan Fessel

Bilder von ihr

Roman. 354 Seiten. Serie Piper

Thea ist Anfang Zwanzig, als sie Suzannah, die Fotografin, kennenlernt, und sie ist weit davon entfernt, sich auf eine Beziehung, also auf Nähe und Vertrauen, einlassen zu wollen. Früh hatte sie den Vater, als Jugendliche die Mutter verloren, sie war aus der Provinz nach Berlin gekommen, jobbte sich durch die Szenenkneipen, fühlte sich frei und ungebunden, genoß die Anonymität der Großstadt. Die Begegnung mit Suzannah trifft sie wie ein Blitz. Sie weiß, wie man es nur einmal im Leben wissen kann, daß sie die Frau ihres Lebens gefunden hat. Aber noch kann sie Nähe nicht wagen, sperrt sich, flüchtet. Es dauert Jahre, bis Thea sich auf Suzannah einlassen, bis sie vertrauen kann. Und dann der Schock: Suzannah kommt bei einem Verkehrsunfall ums Leben. Thea geht nach Paris, an Suzannahs Ort, sie trauert, indem sie sich erinnert, indem sie die Geschichte dieser Liebe aufschreibt, indem sie sich der »Bilder von ihr« inne wird.

05/1124/01/L

Karen-Susan Fessel

Bis ich sie finde

Roman. 455 Seiten. Serie Piper

Jane ist anders, besonders. Jane war früher ein Mann. Als Uma, der Frauenschwarm, die unnahbare Blonde aus dem hohen Norden zum erstenmal erblickt, ist es um sie geschehen. Ein Funken entzündet Umas Herz, ein Funken, der immer weiter lodern wird – auch als die lebenshungrige Uma mit Marianne und ihren beiden Kindern ein neues Leben führt. Hin und her gerissen folgt sie ihrer Sehnsucht und begibt sich auf die Suche nach Jane. – Karen-Susan Fessels feinfühlige Geschichte einer Zeiten und Orte überbrückenden Liebe geht unter die Haut.

»Ein großer Liebesroman … fein, behutsam und stimmig.«
XTRA!

05/1808/01/R

SERIE PIPER

Karen-Susan Fessel

Was ich Moira nicht sage

Erzählungen. 238 Seiten. Serie Piper

Wo die Liebe hinfällt: Da sind zum Beispiel die beiden Freundinnen, die einfach nicht zueinander passen und sich dennoch lieben. Die Studentin, die sich in ihrer Ehe langweilt und sich in ihre Dozentin verliebt. Und die Frau, die sich entscheidet, als Mann zu leben, und deshalb von ihrer Geliebten verstoßen wird. Jede dieser Geschichten ist außergewöhnlich – mal melancholisch, mal komisch –, und dennoch sind uns die Personen mit all ihren Schwächen und Stärken sehr vertraut. Lebensnah, ausdrucksstark und brillant erzählt Karen-Susan Fessel Episoden aus dem Leben ganz unterschiedlicher Frauen.

»Dieser Erzählband lohnt die Lektüre.«

Virginia

05/1809/01/L

Mirjam Müntefering

Wenn es dunkel ist, gibt es uns nicht

Roman. 288 Seiten. Serie Piper

Madita liebt Julia. Aber vergeblich. Fanni wartet auf Elisabeth. Schon viel zu lange. Greta jagt nach dem Glück. Doch wohin? Jo schaut in den Spiegel und sieht nur noch Anne. Es sind vier Freundinnen, die man sich unterschiedlicher nicht vorstellen kann. Nur in der Liebe, da ähneln sie sich: Sie verlieren den Boden unter den Füßen. Eines Abends dann ein Experiment: ein stockfinsteres Restaurant, in dem nichts zu sehen ist, nur zu riechen, zu schmekken, zu hören, zu tasten ...
Ein Roman, der die Alltäglichkeiten der Liebe als Schlachtfeld zeigt, auf dem nur gewinnen kann, wer mit sich selbst eins ist.

05/1606/01/R

SERIE PIPER

Mirjam Müntefering

Flug ins Apricot

Roman. 239 Seiten. Serie Piper

Als die Neue in die Klasse kommt, ist Franziska sofort hin und weg: Alex heißt die supercoole Schöne aus der Großstadt. Daß Franzi Herzflattern bekommt, sobald sie mit Alex zusammen ist, ist ja wirklich verrückt genug. Aber Alex' tiefe Blicke … Ob sie bedeuten, daß es ihr genauso geht? Ein realistischer, facettenreicher Einblick in das Leben zweier starker sechzehnjähriger Frauen, die sich endgültig von ihrer Kindheit verabschieden. Und eine wunderbare Liebesgeschichte, romantisch und aufregend, kompliziert und federleicht zugleich.

»Stell dir vor, wir hätten Flügel und könnten direkt hineinfliegen ins Blau des Himmels.«
Ich sehe hinauf. Es ist verdammt hoch.
»Ich würde lieber ins Apricot fliegen«, sage ich.

05/1492/01/L

Mirjam Müntefering

Apricot im Herzen

Roman. 233 Seiten. Serie Piper

Die beiden Mädchen Franziska und Alex sind seit einem halben Jahr ein Paar, und das nicht ohne Probleme: Franziska hat ihre Eltern immer noch nicht mit ihrem Coming-out konfrontiert. Alex' Vater hat seine Tochter mit Franziska inflagranti erwischt und seine wütende Reaktion läßt keine Fragen offen. Als dann Franzi auch noch einem Mädchen aus der Schreibgruppe näherkommt, müssen sich die beiden entscheiden … Die einfühlsame Liebesgeschichte zweier Mädchen, bei der Beziehungskrisen ebensowenig ausgeklammert werden wie jene alte und doch immer wieder neue Frage: Wie sage ich es meinen Eltern?

»Es gelingt der Autorin gekonnt, Freud und Leid wie Irrungen und Wirrungen von Coming-out und erster Liebe authentisch zu vermitteln.«
Queer

05/1871/01/R

Mirjam Müntefering

Luna und Martje

Roman. 256 Seiten. Serie Piper

Martje glaubt ihren Augen nicht: Da steht plötzlich ihr erfolgreicher und skrupelloser Bruder vor ihr, Juniorpartner in einem großen Unternehmen, am Arm eine bezaubernde Mittzwanzigerin mit cremefarbenem Haar und dem schönen Namen Luna. Für Martje ist es Liebe auf den ersten Blick, doch die beruht erst einmal nicht auf Gegenseitigkeit: Noch ist Luna die Geliebte ihres Bruders, noch weiß sie nichts von ihren Gefühlen für andere Frauen … Mirjam Müntefering beschreibt in ihrem neuen Roman klug und lebensnah die Liebe zwischen Frauen in all ihren Facetten.

»Mirjam Müntefering schreibt einfühlsam über lesbische Frauen und ihre Probleme, besonders in der Gefühlswelt.«
LiteraTour

05/2230/01/L

Mirjam Müntefering

Tochter und viel mehr

Eine autobiographische Reise. 240 Seiten und 8 Seiten Farbbildteil. Serie Piper

»Ist Ihr Vater wirklich …?« Nicht selten hört Mirjam Müntefering diese Frage. Hier gibt sie Einblicke in ihr Leben und beantwortet all die Fragen, die in ein, zwei Sätzen nicht zu behandeln sind: Wie war es, in dieser Familie aufzuwachsen? Wieso mögen Sie als ausgebildete Redakteurin das Fernsehen nicht? Haben Sie tatsächlich eine Hundeschule und arbeiten dort als Trainerin? Wie wurden Sie Schriftstellerin? Was sagte Ihre Familie, als sie erfuhr, dass Sie Frauen lieben? Welche Meinung haben Sie zu Politik? Ein ehrliches, autobiographisches Buch, das dem Zauber des Geschichtenerzählens huldigt und gleichzeitig Mut macht, seinen Lebensweg humorvoll und authentisch zu gehen.

05/2231/01/R

SERIE PIPER

SERIE PIPER

Anne Holt, Berit Reiss-Andersen
Im Zeichen des Löwen

Roman. Aus dem Norwegischen von Gabriele Haefs. 416 Seiten. Serie Piper

Die norwegische Ministerpräsidentin Brigitte Volter wird erschossen in ihrem Büro aufgefunden, und niemand kann sich ihren Tod erklären. Es fehlt ein Motiv, und auch die Indizien sprechen eine höchst unklare Sprache. Hauptkommissarin Hanne Wilhelmsen steht vor einem Rätsel. Einen der wenigen Anhaltspunkte bietet Benjamin Grinde, der letzte, der die Ministerpräsidentin lebend gesehen haben soll. Grinde ist Richter am Obersten Gericht und, wie sich herausstellt, ein Freund Brigitte Volters aus Kindertagen. Doch er nimmt sich das Leben. Im Spannungsfeld von Politik, Intrigen und Macht sieht Anne Holt die Menschen hinter den öffentlichen Figuren, und es gelingt ihr das überzeugende Porträt einer Frau, die mit den Dämonen ihrer Vergangenheit ringt.

05/1051/01/L

Anne Holt
Das einzige Kind

Roman. Aus dem Norwegischen von Gabriele Haefs. 294 Seiten. Serie Piper

»Olav ist zwölf Jahre alt, chronisch hungrig, unglaublich fett und sehr unglücklich. Er ist ›das einzige Kind‹ seiner geliebten und gequälten Mutter, die ihn fürchtet. So landet er schließlich im Kinderheim ›Frühlingssonne‹. Dort führt Agnes Vestavik zwar ein strenges Regiment, überblickt aber nicht die Situation. Folglich stirbt sie, mit einem Messer im Rücken. Gleichzeitig verschwindet Olav. Und Hauptkommissarin Wilhelmsen weigert sich verzweifelt, ein zwölfjähriges Kind des Mordes zu verdächtigen. Sehr spröde erzählt sie ihre dunkle und spannende Story, bespielt den Plot nach allen Regeln der Schreibkunst – eine präzise, düstere Romancienne mit kriminellen Neigungen. Ihr drittes Buch ist schon eine schöne Geschichte. Ihre schönste bis jetzt.«
Hamburger Abendblatt

05/1052/01/R

Anne Holt

Blinde Göttin

Roman. Aus dem Norwegischen von Gabriele Haefs. 320 Seiten. Serie Piper

Karen Borg, eine Osloer Wirtschaftsanwältin, findet einen grausam zugerichteten Toten. Mit der Aufklärung des Falls werden die Polizeikommissarin Hanne Wilhelmsen und Håkon Sand beauftragt, Jurist im Polizeidienst und seit der gemeinsamen Studienzeit unsterblich in Karen verliebt. Schon bald stellt sich heraus, daß hinter dem brutalen Mord eine Drogenmafia steckt, deren Verzweigungen bis in die höchsten gesellschaftlichen Kreise reichen ... Der erste Kriminalfall der bekannten und beliebten Osloer Kriminalkommissarin Hanne Wilhelmsen.

»Wenn man fragt, ob es ein weibliches Pendant zu Henning Mankell gibt und wie ihr Name lautet, ist für mich die Antwort klar: Anne Holt.«

Gert Scrobel, Westdeutscher Rundfunk

05/1054/01/L

Anne Holt

Selig sind die Dürstenden

Roman. Aus dem Norwegischen von Gabriele Haefs. 224 Seiten. Serie Piper

Die Osloer Polizei steht vor einem Rätsel: Immer am Wochenende finden sich Hinweise auf blutige Gewaltverbrechen, die sogenannten »Samstagsmassaker«. Die Polizei tappt im dunkeln, da die Leichen scheinbar spurlos verschwunden sind – bis sie endlich auf die Opfer stößt, alles junge Ausländerinnen. Eines Samstags scheint der Täter sein Muster zu brechen: Die junge Medizinstudentin Kristine fällt einer brutalen Vergewaltigung zum Opfer. Nicht nur Hanne Wilhelmsen und ihr Kollege Håkon Sand sind dem Täter auf der Spur, auch Kristines Vater hat Rache geschworen und ist bereit, über Leichen zu gehen ...
In ihrem packenden, psychologisch überzeugenden Roman stellt Anne Holt die Fragen, ob sich Gewalt durch Gegengewalt sühnen läßt und wo die Grenzen der Gerechtigkeit liegen.

05/1055/01/R

SERIE PIPER